오피스텔 2

OFFICETEL

②

이원호 지음

스토리뱅크
story bank 2010

차례

이중생활

나일강 색깔은 진청색이었다. 게지라섬 왼쪽으로 꺾어져 타흐리르 다리 쪽으로 나아가는 유람선은 온통 흰색이어서 승객들의 옷 색깔이 더욱 두드러졌다. 더운 바람을 타고 비린 강 냄새가 도시의 매연에 섞여 맡아졌다.

알 게지라 쉐라턴호텔의 객실 창가에 선 오유진이 머리를 돌려 나를 보았다. 방금 샤워를 마친 얼굴이 막 씻은 사과처럼 싱싱했고 머리는 아랍인처럼 흰 타월로 감아 올렸다.

'행복해.'라고 말하지 않았어도 나는 오유진의 맑은 눈빛과 표정에서 그것을 읽을 수가 있었다. 충동적으로 다가간 나는 오유진의 몸을 뒤에서 껴안았다. 오유진이 머리를 틀어 내 입술을 받겠다는 시늉으로 눈을 반쯤 감은 채 입술을 내밀었다. 나는 연한 젖맛이 나는 오유진의 입술을 빨았다. 그러나 성욕은 일어나지 않았다. 어느덧 조급함이 사라진 것이다.

"내일은 기제의 스핑크스와 피라미드를 보러 가자. 그리고 모레는 비행기로······."

오유진의 귀에 스케줄을 일러주는 내 가슴이 천천히 가라앉았다. 확실한 건 대충해서 열흘 안팎의 일정뿐이었다. 나는 오유진에게 더 먼 미래를 약속해줄 수가 없는 입장인 것이다.

내 품에 안긴 오유진이 내 말에 머리를 끄덕이고는 있었지만 그것을 모를 리가 없다. 열린 창으로 들어온 더운 바람에 방안의 공기가 눅눅해졌다. 창문을 닫은 내가 오유진을 돌려세웠다.

"머리 말리고 나서 쉬든지 쇼핑을 해. 네 마음대로 하란 말이다. 여긴 네 세상이고 네 시간이야."

"열흘 동안?"

눈을 크게 뜬 오유진의 표정을 본 내 가슴이 막혔다. 밝은 표정이었지만 어딘가 그늘이 져 있는 것처럼 느껴진 것이다. 나는 머리만 끄덕였다.

나는 오유진과의 관계에 있어서 내 주제를 잃지 않으려고 노력해왔다. 오유진이 나에게 의도적으로 접근하지는 않았지만 이런 관계가 된 가장 중요한 요소는 물질적인 것이었으며 그것이 없었다면 아예 시작도 안 되었을 터이니까.

그 동안의 반발과 갈등은 그 시작이 순수하지 못했기 때문이기도 했지만 가끔 내가 계약 이상의 요구를 해왔기 때문일 것이다. 나는 처음에 호언했던 것처럼 일주일에 한두 번쯤 오유진의 몸을 대가로 받고는 내버려둘 수가 없었던 것이다. 나는 가정은 가정대로 지키면서 오유진과의 생활도 유지시키려는 공작을 끊임없이 해왔는데 미래는 생각하지 않는 것이 편했다. 다만 내 의지로 그것을 조정하는 것보다 저절로 싫증이 나기를 바랐을 것이다. 그것이 제일 간단하고 내가 상처를 입지 않는 방법일 테니까. 그러나 상황은 예상을 뛰어넘고 있었다. 나는 대안 없이 집착하기 시작했으며 오유진 또한 계산을 잊은 것 같다. 불확실한 미래를 잊으려고, 더욱.

기제의 피라미드 바위에 기대서서 오유진은 환한 얼굴로 사진을 찍었다. 오유진은 사막의 건조한 열풍과 섭씨 40도를 웃도는 더위에도 끄떡하지 않고 쿠푸왕의 피라미드 안에까지 들어갔다 나왔다.

"결국은 무덤일 뿐인데……."

피라미드를 나와 그래도 맑은 대기를 들이마신 오유진이 내 손을 잡고 말했다. 우리는 깨어진 바위 밑 계단에 나란히 걸터앉아 옆쪽 카프라왕 피라미드를 보았다.

"왕은 환생을 믿었을까?"

"믿고 싶었겠지."

나는 수건을 꺼내어 오유진의 콧등에 맺힌 땀방울을 닦아주었다. 두 볼이 상기된 오유진은 가슴이 저리도록 아름다웠다. 호텔 아래층 가게에서 산 밀짚모자를 쓰고 헐렁한 흰색 재킷에 바지 차림이었지만 앞쪽을 지나는 서양인 관광객들도 그녀에게 시선을 주었다.

"이집트인들은 영혼이 사라지지 않고 죽으면 잠깐 떠나 있다가 다시 처음의 육체로 돌아온다고 믿었어. 그래서 돌아갈 육체가 잘 보존되어 있어야 했던 거야."

나는 전에 피라미드를 구경했을 적에 책자를 읽은 적이 있다. 오유진의 맑은 눈을 보며 나는 아는 체를 했다.

"하지만 이 피라미드는 2.5톤짜리 돌 230만 개가 쌓여진 거다. 이것을 만드는데 10만여 명의 노예로 20여 년이 걸렸어."

"왕은 다시 왕의 몸으로 돌아가겠네."

웃음 띤 얼굴로 말한 오유진이 머리를 돌려 반대쪽의 사막을 바라보았다.

"사막에 묻힌 노예의 영혼은 다시 제몸으로 돌아가기 싫을 텐데."

오후 1시여서 햇볕이 소리내어 덮쳐오는 느낌이었다. 오유진이 발이 아프다고 해서 운동화를 벗긴 내가 발을 주물렀다. 무릎에 턱을 고이고 앉은 오유진이 한 단 아래에서 자신의 발을 주무르는 나를 물끄러미 내려다보았다.

"자기야, 무슨 생각해?"

"아무 생각 없다."

"행복해?"

"응, 하지만⋯⋯."

"하지만 뭐?"

"너한테 조금 미안하다."

"뭐?"

"내 페이스로 끌고 왔어."

내가 발가락을 너무 세게 안쪽으로 굽혔는지 오유진이
이맛살을 찌푸렸다.

"내가 원한 거야."

오유진이 손가락 끝으로 내 이마에 맺힌 땀방울을 털어주
었다.

"자기야, 사랑해."

그러나 나는 시선을 들고 오유진을 보지 못했다.

저녁 무렵, 호텔의 로비로 내려온 나는 공중전화 부스에서
서울로 전화를 했다. 서울은 새벽이었지만 서경희는 신호가
세 번 울렸을 때 전화를 받았다.

"지금 어디야?"

목소리가 맑은 것이 자지 않고 있었던 것 같았다.

"카이로, 별일 없지?"

"응, 일은 잘돼?"

부스 앞으로 일본인 여자들이 재잘대며 지났으므로 나는 송화구를 손으로 가렸다.

"식사 제때에 하고 무리하지 마."

"알았어. 너도 몸조심해."

이번 여행에도 나는 공항에서 여행자 생명보험을 들었는데, 보험 수취인은 서경희의 앞으로 했다. 전에는 모두 큰아들 영준을 수취인으로 했었다.

"참, 어머님이 내일 오신다고 했어. 아버님이 시골에 계시겠다고 하신대."

서경희가 생각난 듯 말을 이었다.

"하지만 아버님을 설득해 보시겠다고 했어."

"잘했다."

아버지 어머니가 서경희의 변화에 놀라면서도 감격해 하리라는 것은 보지 않아도 알 수 있었다.

"억지로 모셔올 필요는 없어. 아버지도 서울 생활을 답답해 하실 거다. 친구도 없고."

전화를 끊고 나서 나는 한동안 로비를 서성거렸다. 객실에서는 오유진이 씻고 나서 화장을 하고 있을 것이었다. 오늘밤에는 저녁을 근사한 곳에서 먹고 난 다음에 나이트클럽에 갈 예정이었다.

담배를 사오겠다면서 나간 이정국이 10분이 지나도록 돌아오지 않자 오유진은 문득 그가 전화를 하러 갔을지도 모른다고 생각했다. 입술에 루주를 바르던 오유진은 거울에 비친 자신의 얼굴을 빤히 바라보았다. 이정국은 거칠면서도 예민한 부분이 많았다. 어쩌면 예민한 성격을 감추려고 거친 척하는지도 모른다.

'방에서 전화를 하면 분위기가 깨진다고 생각했겠지.'

오유진은 거울을 향해 웃었다. 어쨌든 이정국은 보통 사람의 두 배는 더 일을 하는 사람이었다.

흰색의 헐렁한 원피스를 입은 오유진은 빠른 음악에 맞춰 자연스럽게 몸을 흔들었는데 번쩍이는 조명을 받은 두 눈은 요염하게 빛났다. 플로어에 대여섯 쌍의 외국인과 이집트인 커플이 있었지만 오유진이 단연 돋보여서 시선이 집중되었다. 호텔 식당에서 저녁을 마친 우리는 나이트클럽으로 옮겨온 것이다.

"자기야, 멋있어."

오유진이 숨가쁜 목소리로 소리쳐 말했지만 나는 믿지 않았다. 그러나 나도 모르게 사기가 올라 몸이 더 가벼워졌다. 무대의 밴드는 주로 타악기로 연주를 했는데 지휘자는 아예 오유진을 향해 선 채 색소폰을 불었다.

"네가 헤로인이다."

내가 오유진을 향해 소리쳤다. 한국에서라면 나는 도저히 이렇게 하지 못한다. 나는 해방감으로 들떴으며 오유진과 이렇게 멀리 둘만이 떨어져 있다는 것에 가슴이 벅찼다. 춤을 마치고 테이블로 돌아왔을 때 이곳저곳의 테이블에서 오유진을 향해 박수가 일어났다. 오유진이 수줍은 웃음을 띠고는 나를 바라보았다.

"나, 잘 췄어?"

"너 때문에 내가 욕을 먹고 있어, 이것아!"

오유진의 잔에 샴페인을 따르면서 내가 주위를 둘러보는 시늉을 했다.

"놈들의 질투가 배어 있는 표정들을 봐라."

"여자들은 자기를 보는 것 같은데?"

"너하고 스무 살 차이가 나는 걸 알까?"

불쑥 던진 내 말에 오유진이 눈을 크게 떴다가 이를 보이며 웃었다.

"한국에서는 한 번도 그런 말 안 하더니?"

"한국에서는 언제나 신경이 쓰였다."

"나이 차이는 모를 거야."

나는 샴페인을 한 모금에 삼키고는 일어나 오유진을 일으켜 세웠다. 어느덧 낮고 잔잔한 음악이 흘러나오고 있었던 것

14

이다.

　욕조에 가득 물을 채워 넣고 들어간 우리는 마주앉았다. 나는 오유진의 몸을 위쪽으로 올려놓아서 두 다리가 내 어깨 위로 걸쳐졌다. 밤 12시가 넘어 있었고 우리는 샴페인을 세 병이나 나눠 마신 참이라 취해 있었다.

　"난 그냥 이렇게 살 거야."

　오유진이 두 손으로 물을 떠 얼굴을 씻으면서 말했다. 물에 젖은 머리칼이 머리에 바짝 붙여져서 얼굴이 더 작게 보였다.

　"자기 기다리면서, 더 욕심 안 내고 살 테니까."

　나는 비누를 집어 오유진의 발에 비누칠을 했다. 그러고는 거품을 내면서 비벼대자 간지러운 듯 오유진의 발가락이 잔뜩 안쪽으로 굽혀졌다.

　"나한테 무리한 약속은 안 해도 돼."

　욕조에 머리를 기댄 오유진이 천장을 보며 말했다. 나는 부력을 받아 가벼워진 오유진의 몸을 들어올려 비누칠을 했다. 허벅지와 삼각지의 숲도 깨끗이 비눗물로 씻어냈고 몸을 비틀어 엉덩이와 등판도 문질렀다. 목구멍 끝까지 무수한 단어가 치솟았다가 억제되었는데 오유진의 말대로 수많은 약속이 터져나올 뻔했다.

　맨 나중에 머리를 감기려고 했을 때 오유진은 머리를 기댄 채로 잠이 들어 있었다. 욕조를 나온 나는 샴푸를 비벼 오유진의 머리칼을 조심스럽게 감겼다. 린스로 헹구고 나서 늘어진 오유진을 들어올려 타월로 감은 다음 침대로 안고 가 눕혔다. 술이 다 깨버린 나는 오유진의 몸을 빈틈없이 닦았다. 겨드랑이와 항문까지. 머리칼까지는 말리지 못했으므로 오유진이 했던 것처럼 물기를 대충 닦은 다음 수건으로 말아놓았다.

오유진은 이제 전라의 몸으로 반듯하게 누워 잠이 들어 있었다. 시트로 몸을 덮은 나는 선반에 놓인 위스키병을 들고와 오유진의 옆에 앉았다. 내 인생에 있어서 이런 여자는 처음이었다. 이만큼 나를 집착시키고 이만큼 매혹적이며 또한 내 욕망을 충족시켜준 여자는 없었던 것이다. 나는 감개가 무량했다. 이런 여자를 내 소유로 할 수 있게 되었다니. 더구나 오유진은 전혀 계산도 하지 않고 있지 않는가 말이다. 내가 가진 것에 비하면 수십 배나 더, 그 빌어먹을 나이 차만큼이나 더 가능성이 열려진 이 여자가 욕심 안 내고 나하고 이렇게 살겠다니. 나는 오유진을 내려다보면서 위스키를 병째 마셨다. 가끔 시트를 들춰 오유진의 나신을 안주삼아 보면서.

새벽 3시, 창문을 열어놓아서 나일강을 훑고 올라온 비리고 습한 공기가 방 안으로 들어왔다. 오유진은 곤하게 잠이 들어서 손가락 하나도 까딱하지 않았다. 나는 위스키를 반

병이나 더 마셨으나 머리끝만 무거울 뿐이었다. 모든 것에는 종말이 있는 법, 영원한 것이라면 흘러가는 시간뿐이 아닐까?

중학 1학년 때의 어느 날, 30년쯤 전인 어느 날, 체육대회가 열렸을 때 나는 운동장에 있었다. 그러다가 우연히 학교 밖 큰길을 보았더니 조그만 아이 둘이서 손을 잡고 학교 정문으로 다가왔다. 내 동생들이었다. 인국은 그때 일곱 살이었고 명국은 다섯 살이었는데 아마 어머니도 없는 집에서 답답했는지 형을 찾아왔던 것이다. 그 수백의 학생들 속으로 다가오는 내 동생 두 명을 보고 나는 화장실로 숨었다. 왜 그랬을까? 소변기에 서서 열린 창문으로 내다보자 동생들은 비척대면서 나를 찾아다니고 있었다. 나는 그때 화가 났다는 것을 기억한다. 내 주머니에는 10원짜리 한 장도 없었으니까. 나는 고추를 내놓은 채 웅웅 울었다. 그러고는 마침내 화장실을 나가 동생들에게 다가갔다. 인국이가 먼저 나를 보더니 활짝 웃었다.

"형아!"

"이 새끼! 집에 안 가!"

내가 소리치자 인국이는 놀라 명국이의 손을 다시 움켜쥐더니 몸을 돌렸다. 명국이는 입만 벌렸다가 도로 닫았다. 나는 다시 화장실로 뛰어들어가 동생들의 뒷모습을 보며 울었다. 그때 돈이 없었던 것이 그렇게 분했었다. 돈 10원만이라도 있었으면 그렇게 화를 내지 않았을 것이다. 인국이에게 과자 사먹으라고 돈을 쥐어주며 웃었을 것이다. 인국이와 명국이는 신이 나서 돌아갔을 것이고……. 그 녀석들은 잊었을지도 모르지만 지금도 그 일은 나에게 상처가 되어서 남아 있다. 집에서 학교까지 10리도 넘는 길을 동생들은 형을 찾아 걸어왔었는데.

상처를 받는 자보다 주는 자가 더 고통을 느낄 때가 있는 법이다. 시간이 흐를수록 상처는 무디어진다지만 그것은 받은 자의 경우이다. 나는 시트 밖으로 나온 오유진의 발을 바라보았다. 가지런한 발가락에는 살색 매니큐어가 발라져 있었다. 내 기호에 맞춘 것이다. 앞으로 내가 30년을 더 살 수 있다면 오늘밤을 어떻게 기억할 것인가? 차라리 내가 상처를 받는 것이 유리하지 않을까?

열흘 안팎의 일정으로 케냐와 코트디부아르 그리고 파리까지의 나머지 코스를 돌기에는 무리였으므로 우리는 이집트에서 이틀을 더 머문 다음 곧장 파리로 가기로 했다. 그래서 다음날은 룩소르로 떠났다. 나는 출장시에 직원들과 두 번이나 룩소르에 간 적이 있어서 꽤 익숙한 곳이었다. 그래서 룩소르와 네크로폴리스, 왕가의 골짜기를 걸어다니면서 나는 내내 오유진의 얼굴만 보았다. 파리로 떠나기 전날 저녁, 룩소르 쉐라턴호텔의 방에서 우리는 창 밖의 나일강을 내려다보고 있었다.

"언제 다시 한 번 이곳에 와."

검은색 나일강 위에 떠 있는 유람선에 시선을 준 채 오유진이 말했다.

"내년도 좋고 5년 후도 좋아."

"네가 좋다면 언제든지."

나는 가볍게 약속했다. 그쯤은 문제될 게 없는 것이다.

"그런데 왜 하필 이집트냐? 이번 스케줄에서 뺀 곳을 가는 게 낫지 않아?"

"나는 이집트가 마음에 들어."

오유진이 햇볕에 탄 얼굴로 나를 보았다.

"부서진 신전과 왕들의 무덤을 보면서 짧은 인생을 고민하고 살 필요가 없다는 생각이 들었어."

석양의 남은 빛발이 오유진의 얼굴을 붉게 물들였다. 다소 염세적인 표현이었으나 나에게는 긍정적인 의미가 아닌가? 정상적인 관계가 아닌 터라 나는 그 말에 고무되었지만 얼른 동의하지는 못했다. 오유진이 정색한 얼굴로 나를 보았다.

"아이 낳으라면 나을게."

그냥 눈만 껌벅이는 나를 향해 오유진이 얼굴에 웃음을 띠었다.

"날 잡고 싶지 않아?"

"갖고 싶다."

"꼭꼭 숨어서 키울게."

의자에서 일어선 내가 오유진의 뒤로 다가가 상반신을 안
았다.

"너한테만 짐을 지울 수는 없어."

나는 오유진의 머리끝에 입술을 대었다.

"나한테 맡기고 기다려."

이제 내가 꿈꾸던 이중생활은 이것으로 한계가 왔다는 것
이 깨달아졌으므로 나는 정신이 번쩍 났다. 그러나 결코 부담
감이 느껴지지 않았다. 나는 나일강 밑으로 떨어지는 석양을
바라보면서 말했다.

"나한테도 이런 순간이 오다니."

"사장은 지금 어디 있는 거야?"

정기용이 묻자 박춘택은 머리를 저었다.

"글쎄, 이틀 전에 카이로에서 전화가 오고 나서 연락이
안 돼."

"언제 돌아온다고 그래?"

"4, 5일 후에라고 했어."

"젠장, 잘 노는구만."

회사의 회의실 안이다. 점심을 마친 그들은 조금 늘어진 자세로 커피를 마시는 중이었다. 커피를 한 모금 삼킨 박춘택이 정기용을 바라보았다.

"한태일이 그 새끼가 동네방네 씹고 다닐 텐데. 이거야 낯 뜨거워서 원."

"내버려둬. 사장이 회사 공금으로 그러는 것도 아니잖아?"

"그렇다고 해도 어린년 데리고 뭐하는 짓거리냐 말이야?"

"뭐, 딸도 그렇게 되었으니 허전했겠지."

"그럴수록 정신을 차려야 하는 것 아닌가?"

여직원이 들어섰으므로 그들은 말을 그쳤다. 박춘택에게 손님이 찾아왔다는 것이다. 박춘택이 방을 나가자 정기용은 앞에 놓인 전화기를 들었다. 한태일이 사장에 대한 정보를 더 갖고 있는지도 모른다는 생각이 든 것이다.

유성산업은 아웃박스를 생산하는 회사로 부자재 담당인 서우석이 자주 들르는 하청공장이다. 점심을 마친 서우석이 들어섰을 때 유성산업의 공장장 장동필은 창고에서 박스를 세는 중이었다.

"리비아 건 박스는 오늘 가져갈 수 있지?"

서우석이 소리쳐 묻자 장동필이 몸을 돌렸다.

"앗다, 되게 보채쌌네."

"오늘까지 안 되면 오더 끊기는 줄 알어."

장동필이 두어 살 연상이었지만 하청공장 공장장쯤은 깔아 뭉개야 일이 잘 풀린다고 선배한테서 교육을 받은 서우석이다. 다가선 그가 눈을 부릅떴다.

"이봐, 오늘 저녁부터 포장이란 말이야."

"저기 백 개가 쌓여 있어."

턱으로 창고 구석을 가리킨 장동필이 혀를 찼다.

"제기, 선적은 일주일 후라고 하더만 왜 이렇게 서두는 거야?"

"사장님 특별지시야."

"사장은 외국에 가 있잖아? 기집애 끼고."

장동필의 말에 서우석이 머리를 돌려 그를 바라보았다.

"무슨 말이야?"

그러자 장동필이 눈을 가늘게 뜨고 웃었다.

"나도 진우 직원한테 들었어."

진우는 한태일이 설립한 회사로 유성산업과도 거래를 하고 있는 것이다. 서우석이 머리를 끄덕이며 한 걸음 다가섰다. 회사 내에서 자신이 사장의 처가 쪽 친척 된다는 것은 아직 아무도 모른다.

내가 파리를 거쳐 귀국한 것은 그로부터 나흘 후였다. 회사에 귀국 날짜를 알려주지 않았지만 만일의 경우에 대비해서 오유진과 나는 세관의 짐 검사하는 곳에서 헤어져 따로 대합실로 나갔다. 오유진은 웃는 얼굴로 가방을 끌며 먼저 나갔지만 그것은 지어낸 표정이다.

공항에서 택시를 잡아타고 집에 도착했을 때 서경희는 웃는 얼굴로 나를 맞았다. 아이들도 떠들썩했고 선물 보따리를 넘겨주면서 나는 내 가정의 편안함에 새삼 놀랐다. 긴장이 풀리면서 온몸이 가라앉는 것 같은 아늑함, 왜 이것을 이제야 느끼게 되는 것일까 하고 잠깐 이맛살을 찌푸렸다가 곧 빨려들었다.

"말랐어. 식사는 제대로 한 거야?"

서경희의 묻는 말에 건성으로 대답하며 나는 옷을 벗어 던지고 화장실로 들어섰다. 오유진도 지금쯤 오피스텔에 들어가 짐을 풀고 있을 것이다. 나는 혼자 있을 오유진을 떠올리며 샤워기의 물을 뒤집어썼다. 가여웠다. 내 이기심에 대한 죄책감으로 가슴이 저렸다.

"팬티하고 셔츠 받아."

화장실의 문이 열리더니 서경희가 팬티와 러닝셔츠를 옆쪽 세면대 위에 놓았다. 밝은 표정이었다.

"내가 등밀어 줘?"

"아니, 됐어."

머리를 돌린 나는 물줄기를 얼굴에 박으며 어금니를 물었다. 밖에서는 두 형제가 게임기를 놓고 다투고 있었다.

다음날 아침 회사에 출근한 나는 정기용과 박춘택, 그리고 공장에서 올라온 최재일 등과 사장실에서 마주앉았다.

"사장님, 수고 많이 하셨습니다."

정기용이 대표로 인사를 했다.

"덕분에 쿠웨이트 오더가 전화위복 되었습니다."

"박 과장이 가 있으면 라시드도 안심할 거야."

"예, 본인도 적극적입니다."

"사무실도 준비해놓았으니 곧 출발 준비를 하도록 해."

회의는 일사불란하게 진행되었다. 박종민 과장은 아랍어에 능통한데다 아직 미혼이었다. 그는 쿠웨이트 지사장 발령을 받자 들떠 있었고 회사의 분위기도 활기에 찼다. 점심시간이 되어 나는 박 과장까지 포함한 간부들과 회사 근처의 식당에서 점심을 먹었다.

"박 과장이 쿠웨이트에 있게 되면 본사의 출장비도 많이 줄어들 거야."

내가 박종민에게 말했다.

"그리고 사무실에도 방이 다섯 개나 있으니까 출장을 가더

24

라도 그곳에서 묵으면 될 테고."

"박 과장이 결혼하면 그곳에다 살림을 차려도 되겠습니다."

정기용이 맞장구를 쳤다.

"신혼여행은 카이로나 그리스 쪽으로 가면 되겠지요. 비행기로 서너 시간 거리밖에 안 되니까요."

퇴근시간이 되었을 때 오유진한테서 전화가 왔다.

"오늘 약속 없으면 저녁 먹고 가."

거래처와 저녁 약속이 있었으므로 나는 조금 망설였다가 대답했다.

"거래처하고 약속이 있어. 하지만 일찍 끝나고 갈게."

"몇 시쯤?"

"10시쯤."

"기다릴게."

하루 종일 회의의 연속이어서 머리가 지끈거렸다. 게다가 오래 회사를 비운 탓에 저녁에는 거래처와의 술 약속이 줄줄이 잡혀 있는 것이다.

술좌석을 빨리 끝낸다고 한 것이 11시였고 내가 오피스텔에 도착했을 때는 11시 40분이었다. 문을 열어준 오유진의 얼굴은 부어 있었다. 전화도 하지 못했으므로 더 화가 났는지도 모른다.

"화났구나."

오피스텔 앞에서 산 과일 꾸러미를 내려놓은 내가 몸을 돌리는 오유진을 뒤에서 껴안았다. 오유진은 핑크색 가운 차림이었다.

"미안해, 시끄러워서 전화할 정신이 없었다."

식탁 위에는 안주가 가득했고 발렌타인 17년산이 놓여 있었다. 위쪽 부분이 타다만 양초 두 자루도 세워져 있었다. 눈을 둥그렇게 뜬 내가 오유진의 몸을 돌려세웠다.

"오늘 파티 열려고 한 거야?"

"이것 놔."

몸을 틀려던 오유진이 내 가슴에 얼굴을 붙였다.

"그냥 같이 술 마시려고 했어."

"준비 많이 했는데."

이미 어지간히 취한 상태였으나 저고리를 벗어 던진 내가 식탁에 앉았다. 생선찌개는 식어 있었지만 먹음직했고 새우도 튀겨놓았다. 오유진의 솜씨로는 거의 반나절이 걸릴 일이었다.

"좋아, 한 잔 마시자."

내가 떠들썩하게 말하자 오유진의 얼굴이 펴졌다.

"기다려. 찌개 데울게."

새벽 3시가 되었을 때 침대에서 일어난 나는 옷을 챙겨 입었다. 오유진은 알몸으로 엎드린 채 잠이 들어 있었는데 위스키를 반 병쯤은 마셨을 것이다. 넥타이를 매고 나서 거울에 비친 오유진을 바라보며 나는 한동안 서 있었다. 나는 전에 얼마나 이런 상황을 기대하고 있었던가? 패가 내 손에 쥐어져서 버리든지 쥐고 버티든지 내 의지에 맡겨진 이 상황을 말이다.

쓴웃음을 지은 나는 저고리를 입고 머리를 빗었다. 머리가 흔들거리다가 걸음을 떼자 다리도 휘청거렸다. 난 쥐고 버틸 것이다. 나는 다시 한 번 스스로에게 다짐했다. 내 인생에 있어서 두 번 다시 이런 여자는 만나지 못한다.

문을 열고 밖으로 나온 나는 자물쇠를 잠갔다. 복도에 깔린 차가운 새벽 공기에 정신이 조금 든 나는 문을 잡아당겨 보았다. 문은 잠겨 있었다. 그러자 문득 나는 오유진을 감금시키고 나온 것 같은 느낌이 들었다. 포로로 잡은 오유진을……

문의 열쇠가 채워지는 소리가 났을 때 오유진은 눈을 떴다. 그러더니 밖에서 문을 당기는 소리가 났으므로 오유진은 다시 눈을 감았다가 떴다. 그러자 복도를 걸어가는 발자국 소리가 났다. 이정국과 함께 있을 적에는 그가 조금만 부스럭대도 잠이 깼다. 오늘도 그가 침대에서 일어났을 때부터 눈만 감고 있었던 것이다.

침대에서 일어선 오유진은 냉장고를 열고 생수병을 꺼내어 벌컥이며 마셨다. 방안은 썰렁했고 매운탕의 비린 냄새가 배어 있어서 구역질이 났다. 침대 끝에 걸터앉은 오유진은 담배를 꺼내어 입에 물었다. 그러고는 이정국을 조금 편하게 해줘야겠다고 마음먹었다. 출장을 다녀와서 회사 일이 밀려 있을 것이고 거래선도 만나야겠지. 그리고 집에도……

담배 연기를 길게 내뿜은 오유진은 자신의 벌거벗은 몸을 내려다보았다.

'편하게 해줘야 돼. 섹스도 일주일에 한 번 정도만 하자고 내가 먼저 이야기해야겠어.'

재떨이가 보이지 않았으므로 오유진은 방바닥에 놓인 접시 위에 담배를 비벼 껐다. 오늘은 자신의 음력 생일이었던 것이다. 자신도 어제야 알았던지라 다른 생각도 못 하고 이정국을 불러내었다.

내가 오유진의 생일을 떠올린 것은 며칠 후의 아침이다. 출근하는 차 안에서 문득 나는 오유진의 생일이 양력으로 4월이라는 것을 기억해냈지만 정확한 날짜는 생각나지 않았다. 그래서 회사에 출근하자마자 오유진에게 전화를 걸었더니 웃기만 하고 알려주지 않았다. 여행에서 돌아온 지 열흘쯤이 지난

28

날이었다.

생일이 지났는지 남았는지 알 수 없었지만 나는 그날 틈틈이 오유진의 생일선물을 생각했다. 오유진은 고집을 부려 복학하지 않았다. 학원도 수료한 상태여서 거의 오피스텔에만 틀어박혀 있었는데 요즘 들어서는 전화도 해오지 않았다. 그래서 내가 자주 전화를 하게 되었고 내 목소리를 들으면 반기기는 했다. 그날 저녁에 나는 회사에서 나오는 길로 오피스텔에 들렀다. 오유진은 된장찌개를 끓여놓고 나를 맞았다.

"웬일이야? 이렇게 일찍?"

환하게 웃는 오유진을 향해 내가 현관에 선 채로 말했다.

"어서 옷 입고 나와. 잠깐이면 돼."

"어디 가는데?"

"바로 여기, 가게 앞에."

"뭐 하러?"

"뭐 좀 가져올 게 있어."

"무거운 거야?"

"그래."

오유진이 서둘러 가운을 벗더니 진바지와 셔츠를 걸쳤다. 아무 것이나 걸쳐도 오유진의 옷맵시는 뛰어났다. 운동화를 끌고 복도를 걸으면서 오유진이 내 팔을 끼었다.

"오디오 샀어?"

퍼뜩 시선을 돌린 내가 오유진을 바라보았다. 언젠가 오유진이 오피스텔에 있는 오디오가 라디오 수준이라고 한 말이 떠올랐던 것이다.

"아냐, 다음에 사줄게."

"그럼 뭐 산 거야?"

"꽤 무거워."

"아침에 내 생일 묻더니, 생일선물 산 거지?"

"그래."

엘리베이터를 타고 로비에서 내린 우리는 옆쪽 문으로 나와 가게 쪽으로 다가갔다. 오유진이 긴장한 듯 가게 쪽을 바라보며 내 팔을 잡은 손에 힘을 주었다. 내가 발을 멈췄을 때 오유진이 의아한 듯 나를 바라보았다. 가게는 아직도 20미터쯤 앞이었다. 내가 눈으로 오피스텔의 벽 옆에 세워진 검정색 스포츠카를 가리켰다.

"이거야."

오유진의 시선이 스포츠카로 옮겨졌다. 나는 가슴을 벌렁이며 오유진을 바라보았다. 오유진은 도무지 믿기지가 않는 듯이 눈만 껌벅이며 차를 바라보더니 다시 나에게로 시선을 돌렸다. 내가 웃어 보이자 오유진은 다시 차를 보았다. 다가선 내가 오유진에게 키를 내밀었다.

"자, 네 거다."

오유진의 손에 키를 쥐어준 내가 재촉했다.

"어서 열고 들어가."

다시 나를 보았던 오유진이 키를 꽂더니 운전석으로 들어갔고 나는 조수석에 앉았다.

"네 생일선물이야."

오유진은 아직 아무 말도 하지 않았으나 나는 행복했다. 이 순간을 가능한 한 더 길게 끌고 싶었지만 그렇게 되면 감동의 질이 떨어질 터이므로 과감하게 말했다.

"나, 오피스텔에 올라가 있을 테니까 한 바퀴 돌고 와."

그러고는 정색한 얼굴로 오유진을 보았다.

"너 혼자서. 미안하지만 위험해서 네 차는 당분간 못 타겠다."

문을 열고 밖으로 나오자 오유진이 나를 빤히 바라보았다. 나는 뛰는 가슴을 펴고는 몸을 돌렸다.

서우석이 이야기를 끝냈으나 서경희는 한동안 냉장고에 시선을 준 채로 입을 열지 않았다. 대치동의 언니 집에는 언니와 서우석까지 셋뿐이었다. 사태의 심각성 때문인지 언니는 아이들도 모두 내보낸 것이다. 이윽고 정적을 견디기 힘들었는지 서우석이 헛기침을 했다.

"저도 제 눈으로 본 것이 아니어서 확신할 수는 없어요,

다만……."

"소문이 좌악 퍼졌다면서?"

언니가 모난 목소리로 말을 받았다.

"회사에서 모르는 직원이 없다는 이야기는 왜 안 하는 거냐?"

"진우상사 직원들이 퍼뜨렸거든요."

"내가 그 회사는 잘 알아."

서경희가 입을 열었으므로 둘은 긴장했다. 표정 없는 얼굴로 서경희가 말을 이었다.

"그 회사 사장 한태일은 실없는 소리를 할 인물이 아냐."

"더러운 놈!"

마침내 언니가 폭발했다.

"딸 죽이고도 정신을 못 차리고 이제는 계집을 끌고 외국까지 가는구나."

눈만 깜박이는 서경희를 보자 그녀의 목소리는 더 높아졌다.

"세상에, 그런 놈이 어디 있어? 제 처는 잘 살아보려고 시부모까지 모셔오려고 하는데. 그놈은 인간의 탈을 쓴 짐승이야."

머리를 돌린 서경희가 언니를 보았다. 초점이 없는데다 생기도 없는 시선이어서 가슴이 서늘해진 언니가 입을 다물었다.

"언니, 그만해."

"내가 가만두지 않겠어."

다시 소리를 지르려던 언니에게 머리를 흔들어 보인 서경희가 혼잣소리처럼 말했다.

"내가 처리할 거야."

"어떻게 말이냐? 그놈의 거짓말에 또 넘어갈 거냐?"

"이번은 아냐."

자리에서 일어선 서경희가 비틀거렸으므로 놀란 서우석이 팔을 잡았다. 서경희가 언니를 바라보았다.

"언니는 모른 척해. 그게 나를 돕는 것이니까."

이제까지 언니는 서경희의 이런 모습을 처음 보았다. 언니가 손끝으로 눈을 닦았다.

"어이그, 불쌍한 것. 자식 복도 없는데다 서방 복까지 지지리도 없구나."

집으로 돌아온 서경희는 저녁도 하지 않고 소파에만 앉아 있었다. 영준과 동준이 들락거리며 소란을 피웠지만 그들에게 시선도 주지 않았다. 저녁 6시였다. 서우석의 말이 맞다면 이정국은 여자하고 출장을 간다는 핑계를 대고 외국을 돌아다닌 것이다.

33

서경희는 소파에 기대앉아 눈을 감았다. 그러자 이정국의 얼굴과 말이 하나씩 떠오르고 울려왔다. 외국에서 전화로 하던 말과 집에서의 웃는 모습이. 다시 눈을 뜬 서경희는 마침 앞을 지나는 동준을 바라보았다.

"엄마, 아빠 언제 와?"

서경희의 시선을 받은 그가 손에 든 게임기를 들어 보였다.

"아빠가 이것 가게에서 바꿔준다고 했단 말이야."

"가서 숙제해."

서경희의 심상치 않은 기색을 알아차렸는지 동준이 순순히 제 방으로 갔다. 동준의 뒷모습을 보면서 서경희는 이를 악물었다. 용서하지 않을 것이다.

"나, 지금 양수리에 있어."

오유진이 소리치듯 말했으므로 나는 웃음이 나왔다.

"그래, 오늘은 꽤 멀리 갔구나."

"옥선이하고 같이 왔어."

"잘했어."

"저녁때나 서울로 돌아갈 거야."

"운전 조심해."

전화기를 내려놓은 나는 서류를 펼쳤다. 면허증은 2년 전에 땄지만 시내 주행도 하지 않은 오유진은 완전초보여서 새

차를 세워 두고 이틀 동안 맹렬하게 시내 주행 연습을 했다. 그러더니 사흘째부터는 차량 통행이 줄어든 점심때나 오후에 슬슬 차를 몰고 다니다가 일주일째에는 양수리까지 나온 것이다. 마치 보채는 아이에게 장난감을 쥐어준 기분이었으나 나는 그 이후는 생각하지 않았다. 그때 가서 다시 방법을 만들면 될 테니까.

문에서 노크 소리가 나더니 박춘택이 들어섰다. 서류를 안고 들어온 그가 소파에 앉았다. 결산 서류이다.

"상반기 순이익은 5퍼센트 정도가 될 것 같습니다."

그가 밝은 표정으로 말을 이었다.

"창립 2년째가 제일 위험하다던데 우린 고비를 넘긴 것 같습니다."

창립 첫해에는 아무래도 준비 자금을 쓰면서 버티는 기간이지만 2년째에는 그야말로 회사가 이익을 내면서 굴러가야 한다. 2년째에 자립의 바탕이 굳어져야 하는 것이다. 다행히 회사는 만 2년이 되기도 전에 연간 매출액 2천만 불이 넘어섰고 상반기의 순이익만 5억 가량이 되었다. 올해에는 하반기의 오더가 잘만 터진다면 3천 5백만 불까지 매출액을 올릴 수도 있다. 박춘택이 가져온 결산서류를 보던 내가 머리를 들었다.

"이봐, 지금도 리베이트가 있을까?"

박춘택의 시선을 잡은 내가 웃어 보였다.

"너희들은 나한테서 리베이트를 받아먹는 방법을 전수받은 터라 잘 알 텐데."

"우리 회사에는 없습니다."

내 시선을 받은 박춘택이 따라 웃었다.

"담당들은 장난을 칠 수가 없지요 저희들이 있는 한에는 말입니다."

"우리가 겪어 보았지만 위에서 아무리 지랄을 해도 실무자의 자세가 되어 있지 않으면 회사가 흔들려."

"그렇습니다."

박춘택이 커다랗게 머리를 끄덕였다. 전 회사에서 우리는 실무자였고 지금은 경영자가 되어 있는 것이다.

"우리가 그런 꼴을 당하면 안 되겠죠."

한태일이 찾아온 것은 그날 오후 4시경이었다. 웃음 띤 얼굴로 들어선 그는 소파에 앉더니 들고 온 종이봉투를 탁자 위에 내려놓았다.

"조니워커 그린입니다. 선물받았는데 제 수준에는 맞지 않아서요."

"겸손 떨지 마라."

따라 웃은 내가 술병을 꺼내들고는 살펴보았다.

"어쨌든 잘 마시겠다."

"쿠웨이트 오더를 확실하게 굳히고 오셨더군요. 축하드립니다."

"클레임을 깔 테니 똔똔 장사다."

한태일은 이제 월간 매출이 1억 원 정도는 되었지만 손익계산을 따지면 남는 장사가 아니었다. 그냥 직원 봉급 줄 수준이어서 사고 한 번 터지면 무너진다. 정색한 한태일이 나를 바라보았다.

"사장님, 카림이 하반기 오더를 모두 중국으로 돌렸습니다. 그래서 저는 놀게 되었습니다."

"……."

"하반기 오더는 겨우 30만 불 정도뿐입니다. 카림 그놈은 요즘 저한테 연락도 하지 않습니다."

"네가 지난달 선적분에서 사고를 냈다면서?"

"클레임은 먹겠다고 했습니다."

나는 잠자코 한태일을 바라보았다. 지난달 초에 한태일은 카림의 오더를 선적했는데 선적 물량의 10퍼센트 정도가 불량품이었다. 하청공장 관리를 제대로 못 하면서 선적만 독촉하면 그렇게 된다. 야간작업에 지치고 심술이 난 근로자들이 관리자들 모르게 박스만을 채우는 것이다. 그래서 박스 안에 소매 없는 옷이 들어갈 때도 있고 뒤처리를 안 한 제품도 무더기로 넣어진다. 이미 공장 주변에 소문이 퍼져 있는 터라 나는 내막을 알고 있었다. 어깨를 늘어뜨린 한태일이 말했다.

"사장님, 쿠웨이트 오더를 조금만 돌려주실 수 없습니까? 제 공장과 직원들이 놀게 되었습니다."

"상의해볼 테니까 조금만 기다려."

"부탁드립니다."

한태일이 방을 나간 지 얼마 되지 않았을 때 부르지도 않았는데 정기용과 박춘택이 들어섰으므로 나는 웃었다.

"한태일이 자네들한테도 부탁하고 간 모양이지?"

"카림이 이번에는 한태일을 배신한 것 같습니다."

앞쪽에 앉은 정기용이 웃음 띤 얼굴로 말했다.

"배신자끼리 서로 배신한 꼴이지요."

"이봐, 그 말 듣기 거북하다."

내가 이맛살을 찌푸렸다가 금방 웃었다.

"그런데 한태일이 쿠웨이트 오더를 나눠달라는데 어떡하면 좋겠나?"

정기용이 박춘택과 시선을 맞추더니 입을 열었다.

"어차피 하청공장을 늘려야 할 테니 진우의 공장을 돌리도록 하지요. 하지만 로컬로 떼어줄 필요는 없다고 봅니다."

진우를 하청회사로 관리하자는 말이었다. 예상하고 있었던 것과는 다른 방법이었으므로 나는 잠시 그들을 바라보았다. 오더를 나눠주지 않는다면 며칠 가지 않아 진우는 문을 닫게 될 것이었다. 내가 정기용에게 물었다.

"한태일이 너한테 로비한 거냐?"

"아닙니다."

손까지 저어 보인 정기용이 정색했고 박춘택은 웃었다.

"처음에는 아예 망하도록 놔두고 싶은 생각이 들었지만 현실적으로 진우를 이용하면 우리에게 유리합니다. 그리고 ……."

"그리고 뭐야?"

그러자 내 시선을 받은 정기용이 박춘택을 다시 보더니 얼굴에 웃음을 띠웠다.

"한태일을 하청공장 사장으로 부리게 될 테니까요. 사장님 말씀대로 팔 안에서 재롱을 떨게 놔두는 게 낫지 않겠습니까?"

"그렇군."

쓴웃음을 지은 나는 소파에 등을 기댔다. 아마 한태일도 이런 수를 읽고 있을 것이었다. 서로를 속속들이 알고 있는 사이였으니까.

그날따라 서경희의 몸은 반응이 느렸고 소극적이었다. 그래서 나는 다른 여자를 안고 있는 느낌이 들었는데 그것이 더 자극이 된 것 같다. 맹렬하게 부딪친 내가 폭발했을 때 서경희는 다리로 내 하반신을 감고는 절정에 올랐다는 걸 표시했다.

"너, 몸이 안 좋은 거야?"

서경희의 몸에서 떨어진 내가 헐떡이며 물었다. 뒷맛이 개운치 않았던 것이다.

"왜 이렇게 늘어져 있어?"

"피곤해."

눈을 감은 채 말한 서경희가 시트로 하반신을 가렸다. 씻고 돌아온 내가 버릇처럼 담배를 피워 물고 누웠을 때 그때까지 꼼짝 않고 누워 있던 서경희가 눈을 뜨고 나를 보았다.

"내가 요즘 무슨 낙으로 살아가는지 알아?"

갑작스러운 질문인데다 분위기가 어쩐지 심상치 않다고 느낀 나는 긴장했다. 그렇지만 태연한 척 되물었다.

"글쎄, 모르겠는데. 무슨 낙이야?"

서경희의 시선이 다시 천장으로 옮겨졌다.

"당신이 많이 변했다고 생각했어."

"……."

"나도 노력은 했고."

"도대체 무슨 말이야?"

정색한 내가 묻자 서경희는 다시 눈을 감았다.

"나는 당신을 믿고 싶어."

"글쎄, 갑자기 왜 그러는 거야?"

"그냥 자. 기운 없어서 말하기 싫어."

나는 잘되었다 싶었지만 머리끝이 설 정도로 긴장해 있었다. 내가 왜 짐작하지 못했겠는가? 서경희가 나와 오유진의 관계에 있어서 또 어떤 정보를 갖게 된 것이 틀림없었다.

"이봐, 난 아직도 영문을 모르겠는데……. 쓸데없는 생각일랑 마라."

부드럽게 말한 나는 재가 길게 달려 있는 담배를 비벼 껐다.

"나도 노력을 하고 있으니까 말이야."

천장을 바라보고 누운 나는 분주하게 머리를 굴렸지만 도무지 실마리를 찾을 수 없었다. 그렇다고 서경희를 일으켜 캐어물을 수는 없는 일이었다.

그로부터 며칠 동안 나는 조심했다. 회사에서 하루에 두 번쯤 집으로 전화를 했으며 퇴근하면 곧장 귀가했는데 물론 오유진과의 관계가 변한 것은 없었다. 그동안 오피스텔에 점심시간을 이용해 한 번 들렀고 전화는 수시로 했으니까. 차가 생긴 다음부터 오유진이 밖으로 싸다니기 시작한 것이 그래도 내 걱정의 반은 덜어준 효과가 있었다. 오유진이 오피스텔에만 박혀 있었다면 나는 양쪽에서 스트레스를 받았을 테니까.

그러던 어느 날, 퇴근 시간이 다 되었을 때였다. 나는 외부에서 걸려온 전화를 받았는데 바꿔준 여직원은 친척이라고 했다. 내가 응답했을 때 상대방 여자는 잠시 머뭇거리더니 말했다.

"난 오유진의 에미되는 사람인데, 잠깐 만났으면 좋겠는데요."

"아, 그러십니까?"

선뜻 대답했지만 나는 정신이 번쩍 났고 다음 순간에는 이맛살이 찌푸려졌다. 이런 상태에서 좋은 대면이 있을 리가 있겠는가? 시간과 장소를 정한 다음에 나는 오유진에게 연락을 해볼까 생각했지만 그만두었다. 어차피 오유진이 어머니한테 털어놓은 것이니 조언을 얻는다는 자체가 믿음성이 떨어질 것 같았기 때문이다.

저녁 7시 반 정각에 내가 선릉역 근처의 커피숍에 들어섰을 때 오유진의 어머니 김 여사는 먼저 와 기다리고 있었다. 손님이 여러 테이블에 있었지만 오유진과 비슷한 외모의 여자를 금방 찾아낸 것이다.

내가 다가갔을 때, 김 여사 또한 내가 커피숍에 들어서는 순간부터 시선을 주고 있었던 터라 엉거주춤 일어섰다. 분홍색 투피스 정장 차림의 그녀는 세련된 차림에다 농염한 여인

42

의 체취가 물씬 풍겨났다.

"제가 이정국입니다."

머리를 숙여 보인 내가 의식적으로 조금 크게 말하자 김 여사는 눈으로 앞쪽 자리를 가리켰다. 정색한 표정이었다.

"앉으세요."

종업원이 다가와 커피 주문을 받고 돌아갔다. 오유진은 어머니가 올해로 48세라고 했지만 그보다 열 살은 더 젊어 보였다. 김 여사의 어깨쯤에다 시선을 준 나는 문득 주위에서 이렇게 둘이를 부부쯤으로 볼 수도 있겠다는 생각을 했다. 그러자 어깨의 힘이 풀렸고 시선이 더 내려졌다. 이윽고 김 여사가 입을 열었다.

"유진이한테 다 들었어요."

목소리도 오유진과 꼭 같아서 나는 저도 모르게 시선을 들었다. 김 여사가 말을 이었다.

"놀랐습니다. 어떻게 그럴 수가 있는가 하고요."

"죄송합니다."

종업원이 다가와 커피잔을 내려놓고 갈 때까지 우리는 제각기 다른 곳을 보았다. 김 여사가 나를 똑바로 바라보았다.

"어떻게 하실 생각이세요?"

내가 김 여사의 진주귀고리를 보면서 대답했다.

"유진이하고 결혼하겠습니다."

"이혼하시겠단 말인가요?"

"그렇습니다."

"세상에!"

어깨를 늘어뜨린 김 여사가 어이없다는 표정을 지었으므로 나는 정색했다.

"한때의 불장난이 아닙니다. 저는 이 나이가 들도록 유진이만큼 사랑한 여자가 없었습니다."

김 여사는 옆쪽 벽만 보았고 내 목소리는 더욱 굵어졌다.

"저도 이제는 제 행복을 찾아야 한다고 마음먹었습니다. 더 늦기 전에 말이지요."

"지금 나이가 몇이시죠?"

"올해로 마흔 넷입니다."

"유진이는 서른 아홉이라고 하던데."

그리고는 김 여사가 쓴웃음을 지었다.

"서른 아홉이건 마흔 넷이건 간에……."

오유진이 내 나이를 다섯 살이나 낮춰 말했다는 것이 내 기세를 떨어뜨린 것 같다. 그래서 나는 김 여사와 비슷한 모양으로 입술 끝을 올리며 웃었다. 그 멍청하고 가여운 자식은 금방 탄로날 거짓말로 위기를 넘긴 모양이었다.

"이런 말씀드리면 웃으시겠지만 나이 차는 극복할 수 있을 것 같은데요. 그리고 우리 주위를 둘러봐도……."

몇 개의 예는 준비해 왔었지만 나는 꺼내지 않았다. 유명한 사람들의 이야기를 꺼냈다가 잘못하면 반발이 일어날 수도 있다. 김 여사가 다시 머리를 들었다.

"걘 변덕이 심한데다 의지가 약해요. 잘 알고 계시지요?"

"글쎄요, 저는……."

"아직 어려서 세상 물정도 모르고 결혼할 준비도 되어 있지 않아요."

"제가 두 몫을 하겠습니다."

나는 부드럽게 말했지만 똑바로 김 여사를 바라보았다. 오유진이 어머니를 통하여 나와의 관계를 끊으려는 것이 아닌 이상 설득할 수 없을 바에는 차라리 싸우는 게 낫다고 마음먹은 것이다.

"그리고 유진이가 준비가 되어 있지 않다는 말씀은 어머님 생각이십니다."

"내가 어머니로서 여러 가지 부족한 점이 많아요."

갑자기 김 여사가 화제를 돌렸으므로 나는 눈만 깜박였다. 오유진은 꼭 어머니를 닮았다. 저 표정의 변화까지도 시선을 옆쪽으로 돌린 김 여사가 다시 말했다.

"이 사장한테 유진이를 돌봐줘서 고맙다는 말도 하고 싶었지만 막상 대하고 보니까 화가 나요. 이해하세요."

"이해합니다."

이 사장이란 호칭이 마음에 걸렸지만 나는 커다랗게 머리를 끄덕였다. 그러나 럭비공처럼 김 여사의 말이 어느 쪽으로 튈지 몰라 긴장을 풀지 않았다. 김 여사가 가늘고 긴 숨을 뱉었다.

"당분간 서로 이성적으로 생각해보도록 하죠. 시간이 조금 필요한 것 같군요."

나는 오유진이 아직 뱃속의 아이 이야기는 꺼내지 않았다는 것을 그때 알았다. 그 일을 알았다면 오히려 시간을 다투었을 테니까.

"이성적으로 생각하자구?"

그렇게 물은 오유진이 소리내어 웃었다. 나는 집으로 가는 차 안에서 오유진과 통화를 하는 중이었다. 오유진은 내가 어머니를 만났다는 이야기에 처음에는 긴장하는 것 같더니 차츰 분위기가 밝아졌다가 나중에는 덜렁대었다.

"말짱 헛거야. 상견례한 것으로 생각해. 일은 끝났으니까 이젠 신경 쓰지 마."

"인마, 그게 무슨 말버릇이야?"

그 말 때문에 내 기분도 개운해졌다.

"도대체 엄마한테 어떻게 이야기하게 된 거냐?"

"내가 차 가지고 엄마한테 갔거든. 집에 있는 내 물건을 실어오려고 그랬다가 잡힌 거야."

"그래서?"

"자기 이야기를 다 했지, 전부 다."

"내가 서른아홉이라는 것도?"

그러자 오유진이 깔깔 웃었다.

"그것 하나만 빼고."

"난 정직하게 말했어."

"그럴 줄 알았어."

"애 이야기도 뺐더구나."

"응, 말하면 부정탈 것 같아서."

다시 입을 열었던 나는 입맛을 다시고는 말했다. 공감이 되었던 것이다.

나는 운명적 만남이나 영원한 사랑 등의 표현에 거부감을 느낄 뿐만 아니라 믿지도 않았다. 만남은 우연이거나 필연으로 이루어지며 관계는 상호의 필요에 의하여 성립된다고 믿었다. 설령 그것이 감정적 관계일지라도, 사랑 또한 쌍방의 맹목적 감정으로 시작이 된다고 할지라도 타산은 꼭 작용한다고 믿어왔다. 둘 다 맹목으로 지낸다면 그들은 세상 사람이 아니다. 오유진이 품고 있는 아이는 나에게 보험증권과 같이 든든한 증물 역할을 해준 것이 사실이다. 나는 그것으로 오유진에 대한 소유욕을 만끽할 수 있었다. 자신감을 얻게 되었으며 여유도 생겼다. 그래서 될 수 있는 한 오유진이 아이를 오래 품고 있기를 은근히 기대했다. 낳아도 상관없다고 생각했다. 그 사이에 문제가 해결될 거라는 막연한 기대를 품고서.

다음날 점심시간이 되었을 때 동방산업의 안성호 사장이 들어섰다.

"이 사장, 오랜만이야."

"선배님, 어서 오십시오."

안성호는 나의 고등학교 5년 선배로 대전에서 직물공장과 염색공장을 운영하고 있었는데 나하고는 10년이 넘게 거래해 왔다. 우리는 예약해놓은 회사 근처의 일식집 방에서 마주앉았다.

5년 선배였지만 안성호는 성격이 화통해서 술좌석 분위기가 아주 좋았고 2차도 여러 번 같이 간 사이였다. 주거래선인 일성에서 임가공비를 받아간다는 안성호는 정종을 시키더니 서너 잔을 금방 마셨다.

"선배님, 뭐 기분 좋은 일 있습니까?"

내가 묻자 안성호는 씨익 웃었다.

"그렇게 보였다면 내가 너무 오버액션을 했는데."

"오늘 쉬고 가시지요. 모처럼 올라오셨으니 한 잔 하십

48

시다."

"젠장, 어음 받았으니 가서 깡해야 돼."

다시 한 잔을 마신 안성호가 안주도 집지 않고 정색했다.

"이봐, 자네 지난달 외국에 나갔을 때 여자 데리고 갔어?"

그는 눈만 치켜뜬 나를 똑바로 보았다.

"대전 바닥에 소문이 쫙 깔렸어. 내가 사람 시켜서 추적해 보니까 진우가 발설자야. 진우의 한 사장이겠지?"

"……."

"내가 그놈 조심하라고 했지? 뒤통수 칠지도 모른다고?"

앞에 놓인 술잔을 든 나는 한 모금을 삼켰으나 술맛이 맹물 같았다. 안성호가 목소리를 낮추고 말했다.

"자네 회사 직원들도 다 알고 있을 거야. 우리 직원이 자네 회사 직원들한테서 들었다니까."

"……."

"뭐 별일 아니라고 생각할 수도 있지만 그런 일이 쌓이면 직원들 단속이 힘들어진단 말이야, 이 사람아."

나는 서경희의 얼굴을 떠올렸고 곧 서우석의 얼굴이 겹쳐졌다. 그러자 요즘 서경희의 태도를 이해할 수 있었다. 자리를 고쳐 앉은 내가 머리를 숙였다.

"고맙습니다, 선배님."

"나한테서 안 들은 척하고 방법을 만들어 봐."

"알겠습니다."

"그런데 그 여자가 자네가 데리고 있던 여직원이라면서?"

"그건 아닙니다."

"소문은 그렇게 났어. 공장에도 여러 번 데리고 내려왔다던데."

입맛을 다신 나는 대답하지 않았고 안성호도 잠자코 자신의 빈 잔에 술을 따랐다.

경리과장 홍동수는 대기업인 원진상사의 경리부 대리였다가 원진상사가 부도나는 바람에 실업자 생활을 2년이나 한 경험이 있다. 나에게 불려 들어온 홍동수는 소파에 반듯이 앉아서는 불안한 듯 자꾸 눈을 깜박였다.

그는 작년 9월의 경력사원 모집에서 경리과 대리로 입사했는데 지난달에 과장으로 승진되었다. 그만큼 능력도 있었지만 홍동수는 내 고등학교 8년 후배였다. 그를 입사시킨 것에 고교 관계가 작용했다는 것은 아마 정기용이나 박춘택 등도 알고 있을 것이었다. 담배를 피워 문 내가 홍동수에게 물었다.

"이봐, 진우 어음이 몇 장이나 있지?"

"모두 석 장입니다. 7천만 원입니다."

홍동수가 즉각 대답했다. 진우는 지난달에 하청작업을 시작하면서 어음을 맡겼는데 담보용이었다. 원부자재가 몽땅 들어가는 터라 하청공장은 모두 담보를 넣어야 한다.

"기간이 언제까지야?"

"2천짜리는 이달 말에 끝나고 5천은 다음달 말입니다."

머리를 끄덕인 내가 담배 연기를 내뿜었다.

"그 다음 달 분 5천을 진우에게 돌려줘. 진우하고는 거래를 끝내겠다."

눈만 크게 뜬 홍동수를 향해 나는 목소리를 낮췄다.

"진우 어음이 할인이 안 된다는 핑계를 대."

"알겠습니다."

"정 이사나 박 이사가 물어도 그렇게 대답하도록."

"예, 사장님."

하지만 정기용이나 박춘택은 내막을 금방 짐작할 것이었다. 진우와 비슷한 하청공장의 어음은 우리가 이서를 해서 자금을 만들던가 아니면 보관만 해놓고 우리 자금으로 원부자재를 구입하고 있었으니까.

홍동수가 방을 나가자 나는 한동안 소파에 기대앉아 벽을 바라보았다. 아직 안성호에게서 받은 충격이 가시지 않았던 것이다. 나만 침체되어 있는 상황에서 주변의 모든 것들이 바쁘고 어지럽게 움직이는 기분이었다.

그날 저녁, 나는 회사에다 차를 세워놓고 택시로 오피스텔에 갔다. 혹시나 미행이 있을지도 몰라서 택시도 두 번을 바꿔 탔고 엉뚱한 곳을 거쳐서 갔다. 오유진은 환한 얼굴로 나를 맞았는데 미리 연락을 해놓아서 식탁에는 저녁상이 차려져 있었다.

"엄마가 왔다 갔어."

저고리를 받아 걸면서 오유진이 말했다. 놀란 내 시선을 받은 오유진이 얼굴에 웃음을 띠었다.

"김치하고 밑반찬 가지고."

"언제 오셨는데?"

"오전 11시쯤."

이것은 오유진의 어머니가 이 생활을 잠정적으로 인정한다는 의미였다. 그래서 오유진의 표정이 밝은 것이다. 식탁에 앉자 과연 밑반찬이 여럿 늘었고 김치도 먹음직스럽게 보였다. 오유진은 김치찌개를 끓였는데 오늘은 짜지 않았다.

"집안이 지저분하다고 엄마한테 야단맞았어."

마주앉아 밥을 떠넣으면서 오유진이 재잘거렸다.

"엄마가 걸레로 청소해주고 갔어."

"인마, 그런 것까지 엄마가 신경 쓰게 하면 돼?"

했지만 나는 건성이었다. 집에 들어가 서경희를 대할 일이 새삼스럽게 걱정이 되었고 회사에 있을 때는 직원들의 얼굴대하기가 거북했다. 밥을 반쯤 먹은 나는 그대로 식탁에 앉아 밥반찬을 안주로 위스키를 마셨다. 영문을 모르는 오유진은 같이 마시면서 음악까지 틀었고.

"엄마한테 자기가 두 몫을 하겠다고 했다면서?"

술잔을 든 오유진이 나를 바라보았다.

"엄마가 웃었어. 나이가 두 배니까 두 몫을 하는 거냐면서?"

오유진을 바라보던 나는 가슴이 천천히 가라앉는 것을 느낄 수 있었다. 가는 데까지 가보자. 불쑥 그런 생각이 들면서 전의도 슬슬 타오르기 시작했다. 나에게 주어진 이 기회를 그냥 버릴 수는 없는 것이다. 그렇지, 능력이 닿는 한 나는 잡고 있을 테다. 설령 원수가 몇 명 생기는 한이 있더라도.

공작

서경희는 전혀 내색을 보이지 않았는데 그것이 처음 며칠 동안은 피가 마르는 것 같은 기분이었지만 나는 금방 익숙해졌다. 그래서 며칠 후에 어머니가 올라오셨을 때 집안의 분위기는 단란했다.

"내년이나 되어야 결정이 날 것 같다."

저녁을 먹으면서 어머니가 웃음 띤 얼굴로 말했다.

"네 아버지가 하시는 양봉업이 올해 안에 망하게 되면 어쩔 수 없이 상경하시겠지."

나는 소리내어 웃었고 서경희는 입술 끝만 올리고 웃었다. 아이들은 서둘러 밥을 먹고 게임을 하러 저희들 방으로 돌아갔다. 어머니가 서경희를 바라보았다.

"너, 마른 것 같다. 식사는 잘 하니?"

"예, 어머니."

"네 몸은 네가 보살펴야 한다. 애 아빠는 아무 소용없다."

시선을 돌린 나는 어머니에게 오유진의 이야기를 꺼냈다가는 얻어맞을지도 모른다고 생각했다. 아버지는 허허 웃고는 다시 인연을 끊을 것이며 동생들은 사람 취급을 안 할지도 모른다. 숭늉을 가져온 서경희가 어머니에게 말했다.

"어머니, 내일 저하고 백화점에 가요. 티켓 몇 장 얻은 것이 있거든요."

"아이구, 얘야. 난 백화점 옷은 싫다."

어머니의 얼굴에는 웃음기가 가득 번졌다. 나는 서경희의 의중을 짐작할 수 있었으므로 쓴 약을 마시듯이 숭늉을 마시고는 식탁에서 일어섰다. 이번에는 고단수를 쓰는 것이다. 나를 사면에서 압박하여 무릎 꿇리려는 작전으로, 문제는 내 반발력이 떨어진다는 점이었다. 예전에는 서경희가 지랄을 할수록 나는 밖으로 돌았는데 이런 상황에서는 스스로의 명분도 찾기 힘들 테니까.

아침에 회사로 가는 차 안에서 나는 생각을 정리했다. 이 사건이 터지기 전까지만 해도 나는 양쪽을 관리하며 생활하겠다는 안일한 생각을 품고 있었다. 그때는 오유진이 제일 문제였으나 그쪽에서 먼저 그냥 이렇게 지내도 좋다는 자세를 보인 것이다.

앞쪽을 노려보던 나는 저도 모르게 머리를 저었다. 오유진을 놓칠 수는 없다. 설령 모든 사람에게 매도당할지라도, 그리고 가정에 파탄이 온다고 해도 상관없다. 만약 한쪽을 택해야만 하는 경우가 온다면 당연히 오유진이다. 그러자 나는 갑자기 외로워졌다. 이것은 오유진에게 털어놓을 수도 없는 생각이었으니, 더욱.

조인철은 지난번 사건 이후로 내 전화도 받지 않더니 저녁 무렵이 되었을 때 불쑥 회사로 찾아왔다. 놈은 의상학과 출신의 마누라를 둔 덕분에 옷차림이 언제나 세련되었다. 오늘도 베이지색 양복에 진청색 넥타이를 매었는데 향수 냄새는 코에 익은 파코였다. 우리는 저녁도 먹지 않고 룸살롱 에이스로 갔다. 조인철의 단골집이었다.

"마담, 걔들 불러와."

마담의 인사를 받는 둥 마는 둥한 조인철이 술상이 차려지기도 전에 서둘렀다.

"그리고 마담은 안 들어와도 돼."

아직도 젊을 적 미색이 남아 있는 마담이 웃으며 방을 나가자 내가 조인철을 노려보았다.

"너 이 새끼, 찍어둔 가시내 보러왔구만 그래?"

"그렇다."

"더러운 놈, 언제는 나보고 지랄하더니."

조인철은 대답하지 않았다. 그와 나는 수십 번 오입을 같이 했는데 내가 사부 노릇을 했다. 물좋은 곳은 언제나 내가 찾아내었으며 애들한테 정 붙이지 말라고 가르친 것도 나였다. 잠시 후에 종업원이 술과 안주를 날라 왔고 뒤를 두 명의 아가씨가 따라 들어섰다.

"어, 앉아라."

반색한 조인철이 말하자 두 명은 망설이지도 않고 우리들 옆으로 갈라 앉았다. 나는 먼저 앞에 앉은 조인철의 파트너를 보았다. 갸름한 얼굴형에 키가 컸고 말랐다. 조인철이 선호하는 형이다.

"기다렸어요, 오빠."

바짝 다가앉은 아가씨가 말하자 조인철이 여자의 허리에 팔을 둘렀다. 그러고는 앞에 앉은 내 파트너를 보았다.

"너, 인사해라."

"양선옥입니다."

나는 식탁 가운데를 향해 머리를 숙인 내 파트너를 돌아보았다. 우선 피부가 맑았고 눈매가 또렷했다. 입술 끝도 야무져서 내 시선을 받고도 흔들리지 않았다. 그때서야 나는 조인철의 의도를 알았다. 놈은 내가 가르친 방법을 나에게 쓰고 있는 것이다. 두 번 이상 만나면 여자 쪽에도 부담을 주는 것이라고 나는 교육시켰었다. 그리고 이쁜 여자는 얼마든지 있다고도 했다.

　나는 양선옥이 따라준 술잔을 들었다. 시치미를 뗀 조인철은 제 파트너의 귀에 대고 무언가를 속삭였는데 손은 이미 치맛속으로 들어가 있다.

　"씨발놈아, 난 애 낳을 거다."

　위스키를 한 모금 삼킨 내가 혼잣소리처럼 말했지만 조인철이 나를 바라보았다. 어느덧 정색한 얼굴이었다.

　"그래, 네 맘대로 해라."

　"난 헤어지지 못해."

　"우선 오늘밤 네 파트너 솜씨를 한 번 보고 얘기해."

　그러자 양선옥이 내 잔에 술을 채우더니 입술 끝을 올리며 웃었다.

　"입맛이 다르면 맛도 제각각이에요."

　조인철이 소리내어 웃었고 나는 정색한 얼굴로 양선옥을 보았다. 내 시선을 받은 양선옥이 다시 웃었다.

　"저는 무슨 영문인지 모르겠는데 제가 실언했다면 사과할게요."

　그날 밤, 나는 룸살롱 근처의 모텔에서 양선옥과 2차 행사를 치렀다. 조인철은 제 파트너와 옆방으로 들어갔고 놈은 내 방 값까지 치르면서 문이 닫치는 것까지도 확인했다.

양선옥은 전시장에 내놓은 신상품처럼 완벽한 여자였다. 성의 기교도 뛰어났는데 무조건 소리를 지르거나 발광을 떠는 스타일이 아니라 남자의 상태에 맞춰주었다. 그러나 그것도 의식적으로 보이지가 않았으니 일류라고 인정할 만했다. 섹스를 마치고 같이 샤워기의 물줄기 밑에 섰을 때 양선옥이 말했다.

"지난번 조 원장님이 의사 친구분들하고 오셨을 때 말씀 많이 들었어요."

"그 씨발놈이!"

내가 눈을 부릅뜨자 양선옥은 웃으며 내 몸에 비누칠을 했다.

"저한테 사장님 파트너가 되어서 정을 떼라고 하셨어요. 참 좋은 친구 분이세요."

"그 새끼가 또 뭐라고 했냐?"

"임자가 생기면 돌아설지도 모른다고."

"그리고?"

"사장님이 가엾다고도 하셨어요."

"개새끼!"

그러나 비누를 문지르는 양선옥의 손길이 아래쪽에 닿자 내 욕정이 다시 치솟아 올랐다. 양선옥이 내 물건을 쥐고는 키드득 웃었다.

"선 채로 해보실래요. 난 아직 안 해봤어."

택시를 타고 집으로 돌아가는 동안 나는 나른한 피로감과
술기운에 덮여 조금 잤다. 택시가 덜컹이는 바람에 눈을 떴을
때는 새벽 1시가 되어 가는 중이었고 집에는 거의 다 와 있었
다. 나는 핸드폰을 꺼내들고 다이얼을 눌렀다. 신호가 두 번
떨어졌을 때 오유진이 전화기를 들고 응답했다.
"여보세요."
잠에서 깬 목소리는 아니었다.
"나다, 아직 안 잤어?"
"응, 비디오 봐."
"저녁은 먹었어?"
"라면 먹었어."
나는 그때 머리를 저었는데 왜 그랬는지 알 수 없었다.
"내일 내가 점심때 들를게."
"응, 기다릴게."
핸드폰의 스위치를 끈 나는 운전사의 등을 보았다. 그리고
백미러를 보았지만 운전사의 시선은 올라가지 않았다.

한태일이 찾아왔을 때 나는 마악 나가려고 저고리를 집어
든 참이었다. 정색한 그는 내 앞에 엉거주춤 섰다.

"사장님, 드릴 말씀이 있습니다만."

"어, 그래?"

저고리를 의자 위로 던진 내가 소파에 앉아 턱으로 앞쪽을 가리켰다.

"앉아. 내가 지금 시간이 없으니까 용건만 듣자."

"경리과장이 어음을 돌려주던데요."

한태일이 내 눈치를 보았다.

"할인이 안 된다면서 말입니다."

"그래, 이야기 들었어. 공장 증설 때문에 자금이 모자라서 그러는 거야."

"그럼 5월부터는 제가 놀게 됩니다."

머리를 끄덕인 내가 담배를 빼어 물었다.

"할 수 없는 일이지. 원부자재를 거저 넘길 수는 없으니까 말이야."

방안에는 한동안 정적이 흘렀고 이윽고 한태일이 머리를 들었다.

"저하고 인연을 끊으시려는 겁니까?"

"응, 뒤가 좋지 않겠지만 네가 자초한 일이니까."

한태일의 시선을 잡은 내가 웃었다.

"네가 제일여행사의 곽선호한테서 내 여행 스케줄을 알아 갔더구만. 여자하고 같이 갔다는 걸 말이야."

얼굴을 굳힌 한태일을 향해 나는 말을 이었다.

"곽선호한테 직접 들었다. 공장에도 네 입에서 나온 소문이라는 걸 확인했고."

"사장님, 저는 단지."

"계속 내 뒤통수만 치는데 이쯤에서 헤어지는 것을 고맙게 생각해라. 한때는 가만두지 않으려고 했으니까."

자리에서 일어선 나는 저고리를 집었다.

"이미 여편네도 알고 있어. 덕분에 일이 빠르게 진행되는 것 같다."

나는 오유진이 운전하는 차에 처음 탔는데 투도어여서 뒷좌석으로 옮겨 앉지는 못했다. 그래서 앞좌석에서 안전띠를 매고 앉아 있었지만 불안했다. 그런 내 심중을 읽은 오유진이 오히려 차를 세게 모는 바람에 나는 여러 번 화가 치밀었지만 참았다. 차는 미사리 쪽으로 달려가고 있었다. 오후 1시였다.

"자기야, 내 운전 솜씨 괜찮지?"

오유진이 웃음 띤 얼굴로 물었으므로 나는 입맛을 다셨다.

"까불지 말고 천천히 몰아."

"나한테 몸을 맡긴 기분이 어때?"

"불안하다."

그러나 길이 훤하게 뚫리자 오유진은 차에 더 속력을 냈다. 미사리의 횟집에 도착했을 때 나는 살아난 기분이었다. 횟집의 방에서 마주앉았을 때 오유진이 정색한 얼굴로 나를 보았다.

"무슨 일 있어?"

예민한 오유진이 내 분위기를 눈치채지 못했을 리가 없다. 나는 차 안에서 대부분 입을 다물고 있었으니까.

"주위 사람들 시선 배겨낼 자신 있어?"

"그까짓 것이 무슨 상관이야?"

회접시와 반찬이 날라져 왔으므로 우리는 입을 다물었다. 종업원이 물러갔을 때 오유진이 먼저 입을 열었다.

"집에 무슨 일 있어?"

"마누라가 눈치 챈 것 같다."

"……."

"아무런 내색도 하지 않는 것이 저대로 뭔가 준비를 하는 모양이야."

"어떤 준비?"

"나한테 치명타를 먹일 준비."

긴장한 오유진의 표정을 본 내가 얼굴에 웃음을 띠웠다.

"걱정 마, 너는 별일 없을 테니까."

"어떻게 할 건데?"

"갈라서야지. 이번에는 달라는 대로 주는 수밖에 없겠어."

그렇다고 나는 내가 먼저 이혼을 제의할 생각은 아직 없었다. 서경희가 먼저 나서면 끝장을 내겠다는 소극적인 자세를 굳힌 것뿐이다. 이혼 소송과 그 과정에서 일어날 일들을 생각하면 골치부터 아팠으며 두 아이의 거취도 쉽게 끝날 일이 아니었다. 나는 긴장한 오유진의 얼굴을 바라보았다.

"유진아, 견뎌낼 수 있겠지?"

"자기가 버텨만 준다면."

젓가락으로 회를 집은 오유진이 입에 넣더니 다부지게 씹었다.

"난 아무것도 겁나지 않아."

나는 심란한 마음을 위안 받으려고 그 이야기를 꺼낸 것이어서 내가 당장 해야 할 일은 없었다. 한태일과 그런 식으로 결별한 것이 아무래도 꺼림칙했으며 누구한테 상의하지도 못했던 것이다. 회를 삼킨 오유진이 생각이 났다는 듯한 얼굴로 나에게 물었다.

"자기 와이프가 우리를 잡으면 간통죄로 고소할까?"

"그렇다면 잠깐 들어갔다 나오지, 뭐. 그러면 자동 이혼이 될 테니까."

거침없이 대답했지만 나는 감옥에 들어갈 생각은 추호도 없었다. 그때는 주도권을 쥔 서경희의 요구조건을 다 들어줘야 될 것이었다. 우리는 시켜놓은 회를 반도 먹지 않고 일어섰다. 오유진은 가끔 웃었지만 곧 가라앉았으며 나 또한 분위기를 일으켜 세울 기분이 아니었다. 차로 다가갔을 때 오유진이 나에게 키를 내밀었다.

"자기가 운전해."

내 시선을 받은 오유진이 옅게 웃었다.

"그리고 오피스텔에 가서 나 안아주고 가, 괜찮지?"

갑자기 가슴이 메어온 나는 커다랗게 머리만 끄덕였다. 이제는 오유진이 확인 받으려고 하는 것인가.

저녁때 모처럼 네 식구가 모여 식사를 했으나 가라앉은 분위기였다. 초등학교 6학년과 3학년이 된 영준과 동준은 수많은 전쟁을 겪은 터라 분위기에 민감해서 얼른 제 몫을 먹더니 저희들 방으로 돌아갔다.

서경희의 음식 솜씨는 솔직히 오유진이 따라가지 못한다. 음식 솜씨는 어머니한테서 물려받는다는 말이 있는데 지난번에 오유진의 어머니가 담가온 김치도 서경희의 솜씨보다 못했다. 나는 얼큰한 생태찌개에 밥 한 그릇을 깨끗이 비우고는 트림을 했다.

앞에 앉은 서경희의 시선이 바늘 끝처럼 날아와 이마를 쑤셨지만 모른 척했다. 이런 분위기가 한두 번이 아닌 터에 그때마다 밥 맛을 잃었다가는 굶어죽었을 테니까. 내가 응접실의 소파로 돌아가 앉았을 때 서경희가 커피를 들고 와 내 앞에 내려놓더니 조금 떨어져 앉았다.

"이번 일요일에 바이어하고 약속이 있다고 했지?"

"그래, 라시드가 토요일에 와."

쿠웨이트 바이어 라시드가 휴가차 서울에 오는 것이다. 쿠웨이트 지사장 발령을 받고 떠난 박종민이 신세를 지고 있는 터라 나는 풀서비스를 해줄 생각이었다. 서경희가 시선을 돌린 채로 말했다.

"토요일 오후에 애들 데리고 아버님한테 갔다가 일요일 오후에 올게. 아버님이 애들 데리고 오랬어."

나는 눈만 껌벅였고 서경희가 말을 이었다.

"밥은 당신이 알아서 챙겨 먹어."

할말을 잃은 나는 텔레비전만 보았다. 서경희는 교묘한 수단을 쓰고 있는 것이다. 만일 이런 상황이 계속된다면 내가 휩쓸려버릴 것 같은 불안감마저 들었다.

토요일 오전에 나는 양선옥의 전화를 받았다. 전화번호도 알려주지 않은 터라 내가 찜찜한 목소리로 응답했어도 양선옥은 당돌했다.

"조 원장님이 알려주셨어요. 만나면 보너스를 따로 주신다고 했거든요."

"그 빌어먹을 놈이!"

했지만 조인철식 발상에 화를 낼 수는 없었다. 놈은 오유진과 양선옥을 동격으로 취급했고, 내 감정을 싸구려로 매도함으로써 이성을 찾게 하려는 것이다.

"점심 사주시지 않을래요? 아니면 제 집으로 오시든지. 언니가 나가서 저 혼자 있거든요."

"오늘 손님하고 약속이 있어."

나는 양선옥의 알몸을 떠올리면서 말했다.

"다음에 보자."

"그래요, 아저씨."

양선옥이 선선히 대답했다.

"기운내세요, 아저씨."

전화기를 내려놓은 나는 한동안 찌푸린 얼굴로 앉아 있었다. 조인철이 나와 오유진과의 관계를 미리 이야기해준 것 같았기 때문이다.

그 시간에 오유진과 김 여사는 오피스텔에서 늦은 아침 겸 점심을 먹고 있었다. 김 여사는 오늘도 김치와 밑반찬을 만들어왔는데 둘의 관계는 많이 가까워졌다. 오유진의 모를 세운 태도가 없어진데다 김 여사 또한 사근사근해졌기 때문이다.

"내가 사람 시켜서 알아보았더니 이 사장 회사가 잘된다고 하더라. 직원이 500명이 넘는다면서?"

"하청공장까지 합하면 더 돼."

씹던 것을 삼킨 오유진이 김 여사를 보았다.

"내가 회사 설립할 때부터 잘 알아."

"근데 이혼은 언제 한다고 그래?"

"곧 할거야."

"애들은 어떻게 하고?"

"그 사람은 데려오겠다지만 와이프가 내놓지 않으려고 하는가 봐."

"그럼 주지, 뭘?"

수저를 내려놓은 김 여사가 방안을 둘러보는 시늉을 했다.

"넌 이대로 오피스텔에서 살 거냐?"

"당분간은. 하지만 둘이 살게 되면 옮기겠지 뭐."

그러자 김 여사가 긴 숨을 뱉었다.

"이게 무슨 운명이니 그래? 넌 부모가 이혼한데다가 이혼남과 결혼하게 되었으니 말이다."

"나까지 이혼하면 안 되겠지?"

시선이 부딪치자 둘이는 동시에 웃었다.

"망할 년, 넌 아직 세상 물정을 모른다. 사는 게 정만 가지고도 안 되고. 곡절 없는 인생이란 없단다."

김 여사가 탄식하듯 말했지만 어조는 무겁지 않았다.

"하긴 이 사장같이 세파를 겪은 남자가 너한테 어울릴지도 모르지. 넌 차곡차곡 쌓고 올라가는 애가 아니니까."

오유진은 물잔을 들었다. 만일 자신이 지금도 떠돌이 생활을 하고 있었다면 어머니는 지금처럼 사근대지 않았을 터였다. 임동혁과 같이 있을 때도 마찬가지였다. 어머니는 옥선이를 통해 용돈을 주면서 온갖 잔소리를 다 했다고 했다. 시계를 내려다본 어머니가 자리에서 일어섰다.

"얘, 나 가야겠다. 약속이 있어."

아마 남자하고의 데이트 약속일 것이다.

그날 저녁에 나는 정기용과 라시드를 데리고 룸살롱 에이스로 갔다. 아는 룸살롱이 여러 곳 있었지만 에이스를 택한 이유는 양선옥 때문이라고 해야 옳다. 그리고 정기용에게 나와 양선옥의 친한 장면을 보여줄 필요가 있다고 생각했다. 이미 소문이 무성하게 나 있을 테니 내가 예전의 스타일로 돌아와 있다는 것을 보이면 희석시키는 효과도 있을 테니까.

라시드는 한국 물정에 통달해 있어서 아가씨들 팁은 물론이고 나갈 때 웨이터에게 팁을 준다는 것도 알았다. 오후에 도착한 다음 호텔에서 한숨 자고 나온 라시드는 원기가 충만한 상태였다. 셋이 자리잡고 앉자 마담은 곧 세 명의 아가씨를 데려왔는데 양선옥과 조인철의 파트너인 이민영, 그리고 또 다른 아가씨였다.

마담은 내가 시킨대로 이민영을 라시드의 옆에, 그리고 새 아가씨를 정기용의 옆에 앉혔다. 라시드가 만족한 듯 나를 보고 웃었지만 이민영의 얼굴은 굳어져 있었다. 나는 예약할 때부터 이민영을 라시드의 상대로 찍어 놓았던 것이다. 라시드는 회교도였지만 위스키를 물처럼 마셨다. 그리고 유머가 있어서 이민영도 곧 깔깔대며 웃었다.

"사장님, 이곳은 언제 개발하셨습니까?"

위스키 한 병을 비웠을 때 정기용이 붉어진 얼굴로 물었다.

"반년쯤 됐나? 내 친구가 잘 다니는 곳이야."

양선옥의 허리를 감아 안은 내가 말했다.

"오늘은 내가 여자의 지조를 시험하는 거다."

양선옥은 내 시선이 앞쪽 이민영을 스치고 가는 것을 눈치챈듯 긴장했지만 정기용은 눈만 껌벅였다. 그때 라시드가 무언가를 귀에 대고 속삭이자 이민영이 소리내어 웃었다.

그날 밤, 우리 셋은 제각기 파트너를 끼고 라시드가 묵고 있는 르네상스호텔로 갔다. 18층 객실에 여섯 명이 들어가 다시 위스키 서너 잔씩을 마신 다음 계획했던 대로 라시드와 이민영만을 남겨 두고 넷이 나왔다. 로비에 내려왔을 때 내가 정기용에게 물었다.

"정 이사, 오입할 거냐?"

"제가 방 두 개 잡지요."

대뜸 대답한 정기용이 휘적이며 카운터로 다가갔다. 양선옥이 나에게 바짝 붙어 섰다.

"마음에도 없는 오입하시는 거 아녜요?"

"시끄러!"

"저분도 아저씨 눈치 보느라 억지로 하시는 것 같은데요?"

나는 쓴웃음을 지었다. 그러고 보면 세 팀 여섯 명 중에서 유일하게 라시드만 목적한 바를 이루었다. 나는 정기용에게 시위성 목적으로 양선옥을 끌고 나왔으며 정기용은 분위기를 깨지 않으려고 동행시켰을 것이다. 우리는 곧 10층 객실에 방을 잡아 들어섰는데 밤 12시 반이 되어 있었다.

"주무시고 가실 건가요?"

침대 끝에 걸터앉은 양선옥이 방안을 둘러보며 물었다.

"이왕 호텔비 냈으니까 전 이곳에서 자고 갈래요."

냉장고를 연 나는 생수병을 꺼내어 병째 몇 모금을 삼켰다. 간다면 갈 곳이 두 군데 있었다. 집과 오피스텔이었는데 집은 비어 있었다. 서경희가 아이들을 데리고 대전으로 간 것이다. 손등으로 턱에 흘러내린 물을 닦으며 돌아선 내가 양선옥을 보았다.

"난 갈 테니까 넌 자고 가."

"알겠어요, 하지만 조금 있다가 가시는 게 낫겠네요. 제 생각에는 정 이사란 분도 곧 방을 나올 것 같아서요."

쓴웃음을 지은 나는 의자에 앉았다.

"용의주도하구나."

"이런 경우 처음이 아니거든요."

"조 원장한테서 어떻게 이야기 들었어?"

"마치 아저씨가 악마의 유혹에 빠진 것처럼 말씀하셨어요."

"네가 천사가 되어서 빼내라더냐?"

양선옥이 머리를 끄덕였다.

"싫증이 날 때가 되었다면서."

"놈은 내가 부러운 거다. 그래서 질투하는 거야."

"그래서 화나셨어요?"

"무슨 말이야?"

"외국사람한테 민영이를 붙여준 것 말예요."

"민영이가 입 다물면 돼."

"……."

"민영이는 오늘 3천 불을 받을 거야."

그러자 양선옥이 나를 똑바로 보았다. 정색한 얼굴이었다.

"믿기지 않아요. 아저씨가 여자한테 빠졌다는 것, 거짓말이죠?"

그날 밤 나는 아파트로 돌아가 혼자 잤다. 아파트로 오는 택시 안에서 나는 오피스텔로 전화를 했는데 오유진은 자는지 벨이 다섯 번 울려도 받지 않길래 끊었다. 다른 때 같았으면 열 번까지도 기다렸을 나인데 그날은 피곤했던 것 같다.

새벽 3시가 되었을 때 서경희가 아파트로 전화를 했다. 벨이 여러 번 울린 것 같았는데 잠에서 깬 내가 응답하자 서경희는 자느냐고만 묻더니 전화를 끊었다. 그즈음 나는 신경이 예민해져 있었던 것 같다. 그리고 매사에 의욕이 떨어지고 있었다. 오유진은 착실하게 나를 기다리는 생활에 적응하고 있는데다 사업은 계획 이상으로 성장하는 중이었지만 갈등과 혼돈의 상태가 되었다고나 할까. 차라리 서경희가 예전처럼 이놈 저놈 하면서 터뜨렸다면 결론이 금방 날 일이었다.

그런 상황에서 내가 나설 생각을 전혀 못했던 것은 파란이 귀찮았기보다는 우유부단한 내 성격 탓도 있다. 선택이 강요되는 상황까지 기다리면서 양쪽에 적당히 다리를 걸쳐놓는 것이 훨씬 편하기도 했고……. 그러고 보면 서경희만큼 나에 대해서 잘 아는 인간도 없을 것이다. 내 갈등과 혼돈을 뻔히 들여다보며 서경희는 공작을 추진하고 있었다. 제 살을 깎는 듯한 고통을 감수하면서.

5월 초였으나 섭씨 30도 가까운 더위가 계속되어서 반팔 셔츠 차림도 많았다. 한태일은 이마의 땀을 손끝으로 훔치며

삼성동의 커피숍에 들어섰다. 오전 11시 정각이었다. 스무 평이 안 되는 커피숍에는 손님이 두 테이블뿐이었는데 벽쪽의 좌석에 앉은 서경희가 손을 들어 보였다. 다가간 한태일이 웃음 띤 얼굴로 머리를 숙이자 서경희도 따라 웃었다.

"오랜만에 뵙네요, 한 사장님."

"사모님, 그 동안 안녕하셨습니까?"

"갑자기 뵙자고 해서 미안합니다."

"아닙니다."

커피를 시키고 난 그들은 잠시 시선을 마주치지 않은 채 말을 그쳤다. 한태일은 서경희의 전화를 받는 순간부터 이유를 짐작했으나 시치미를 뗀 얼굴이었고 서경희는 조금 초조한 표정이었다. 이윽고 서경희가 입을 열었다.

"바쁘신데 정말 미안해요."

"바쁘지 않습니다. 요즘은 노는데요, 뭐."

"여쭤볼 말씀이 있어서요."

"아, 예."

한태일은 본래 서경희를 좋아하지 않았다. 그는 여자란 특히 와이프의 자세는 남편의 내조에 중점을 두어야 하며 겸손해야 한다고 믿었다. 그런데 서경희는 자주 회사로 전화를 해서 이정국의 어젯밤 행적을 묻거나 보너스가 몇 퍼센트인가를 확인했는데, 여직원들이 당황해하는 바람에 그가 여러 번

대신 대답했었다. 서경희가 조금 차분해진 표정으로 한태일을 보았다.

"영준 아빠 여자 관계 아시죠? 외국에도 같이 갔다는 여자 말인데요?"

"글쎄요, 저는……."

그때서야 한태일은 마음을 굳혔다. 지금까지 망설이고 있었던 것이다. 그는 머리를 저었다.

"저는 금시초문입니다만?"

"알고 계실 텐데요."

서경희가 웃음을 띠어 보였으나 한태일은 시선을 돌렸다. 그는 서경희가 소문의 진원지를 파악하고 있다는 것은 알았지만 아직 서우석의 존재는 알지 못했다.

"정말입니다. 저는 그런 이야기 처음 듣습니다."

"영준 아빠하고 거래가 끊긴 것도 알고 있어요. 비밀은 지켜드릴 테니까 저를 돕는 셈치고 말씀해주세요."

그러자 한태일이 시선을 들어 서경희를 보았다. 눈을 치켜 뜬 표정이었다.

"정말 왜 이러십니까? 절 가만 내버려두십시오."

자리에서 일어선 한태일이 시선을 딴 곳에 준 채로 머리를 숙여보였다.

"죄송합니다. 제가 계산하고 가겠습니다."

그날 저녁, 북창동의 소란한 음식점 안이다. 한태일은 정기용과 둘이서 소주를 마시고 있었는데 술기운이 번진 얼굴이 붉었다.

"씨발년이 아직도 날 이정국이 부하 취급을 한단 말이야."

뱉듯이 말한 한태일이 정기용을 바라보았다.

"둘 사이는 괜찮은가 보지? 나하고 거래가 끊긴 것까지 아는 걸 보면 이정국이 말해준 것 아닌가?"

"글쎄."

돼지갈비를 집으면서 정기용이 머리를 기울였다.

"옛날 버릇대로 회사 여직원한테서 들었는지도 모르지."

"당신도 조심해. 나처럼 당하지 않으려면 말이야."

"이봐, 무슨 소릴 하는 거야?"

이맛살을 찌푸린 정기용이 짜증을 냈다.

"괜히 말이나 만들지 마라. 오늘도 나는 옛날 의리 생각해서 나온 거지 당신하고 사장 씹으려고 나온 게 아냐."

"내가 말은 안 해주었지만 오유진이는 곧 찾아낼걸? 용역회사에 부탁하면 금방이라고."

"사장은 새 여자가 생긴 것 같던데, 룸살롱에서 보았어."

"어딘데?"

정색한 한태일이 물었으나 정기용은 머리를 저었다.

"이 사람아, 누굴 끌고 들어가려고 이래? 그쯤만 알고 있으라구."

한태일은 지금 공장과 직원을 놀리고 있어서 피가 마르는 심정이었다. 그래서 부모 죽인 원수가 주는 오더라도 받아야 할 상황이다. 술잔을 든 한태일이 정기용을 바라보았다. 이렇게 한 달만 더 지나면 회사는 문을 닫아야 한다.

"내 배 좀 봐."

셔츠를 위로 걷은 오유진이 배를 내밀어 보였으므로 나는 풀썩 웃었다. 오유진의 배는 밋밋해서 도무지 임신한 것 같지가 않았던 것이다.

"석 달째야."

오유진이 배를 가볍게 두드리며 말했다.

"지금도 조금씩 자라고 있어."

분위기에 젖은 나는 다리를 길게 뻗고 앉아 신문을 펼쳤다. 저녁 7시 반이 되어가고 있었다. 회사에서 나온 나는 곧장 오피스텔에 들러 저녁을 마친 참이었다. 주방에서 오유진이 콧노래를 흥얼거리며 설거지를 하고 있었다. 저녁이 되었어도 날씨가 무더웠으므로 오유진은 창문을 활짝 열어놓았다. 그래서 내일은 에어컨을 미리 설치해놓으라고 했더니 저렇게 좋아하는 것이다. 오유진이 주방에서 머리를 돌려 나를 보았다.

"참, 20일에 아버지가 오셔."

"아버지가?"

신문을 내려놓은 내가 정색했다.

"일본에서 말이냐?"

"아니, LA에서."

주방 수건으로 손을 닦으며 오유진이 다가와 내 옆에 앉았다. 갑자기 차분해진 표정이었다.

"일본에 있다는 건 거짓말이었어. 일본여자하고 결혼했다는 것도."

"……."

"아버진 사업에 실패해서 LA로 도망갔어. 거기서 청소부로 일하고 있었어."

"그랬구나."

분위기를 부드럽게 하려고 나는 머리를 끄덕이며 웃었다.

"거짓말쟁이 같으니."

"이제 10년이 지나 기소중지가 풀린 모양이야. 그래서 한국에 다녀가겠대."

"어머니도 만나고?"

"아니, 나만 만나고."

"그럼 나도 뵈어야지."

"내가 전화로 다 이야기했어."

"뭐라고 하셔?"

"나만 좋다면 상관없대."

나는 오유진의 손을 당겨 쥐었다. 지난번 아버지 만난다고 일본으로 갔을 때 아마 혼자 가지는 않았을 것이었다. 그것을 내가 짐작하고 있을 줄을 알면서도 솔직하게 말해준 것이 기뻤기 때문이다.

"아버지하고 술 한 잔 해야겠다."

나는 오유진의 납작한 배를 손바닥으로 쓸었다.

집에 돌아왔을 때는 밤 10시 반이 되어 있었는데 영준과 동준이 내 방에서 숙제를 하는 중이었다. 서경희가 애들 방에서 빨랫감을 개는 바람에 내 방으로 옮겨온 것이다. 60평형 아파트여서 방이 4개였으나 미선이 방을 쓰지 않아서 3개만 사용했는데 내 방은 서재 겸용이었다. 씻고 돌아왔을 때 동준이 연필을 내려놓더니 방구석을 가리켰다.

"아빠, 저건 뭐야?"

"비디오박스 아니냐?"

"그 옆에 박스 말이야."

미선이의 유골이 담긴 박스를 묻는 것이다. 내 방에 박아놓아서 이제까지 아이들 눈에는 한 번도 띄지 않았고 서경희도 비디오박스 부속품이거니 생각했을 것이다. 박스로 다가간 나는 뚜껑에 덮인 먼지를 손바닥으로 쓸어 닦았다.

"비디오 부속품이 들었다."

"되게 안 열려."

"인마, 열면 안 돼."

내가 눈을 부릅뜨자 거봐, 하는 표정으로 머리를 든 영준이 웃었다. 책상에 앉은 나는 방바닥에 엎드려 있는 두 아들을 내려다 보았다. 누군가 어린애들은 상처를 쉽게 잊는다고 말해준 것이 떠올랐다. 과연, 그럴까? 표현하지 못하는 것은 아닐까?

5월 중순이 되었을 때 회사 일이 바빠져서 나는 사흘에 한 번은 공장에 내려갔고 일주일에 한 번 꼴로 거래선 접대를 했다. 오더가 밀려 있다는 건 회사 입장에서는 행복한 고민이다. 직원들은 활기 차게 움직였으며 회사는 외부 손님들로 항상 북적거렸다.

그날은 날씨가 하루종일 흐렸는데 오후가 되면서 가랑비가 뿌려졌다. 한태일이 찾아온 것은 오후 3시경이었다. 머리와 어깨가 비에 젖은 그는 앞쪽 소파에 앉은 후 웃어 보였지만 분위기에 어울리지 않았다.

"사장님, 오더가 없다 보니까 지금까지 3억을 까먹었습니다."

그가 밝은 목소리로 말했지만 얼른 표정이 따라가주지 않고 일그러졌다.

"이달 말이 되면 망하겠는데요."

공장은 돌려야 자금도 회전된다. 공장 가동이 멈춰지면 당겼던 자금을 고스란히 토해놓아야 되는 것이다. 한태일이 고전하고 있다는 것은 수시로 듣고 있던 터라 나는 잠자코 바라보기만 했다.

"사장님, 도와주십시오."

그렇게 말하고 난 한태일이 마침내 머리를 숙였다.

"이렇게 끝내기엔 억울합니다."

"뭐가 말이냐?"

내가 불쑥 묻자 한태일이 머리를 들었다.

"제가 잘못했습니다. 악의가 있었던 건 아니었습니다."

"창피하다."

"용서해 주십시오."

이런 경우에 나는 더 잔인하게 짓밟고 싶은 충동과 참고 받아들이려는 두 가지 선택을 하게 된다. 대개 전자의 충동이 더 강하지만.

오명규 씨는 장신에 이목구비가 잘 정돈된 호남이었다. 성큼성큼 다가온 그는 나에게 손을 내밀었다.

"이 사장 이야기는 많이 들었소."

"뵙게 돼 반갑습니다."

오후 3시였다. 신라호텔의 라운지는 손님들이 꽤 있었지만 여느 때처럼 묵직한 분위기로 조용했다. 아버지와 함께 나온 오유진은 긴장한 듯이 웃지도 않고 서 있다가 나란히 앉았는데 나한테도 시선을 주지 않았다. 커피를 시키고 났을 때 오명규 씨가 입을 열었다.

"애 어머니도 만나보셨겠지?"

"예, 만나뵈었습니다."

"뭐라고 합디까?"

내가 오유진을 보았지만 역시 시선을 주지 않았으므로 정색하고 말했다.

"나잇값을 해야 한다고 하셨지요."

"허어."

"그래서 제가 두 몫을 하겠다고 했습니다."

머리를 끄덕인 오명규 씨가 날라온 커피잔에 설탕을 넣으며 말했다.

"내가 애 엄마 이야기를 묻는 건 애비로서 자격미달이기 때문이오. 애 장래에 대해서 이러쿵저러쿵 나설 자격이 없지."

"아빠."

오유진이 무언가 말을 꺼내려다가 곧 시선을 돌리더니 가만 있었다. 오명규 씨가 말을 이었다.

"하지만 궁금했었소. 나이 차가 20년이나 나는데다가 아직 유부남이라고 들어서 걱정도 되었고."

"……."

"더구나 유진이는 임신했다는군. 제 어미한테는 비밀로 했다면서 나한테만 말해주었는데 우스운 일이지."

오명규 씨가 흰 이를 내보이며 소리 없이 웃었다.

"애비가 이해해주리라고 생각해서 말한 것이 아니라 곧 떠날 사람이니 털어놓은 것이겠지요. 누군가한테는 알리기는 해야겠는데 내가 제일 가벼운 상대였겠지."

"아빠."

오유진이 정색했다.

"그게 아냐, 아빠."

그러나 오명규 씨는 나를 향해 말을 더 이었다.

"사정이 있겠지만 유진이가 출산하기 전까지는 정상적인 관계가 되었으면 좋겠소. 그것이 내 부탁이오."

"명심하겠습니다."

"나이 차는 이해할 수 있어."

자르듯 말한 오명규 씨가 의자에 등을 기대더니 오유진을 보았다.

"주위 시선쯤은 아무것도 아니다. 그까짓 것 의식했다가는 제 인생 제대로 살지 못한다."

나는 그의 태도에서 나에 대한 호감을 느낄 수가 있었다. 오유진의 말을 들으면 아버지는 사업에 실패했을 때 어머니한테도 꽤 많은 부채를 넘기고 미국으로 도망갔다고 했다. 그러나 내가 보기에는 비굴한 사람은 아니었다. 우리는 사업 이야기를 시작했는데 서로 이야기가 통했으므로 시간이 길어졌다. 오유진은 처음에는 열심히 듣는 것 같았지만 나중에는 한눈을 팔더니 하품까지 했다. 두 시간 가깝게 앉아 있다가 오명규 씨는 손목시계를 내려다보았다.

"어, 벌써 시간이 이렇게 되었구만."

그때 내가 탁자 위로 가방에서 꺼낸 종이봉투를 꺼내놓았다.

"저, 유진이를 통해서 드리려 했습니다만."

정색한 내가 오명규 씨를 똑바로 보았다.

"그러면 더 결례가 될 것 같다는 생각이 들었습니다. 받아주시면 기쁘겠습니다."

"이거 돈이오?"

오명규 씨가 눈으로 봉투를 가리키며 물었는데 오유진의 얼굴은 하얗게 굳어져 있었다. 내가 머리를 끄덕였다.

"예, 수표는 사용하시기 불편하실 것 같아서 현금으로 준비했습니다."

84

그러자 오명규 씨가 다시 이를 드러내고 소리 없이 웃었다.

"딸 앞에서 이걸 내놓다니. 이 사장은 내 체면도 생각해보셨겠지?"

"예, 생각했습니다."

"받을 거라고 생각했었소?"

나는 머리를 저었다.

"저는 그런 식으로 생각하지 않았습니다. 그저 제가 아버님의 입장이 되어서 생각해보았지요."

"……."

"저는 받았을 것 같습니다. '고맙다. 잘 쓰겠지만 내 형편이 나아지면 갚으마.' 하구요."

나는 오유진의 표정이 조금씩 풀어지는 것을 보았고 그것이 기뻤다. 그때 오명규 씨가 낮게 웃었다.

"이 사장은 성품이 단순하군."

"직선적이지요."

내가 고분고분 대답했을 때 오유진이 손을 뻗쳐 봉투를 쥐었다.

"아빠, 내가 받을게. 아빠가 써."

그러자 오명규 씨가 오유진에게 눈을 부릅떠 보았다.

"이놈이 꽤 컸구만 그래."

"아빠 성격도 이 사람하고 비슷해. 난 알아."

그때 오명규 씨가 얼굴을 일그러뜨리며 웃었고 나는 그의 눈에 배어 있는 물기를 보았다. 오유진도 그것을 본 모양인지 눈을 크게 떴지만 곧 다부진 표정이 되었다. 봉투를 집어 옆에 내려놓은 오유진이 나에게 말했다.

"고마워, 아빠가 잘 쓰실 거야."

회사로 돌아온 지 얼마 되지 않았을 때 오유진의 전화가 걸려 왔다.

"자기야, 고마워."

오유진의 목소리는 가라앉아 있었다.

"아빠가 돈 가져갔어. 아마 당분간 나타나지 않을 거야."

"그게 무슨 말이야?"

"전에도 그랬거든. 돈 생기면 어디론가 사라졌어."

쓴웃음을 지은 내가 부드럽게 말했다.

"인마, 말 함부로 하지 마라."

"나 조금 울었어."

"울긴 왜 울어?"

"그냥."

"바보 같으니."

"난 자기밖에 없어."

나는 달려가 오유진을 안아주고 싶었다.

86

한태일이 다시 오더를 받아갔을 때 정기용과 박춘택은 오더를 끊었을 때처럼 아무 말도 하지 않았다. 나는 한태일도 믿지 않았지만 그것은 정기용과 박춘택도 마찬가지였던 것이다. 배반에 익숙한 그들이었고 그것은 내가 가르쳐 왔으니까.

5월말이 되었을 때 나는 내년도의 오더 수주를 위해 출장을 떠나야만 했는데 이번에는 정기용과 동행이었다. 출장 가기 전날 저녁에 오피스텔에 들른 나는 오유진에게 차분하게 요즘 서경희와의 관계를 털어놓았다. 그냥 떠나기에는 뭔가 찜찜했던 것이다.

"스트레스 많이 받았겠네."

내 이야기가 끝났을 때 오유진이 커피잔 끝 부분을 손끝으로 문지르며 말했다.

"도대체 그 저의가 뭘까?"

시선을 든 오유진이 정색한 얼굴로 나를 보았다.

"자기가 돌아오기를 기다리는 걸까?"

"내가 쓰레기라는 것을 더 깊게 널리 알리는 목적도 있겠지."

담배를 빼어 문 내가 쓰게 웃었다.

"덩달아 나한테 더 크게 상처를 주겠다는 의도도 있을 게고."

"결론은 헤어지지는 못한다는 의미도 있는 것 같은데?"

오유진이 가볍게 말했지만 표정은 어두웠다. 그녀는 이제 두 손을 깍지껴 잡고 나를 바라보았다.

"그럼, 그냥 그렇게 견디고 살 거야?"

"언젠가는 터지게 되어 있어. 내가 먼저 터뜨릴 명분이 부족하단 말이지."

"기다린단 말이지?"

오유진의 얼굴에 희미한 웃음기가 떠올랐다.

"내가 뭐라고 해줘야 돼?"

"상황을 알려준 것뿐이야."

담배를 비벼 끈 나는 당황했다. 이야기를 괜히 꺼냈다는 후회가 들었지만 이미 엎질러진 물이었다.

"너는 알고만 있으면 된다. 너한테 피해가 가지는 않게 할 테니까."

한동안 내 얼굴을 바라보던 오유진이 머리를 끄덕이더니 의자에서 일어섰다.

"오늘은 일찍 들어가야지? 나 샤워하고 올까?"

갑자기 가슴이 답답해진 내가 어깨를 늘어뜨렸고 오유진은 몸을 돌려 화장실로 갔다. 샤워한다는 말은 섹스 준비를 하겠다는 뜻이다. 저녁까지 먹었으니 어서 볼일을 보고 가라는 뜻이었다.

집으로 가는 차 안에서 나는 출장을 다녀온 다음에 이 지리한 싸움의 결말을 내겠다고 결심했다. 내가 견디기도 힘들었지만 이대로 가다가는 오유진과의 생활도 흔들릴 것 같았기 때문이다. 새로운 장난감을 안겨준다고 해도 얼마 가지 못할 것이고 이제는 처음 같은 감동도 일어나지 않을 테니까. 오유진은 기다린다고는 했지만 주위의 환경이 그렇게 놓아두지 않을 것이다. 나는 늦기 전에 일을 끝낸다고 몇 번이나 다짐했다.

"잘 다녀와."

서경희가 가방에 내복과 양말을 넣으면서 말했다. 출장 가방을 꾸리는데는 이골이 나 있어서 출장지를 묻고 나면 그 나라의 기후에 맞춰 양복과 셔츠를 알아서 넣는다. 밤 11시가 지난 시간이어서 아이들은 잠이 들었고 주위는 조용했다.

"참, 다음 주 토요일에 아버님이 아이들 데리고 내려오라고 하셨어. 광주 작은 아빠가 식구를 데리고 온다고."

"인국이가?"

신문에서 시선을 뗀 내가 묻자 서경희는 가방의 지퍼를 채우더니 벽에 붙여놓았다. 나한테는 시선을 주지 않는다.

"당신이 출장가게 되었으니 나라도 애들 데리고 가야지."

"운전 조심해."

"아마 건은 꿀을 나눠주실 모양인데 꿀값은 드려야 할 것
같아. 어머님이 어제 전화하셨는데 아버님은 꿀 팔려고 우릴
부르신 거래."

당연히 마주보고 웃어야 할 대사였지만 서경희는 널려진
셔츠를 집으며 시선을 주지 않았다 나는 어금니를 물었다.

"이봐, 씻고 와."

출장 전에는 꼭 섹스를 했으니 의식을 치르겠다는 신호였
다. 서경희는 셔츠를 안고 아무 말 없이 방을 나갔다. 애들의
방문이 열렸다가 닫히는 소리가 났고 조금 있다가 냉장고의
문이 열리는 소리가 들리더니 마침내 화장실의 문이 열렸다.
그때서야 나는 긴장을 풀었다. 서경희가 씻고 오지 않는다면
그것은 곧 선전포고의 뜻이 될지도 몰랐으니까. 오유진과의
섹스가 바로 두 시간 전이었으므로 나는 조금 걱정이 되었지
만 침대에 두 다리를 길게 뻗고 누웠다. 이것도 일종의 확인
의식일 것이었다.

트리폴리로 향하는 비행기 안에서 정기용은 이륙할 때부
터 자는 시늉만 했다. 그러나 가끔 돌아보면 눈꺼풀이 흔들
렸고 스튜어디스가 지나는 기척에도 몸을 뒤척였다. 이륙한
지 한 시간쯤이 지났을까. 마침내 의자를 세운 정기용이 바
로 앉았다.

"사장님, 한태일이한테서 들었습니다만……."

정색한 그가 나를 바라보았다.

"사모님이 한태일이를 만나자고 했답니다. 그래서 만났다는데요."

"……."

"사모님이 사장님 여자 관계를 캐물었다는데요? 그래서 모른다고 잡아떼었지만 어느 정도는 감을 잡고 있는 것 같다고 합니다."

"……."

"한태일이가 사장님께 전하라고 했습니다. 자기는 차마 말씀드리지 못하겠다고 하더군요."

머리를 끄덕인 내가 입술만 비틀고 웃었다.

"하나도 놀랍지 않다. 그런 일이 어디 한두 번이냐?"

"솔직히 사모님이 저한테도 두 번이나 전화를 했습니다. 만나자고 하시는 걸 제가 시간이 없다고 했지요."

"……."

"박춘택이도 전화를 받았다고 하던데요?"

이상하게도 나는 가슴이 천천히 가라앉으면서 차분해졌다. 전쟁에서 무엇보다도 우선적으로 필요한 것은 전의일 테니까. 이 일은 나에게 확실한 전의를 자리잡게 해준 것 같다. 내가 정기용에게 물었다.

"정 이사, 넌 어떻게 생각해?"

"뭘 말씀입니까?"

"내 여자 관계 말이야."

"이번에는 꽤 길다고 생각했습니다."

"그뿐이냐?"

"개망신이죠."

불쑥 말을 뱉은 정기용이 힐끗 내 눈치를 보더니 피식 웃었다.

"쪽팔리는 일입니다."

"나, 헤어져야겠다. 와이프하고."

그러자 정기용이 정색했다. 이제까지 나는 그들에게 한 번도 서경희와 헤어진다는 말은 하지 않았었다. 이보다 몇 배나 더 쪽팔리는 일을 당했어도.

"그럼, 그 여자분과?"

"시치미 떼지 마라. 다 알고 있으면서. 오유진과 결혼할 거다."

"아이들은요?"

"내가 키우는 거지."

"잘 해결이 될까요?"

"해결해야지."

정기용이 눈을 껌벅이며 나를 보다가 시선을 돌렸다. 여러 가지로 궁금한 점이 많을 테지만 직접 묻기가 거북했을 것이다. 그래서 귀국하면 곧 한태일과 박춘택을 불러 이 사건을 협의할테고 그것은 내가 의도한 바이다. 이미 알 건 다 아는 놈들이니 상관없었고 오히려 그것이 오유진과 나의 불륜을 정당화시켜줄 테니까.

"나, 결혼할 거야."

웃음 띤 얼굴로 말한 오유진이 스트로로 냉커피를 저었다. 얼음이 잔에 부딪치는 소리가 났다. 청담동의 조그만 커피숍 안이었다. 임동혁이 머리를 끄덕이더니 눈으로 유리벽 밖의 차를 가리켰다.

"저 차도 네 남자가 사주었겠구나?"

"응, 생일선물로."

"결혼은 언제 할 건데?"

"가을에."

임동혁은 그 동안 여윈 것같이 보였다. 긴 머리를 짧게 깎아서 그렇게 보이는지도 모른다. 커피를 한 모금 삼킨 오유진이 정색했다. 한 달에 한 번 정도 잊을 만하면 핸드폰으로 연락을 해오던 임동혁이 5월에는 거의 일주일에 한 번 꼴로 찾아졌다. 그래서 확실하게 매듭을 지을 작정을 하고 만난 것이다.

"오빠, 이젠 연락하지 마. 불편해."

"네가 원한다면 그럴게."

의외로 선선히 대답한 임동혁이 짧은 머리를 쓸어 넘겼다. 머리가 길었을 때의 버릇이 아직도 남아 있는 것이다.

"그 사람하고 잘될 것 같니?"

그러자 문득 오유진은 임동혁이 이정국에 대해서 한 마디도 묻지 않았다는 것을 깨달았다. 이쪽도 말해주지 않았지만.

"그게 무슨 말이야?"

"그 사람 무역회사 한다면서?"

시선을 내린 임동혁이 커피잔을 들어 한 모금 삼켰다.

"옥선이한테 들었어."

"……."

"그런데 너 옥선이한테도 거짓말을 했더구나. 그 사람이 이혼남이라구."

"그만해둬."

오유진이 짜증스럽게 말했으나 임동혁의 목소리는 더 강해졌다.

"내가 알아보니까 멀쩡한 유부남이던데 그래? 그래서 가을 안에 일이 다 해결되겠어?"

"도대체 왜 이러는 거야?"

눈을 치켜 뜬 오유진의 목소리도 쩅쩅해졌다. 다행히 주위의 테이블은 비어 있었지만 카운터 아가씨가 힐끔 이쪽을 보았다.

"신경 끊어, 제발. 우리 일은 우리가 다 알아서 할 테니까."

"네가 불쌍해서 그런다. 돈에 팔려간 것 같아서."

"하긴 그렇게밖에 생각 못 하겠지."

오유진이 차갑게 말을 받았지만 입술 끝이 떨렸다.

"정말 이렇게 끝나서 유감이야. 그 동안 고마웠어."

백을 쥐고 일어선 오유진이 임동혁을 쏘아보았다.

"잘 지내."

커피숍을 나온 오유진은 시내의 느린 차량 흐름에 끼여들어 오피스텔로 향했다. 임동혁의 말에 조금 충격을 받았지만 조금 시간이 지나자 가슴이 차분하게 가라앉으면서 쓴웃음이 배어 나왔다. 라디오의 스위치를 눌러 음악의 볼륨을 높인 오유진은 핸들을 잡은 손끝으로 박자를 맞췄다.

하나씩 정리가 되어서 이젠 홀가분하다. 최인수는 진즉 떨어져서 연락처도 잊었고 지난 일들은 모두 벗겨진 허물처럼 떨어져 나갔다. 오유진은 이제 낮은 목소리로 노래를 따라 부르기 시작했다.

아버지는 꿀을 20병이나 펼쳐놓고 있었는데 놀란 듯이 눈을 크게 뜬 서경희를 보자 목소리를 높였다.

"이거 진짜 벌꿀이다. 내가 깊은 산으로만 벌통을 가져
갔다."

"고생하셨네요, 아버님."

"선물로 이것만큼 좋은 게 없지."

방의 한쪽 구석에 나란히 놓은 꿀병들을 바라보는 서경희
옆에 이인국의 처 강옥경이 서 있었지만 아무 말도 하지 않았
다. 아버지가 두 며느리를 번갈아 바라보았다. 조금 초조한
듯 시선이 흔들리고 있었다.

"어디 선물할 데 없느냐?"

그때 이인국과 어머니가 방으로 들어섰다. 며느리들을 끌
고 방으로 들어간 아버지가 나오지 않아서 궁금했던 것이다.

"아버지, 뭐 하세요?"

이인국이 물었지만 내막을 알고 있는 어머니는 혀를 찼다.

"네 아버지가 꿀을 강매하려는 게다."

"아니, 이 여편네가?"

아버지가 눈을 치켜 떴다.

"내가 언제? 그냥 주려는 거야."

"그냥 가져갔다가 무슨 뒷소리 들을라고."

"저리, 안 나가?"

아버지가 정말 화난 것 같은 표정을 지었을 때 이인국이 꿀
병을 들더니 이리저리 흔들어보았다.

96

"아버지, 이 꿀 진짜요?"

"아니, 이놈아, 그러면 가짜란 말이냐?"

"순 양봉꿀이면 비싼데."

"비싸긴, 난 원가로 넘긴다. 다 얘기가 되어 있어."

"글쎄, 얼맙니까?"

"병당 5만 원."

그러자 어머니가 이인국이 들고 있던 꿀병을 빼앗아 제자리에 놓았다.

"아니, 이 양반이 자식한테도 바가지를 씌우려고 하네. 당신 이 꿀이 진짜 순 양봉꿀이오? 왜 자식한테도 거짓말을 해? 내가 설탕 넣어서 꿀 짜는 것 다 보았는데?"

어머니의 기세가 사나웠으므로 아버지는 눈을 부릅떴다가 차츰 가라앉더니 말이 끝날 때쯤이 되어서는 얼굴에 멋쩍은 웃음기가 떠올라 있었다.

"다 설탕 넣는 거야. 나는 아주 조금밖에 안 넣었어."

"설탕을 세 포대나 샀지 않소?"

"남았어."

이인국이 아버지에게 돌아섰다.

"아버지, 3만 원씩 다섯 병 주세요. 가져다가 내 직원들 나눠줘야지."

"그래라, 그냥 주고 싶지만 설탕 값은 빼야지."

아버지가 선선히 대답하자 서경희가 웃으며 말했다.

"나머지는 제가 가져갈게요."

"앗다, 형수 인심 팍팍 쓰네."

이인국이 웃음 띤 얼굴로 말했고 강옥경이 푸풋 웃었다. 만족한 아버지가 머리를 끄덕였다.

"좋은 선물이 될게다. 영준 애비 술 먹었을 때 타서 먹여도 되고."

쓴웃음을 지은 어머니는 아무 말도 하지 않았다.

그날 밤 놀다가 지친 두 집안 아이들이 모두 잠들었을 때 아버지와 이인국이 술상 앞에 마주 앉았고 뒤쪽 소파에는 어머니와 두 며느리가 나란히 앉아 텔레비전을 보았다. 이인국과 강옥경 부부를 중심으로 이야기가 자주 오가는 것에 신경이 쓰인 어머니는 서경희에게 자주 말을 시켰다. 어머니가 이정국이 지금 어디 있느냐고 물었을 때였다.

"지금 트리폴리에 있을 거예요 그런데……."

네 명의 시선을 받은 서경희가 말을 이었다.

"영준 아빠한테서 여자가 있는 것 모르시죠?"

아버지와 이인국이 거의 동시에 머리를 돌려 서경희를 보았다.

강옥경은 숨도 죽였다. 그러나 어머니는 얼굴에 웃음을 띠었다.

"또 바람피우는 게냐?"

"바람 정도가 아녜요. 외국에도 데리고 다녀서 회사에 소문이 다 났어요."

"저런 망할 놈!"

아버지가 혀를 찼다.

"사장이면 직원들의 모범이 되어야지, 그게 무슨 망신인고?"

"꽤 오래 되었어요. 한 2년 되었나?"

"형수님은 누구한테 들었어요?"

이인국이 묻자 서경희는 정색했다.

"같이 사는데 모르겠어요? 외국에 같이 나갔다는 말은 회사 직원들한테서 들었어요."

"그 직원들이 어떤 놈들인지는 모르지만 잘라야겠는데."

그렇게 말을 했다가 이인국이 바로 정정했다.

"형수님, 농담이오."

"견디기 힘들어요."

서경희가 가라앉은 목소리로 말하자 어머니가 나섰다.

"네가 요즘 잘하려고 노력하는 것 안다. 내가 영준 애비 출장 다녀오면 만나서 해결할 테니까 참아라."

"그놈이 제 버릇 개 못준다고……."

아버지가 술맛이 떨어졌다는 듯이 술상에서 물러나 앉았다.

"도대체 그놈이 누구를 닮아서 그러는고?"

아파트 밖으로 나온 이인국은 담배에 불을 붙여 물었다. 새
벽 1시였다. 아버지는 같은 말을 되풀이하고 있었는데 세월이
갈수록 그 증세가 더 심해졌다. 1층 아파트여서 계단만 내려
오면 작은 잔디밭이 있다. 계단 끝에 앉아 담배를 피우던 그
는 아파트의 문이 열리는 소리에 머리를 돌렸다. 어머니가 나
오고 있었다. 다가 온 어머니가 그의 옆에 앉았다.

"예전 같았으면 가만 있지 않을 앤데 이제는 달라졌다."

어머니가 낮게 말하고는 이인국을 보았다.

"네 아버지는 이제 완전히 영준이 에미 편이야. 하긴 그럴
만도 하지."

"도대체 형은 무슨 지랄을 하는 거야? 이거 창피해서, 원."

담배를 땅바닥에 비벼 끈 이인국이 어머니를 바라보았다.

"기집년 데리고 외국을 가다니. 출장간다는 핑계로 그랬겠
지. 어이구, 회사 직원들이 뭐라고 씹어댈까?"

그러자 어머니가 길게 숨을 뱉었다.

"그놈이 불쌍한 놈이다."

"어머니는 그게 잘못이야."

정색한 이인국이 어머니를 쏘아보았다.

"어머니는 언제나 형 역성만 들어왔어. 제발 상황을 객관적으로 봐요."

"내가 네 형을 잘 알아."

"나도 알아. 우유부단하고 귀찮은 것 싫어하고 저만 생각하는 성격인데다 허풍쟁이지. 그리고 계집 밝히고."

"네 형은 섬세하고 정이 많은 사람이다. 너 결혼시킨 게 누구냐? 네 동생 명국이까지 다 네 형이 결혼시켰다."

"있을 때 생색낸 것이지."

"여자를 제대로 만났다면 너하고의 사이도 이렇게 안 되었어."

어머니의 목소리가 가라앉아 있어서 이인국은 더 이상 대들지 않았다. 어머니가 다시 말을 이었다.

"영준 에미 말을 들어보니까 아직 네 형한테는 그 이야기를 안 한 모양이다. 속으로만 꽁 하고 있다가 우리한테 먼저 말한 거야. 아마 우리 응원을 받으려는 것 같다."

"잘한 거지. 이제 형은 혼이 좀 나야 돼. 형수는 정상이야."

이인국이 뱉듯이 말했지만 어머니는 대답하지 않았다.

탈출

벨이 울렸을 때 오유진은 외출 채비를 하는 중이었다. 10시 반이었다. 12시에 옥선과 약속이 있었던 것이다.

"누구세요?"

문으로 다가간 오유진이 물었지만 대답이 없었으므로 핍홀 (peephole)으로 밖을 내다보았다. 여자 하나가 서 있었는데 옆 얼굴만 보였다. 짧게 커트한 머리에 갸름한 얼굴형이다.

"누구세요?"

다시 묻자 여자가 이쪽을 보았다.

"문 좀 열어요. 난 이정국 씨 와이프야."

순간 눈앞이 노랗게 된 오유진이 한 걸음 물러섰다가 저도 모르게 반대쪽 창문을 보았다. 눈을 감았다 떴더니 방안이 빙글빙글 돌았다. 다시 벨이 울렸는데 마치 총소리처럼 느껴졌다.

"어서 열어요."

문 밖에서 낮게 말하더니 이번에는 손으로 철문을 두 번 두드렸다. 철문이 울리자 오유진은 다시 한 발짝 물러섰다가 탁자 위에 놓인 전화기에 시선을 주었다. 벨이 또 울렸을 때 오유진은 훌쩍이며 울었고 문이 조금 세게 세 번 두드려졌을 때 손등으로 눈물을 닦고는 문의 고리를 풀었다. 안으로 들어선 서경희는 힐끗 오유진에게 시선을 주었지만 잠자코 신발을 가지런히 벗어놓고는 소파에 앉았다. 그러고는 집안을 둘러보면서 말했다.

"이리 와 앉아요."

오유진이 휘청거리는 걸음으로 다가가 앞쪽에 앉았다. 이제는 어금니를 꽉 물고 있었지만 입술 끝이 희미하게 떨렸다. 서경희가 오유진을 똑바로 바라보았다.

"어리다고는 들었지만 생각했던 것보다 더 어리네. 지금 몇 살이야?"

"스물넷요."

힘을 주어 대답하는 바람에 자신의 목소리가 갈라져 있는 것을 들은 오유진이 처음으로 서경희를 정면으로 보았다. 시선이 마주 쳤을 때 서경희가 희미하게 웃었다.

"딱 20년 차이가 나네. 내 얘긴 들었지요?"

서경희가 반말과 경어를 섞어 쓰고 있는 것이 오유진을 더 혼란스럽게 만들었다. 꼼짝 않고 있는 오유진에게 서경희가 낮은 목소리로 또박또박 말했다.

"난 그놈한테 미련이 있어서 이따위 짓을 하는 게 아냐. 난 오피스텔 앞에서 한 시간 동안이나 서서 생각했어. 내가 지금 무슨 짓을 하고 있는가 하고."

"……."

"그놈은 딸자식을 죽이고도 아직도 정신을 못 차렸어. 설령 애정이 없는 결혼 생활이라고 할지라도 자식에 대한 책임은 저야 마땅해. 그놈은 남은 두 자식이 앞으로 어떻게 살게 될 지 관심도 없어."

말을 멈춘 서경희가 오유진을 쏘아보았다.

"내 인생도 이미 파멸되었어. 그것을 어떻게 보상받아야 할까?"

"……."

"그냥 그놈을 믿고 의지하고 있으면 일이 해결될 줄 알 았어?"

서경희가 천천히 머리를 저었다.

"너희들 뜻대로는 안 돼, 절대로."

오유진은 서경희의 얼굴에서 시선을 떼었다. 지금 오유진 의 심정은 어서 이 상황을 모면하고 싶은 생각뿐이었다. 어떤 약속을 하고서라도.

전화기를 내려놓은 나는 시계를 다시 보았다. 오후 6시였으니 한국 시간으로는 새벽 1시였다. 오늘도 오유진은 오피스텔에 돌아오지 않은 것이다. 오유진과 연락이 끊긴 것이 오늘로 일주일째였다. 사흘쯤 전부터는 틈이 날 때마다 오피스텔과 핸드폰에 때를 가리지 않고 전화를 걸어보았지만 오피스텔은 받지를 않고 핸드폰은 꺼놓았다. 노크 소리가 들리더니 정기용이 방으로 들어섰다.

"사장님, 가시지요."

로비에서 6시에 알만을 만나기로 한 것이다. 출장 15일째가 되는 날이었고 네 번째 출장지인 터키의 이스탄불에서 우리는 예상했던 것보다 더 성과를 냈다. 오늘 저녁은 거래선 사장인 알만과 계약서를 주고받게 되는 것이다. 방을 나와 엘리베이터를 탔을 때 정기용이 힐끗 나를 보았다.

"사장님, 무슨 일 있습니까?"

"아니, 없어."

"요즘 며칠간 불편해 보이십니다."

속으로 여우같은 놈 했지만 하루 종일 얼굴을 맞대고 있는 터라 낌새가 이상한 걸 눈치채지 못했을 리가 없다. 나는 쓴웃음을 지었다.

"몸 컨디션이 예전과 달라. 쉽게 피로가 온단 말이야."

그 말을 정기용이 믿을지 알 수 없었지만 털어놓을 수는 없는 일이었다.

　그날 밤 알만과 계약서를 교환하고 호텔 방으로 돌아온 것
은 새벽 2시였다. 알만은 저녁식사를 겸한 파티를 열었는데
나는 폭주를 했다. 그래서 방에 들어서자마자 화장실로 달려
가 오바이트를 해서 몽땅 토해내었다. 새벽 2시면 한국 시간
으로 오전 9시이다. 비틀거리며 전화기로 다가간 나는 다이얼
을 돌렸다. 오피스텔은 여전히 전화를 받지 않았고 핸드폰은
꺼놓은 상태였다. 침대에 허물어지듯 앉은 나는 이제 아파트
로 전화를 했다. 지난번 사우디에 도착했을 때 한 번 걸었으
니 일주일쯤 전에 전화를 하고 나서 처음이다.
　"여보세요."
　신호가 두 번 울렸을 때 서경희가 전화를 받았다. 아이들은
학교에 갔을 시간이다.
　"응, 나야."
　"당신 왜 이제야 전화를 해?"
　투정했지만 목소리가 가벼웠다.
　"바빴어. 집에 별일 없지?"
　"별일 없어. 당신 목소리가 왜 그래? 어디 아파?"
　"아, 지금이 이곳 시간으로 새벽 2시야. 일이 이제 끝났어."
　"그럼 어서 자."

106

나는 그냥 끊기에는 어쩐지 허전했다. 그래서 전화기를 귀에 붙이고 침대에 누웠다. 술기운이 조금 깨었지만 머리가 흔들거렸다. 서경희가 직원들에게 내 뒤를 캐묻는 버릇은 어제오늘에 생긴 것이 아니다. 한태일과 정기용, 박춘택 모두는 이전 회사 때부터 서경희에게 시달린 경험이 있었고 여직원들은 더했다. 그 덕에 나는 아버지와 서경희 양쪽으로부터 개망신을 당하고 다녔다. 그리고 보면 전 회사는 그런 면에서 너그러운 편이었다. 나같이 지저분한 사원도 없었을 테니까. 호흡을 가다듬은 나에게 서경희가 말했다.

"아버님한테 다녀왔다고 지난번 말했어?"

"대전에 갔다 왔어?"

"응, 아버님한테서 꿀을 15병이나 사왔어. 그런데 어머님은 꿀에 설탕을 넣었으니까 선물용으로 주지는 말래."

서경희가 낮게 웃었다.

"그래서 이곳저곳 나눠줄 생각이야."

다른 때 같았으면 나는 같이 웃었을 것이다. 오유진과의 통화를 마친 다음에는 마음이 느긋해져 있을 테니까. 나는 얼굴을 굳힌 채 앞쪽의 벽만 보았다.

출장 22일째가 되던 날, 나는 두바이에서 서울로 출발했다. 출장 일정을 사흘 앞당긴 것이지만 볼일은 다 보았고 성과도 예상 이상이어서 정기용은 만족한 표정이었다. 더욱이 출장 끝에는 대개 2, 3일쯤 싱가포르나 방콕에서 쉬는 것으로 버릇을 들인 내가 서울로 직행하겠다고 했으니 변했다고 생각했을까?

싱가포르를 거쳐 서울로 날아가는 비행기 안에서 나는 술만 마셨다. 20시간 가까운 비행이어서 마시다가 잤고 깨면 또 마셨다. 정기용은 몇 번 말리다가 지친 듯 나중에는 상관하지 않았다. 오유진과 연락이 끊긴 지 16일째가 되는 날이었다. 며칠 전부터는 오유진의 어머니 김 여사의 전화번호를 생각해내려다가 결국은 실패했다. 오피스텔에서 언뜻 본 적이 있었던 것이다.

무슨 일이 생긴 것은 틀림없었다. 그래서 회사에도 자주 전화를 해서 연락온 곳을 챙겼지만 김 여사나 오명규 씨로부터의 연락도 없었다. 하루쯤 늦게 배달되는 한국 신문을 구해서 맨 먼저 보는 면은 사회면이었다. 그러나 무슨 사고가 났다면 그 당시에 기록될 테니 쓸데없는 짓이었지만 어쩔 수 없이 사고로 죽거나 다친 사람들의 이름을 보았다. 방콕을 거친 비행기가 남자나해 상공을 날 적에 정기용이 나에게 물었다.

"언제 하실 겁니까?"

앞도 끝도 없는 말이었지만 나는 그가 무엇을 묻는지 알았다.

출국할 때 비행기 안에서 하다 만 이야기를 놈은 22일이 지난 후인 귀국할 때 끝내려고 한다. 나는 흐린 눈으로 정기용을 바라보았다. 상황이 이렇게 되었으니 어떻게 대답해야 될지 난감했던 것이다.

"곧 알려줄게."

"저도 어서 정리되시길 바랍니다."

시선을 내린 정기용이 낮게 말을 이었다.

"너무 오래 *끄신* 것 같아서요."

공항에는 박춘택이 회사 차를 갖고 나와 어쩔 수 없이 나는 아파트로 가야만 했다. 정기용이 도착 스케줄을 회사에 알려주었던 것이다. 집에 도착했을 때는 오후 5시 반이었다 박춘택을 돌려보내고 집에 들어서자 아이들이 소리치며 반겼다. 서경희도 회사에서 연락을 받았던 터라 부드러운 표정으로 나를 맞았다.

"물 받아놓았어."

서경희가 내 저고리를 받아들며 말했다.

"피곤할 텐데 씻고 자."

응접실에서는 아이들이 장난감을 가지고 서로 다투고 있었다. 이번에는 애들을 구분하지 않고 건성으로 샀기 때문이다. 화장실로 들어선 나는 거울에 비친 충혈된 눈과 거칠어진 내 얼굴을 보았다. 아직도 술기운이 배어있는 흐린 두 눈에 머리칼은 헝클어져 있었다. 욕조 안의 물은 너무 뜨거웠지만 나는 이를 악물고 들어가 누웠다.

오유진의 오피스텔은 내일 찾아가볼 것이다. 이제는 슬슬 불안감이 무겁고 어두운 절망감으로 바뀌어가는 중이어서 조급한 마음은 가셔 있었다.

다음날 아침, 커피 한 잔으로 아침을 때운 나는 차를 몰고 곧장 오피스텔로 향했다. 7시 반이어서 아직 도로는 혼잡하지 않았으므로 8시 10분에 오피스텔 앞에 도착했다. 2층의 계단을 올라가 오피스텔 앞에 선 나는 벨을 누를까 하다가 열쇠를 꺼내 자물쇠를 열었다. 자물쇠가 두 개 있었지만 위쪽만 채워진 현관문은 쉽게 열렸다.

안으로 들어선 나는 곧 집안이 오랫동안 비워져 있었다는 것을 알 수 있었다. 방안의 살림은 그대로 있었지만 어질러졌고 습하고 비린 냄새가 진동을 했다. 주방에는 씻지 않은 그릇이 쌓여 있는데다 쓰레기 썩는 냄새도 났다. 나는 지난번처럼 옷장으로 다가가 문을 열었다. 짐작했던대로 오유진의 옷은 깨끗이 치워져 있었다. 내 셔츠와 넥타이 몇 개만 을씨년스럽게 걸려져 있을 뿐이다. 침대는 자다 만 흔적이 그대로였지만 경대는 열린 채 서랍 안은 비워졌고 탁자 위에는 과자봉

지가 찢어진 채 놓여졌다. 나는 집안을 샅샅이 뒤졌으나 오유
진은 이번에는 칫솔까지 챙겨간 바람에 어떤 흔적도 발견하
지 못했다.

탁자 위와 벽에 걸려 있던 사진도 모두 없어졌다. 이윽고
나는 침대 끝에 걸터앉아 이마의 땀을 닦았다. 오유진은 떠난
것이며 사고가 일어난 건 아니었다. 그것은 철저하게 자신의
물건만 챙겨간 것을 보면 알 수 있었다. 집안에서 신던 낡은
슬리퍼까지도 가져간 것이다. 이것은 무엇을 뜻하는가? 철저
한 결별의 표시 외에는 없다. 나는 억지로 쓴웃음을 지었다가
담배를 빼어 물었다. 라이터를 켜 불을 붙였을 때 전화벨이
울렸으므로 깜짝 놀란 나는 하마터면 입에 문 담배를 떨어뜨
릴 뻔했다. 벨이 다섯 번 울릴 때까지 나는 전화기를 노려보
았다. 그것까지가 내 인내의 한계였던 것 같다. 나는 전화기
를 들어 귀에 붙였다.

"여보세요."

그때 딸각 소리와 함께 전화가 끊겼으므로 나는 이를 악물
었다. 오유진일지도 모른다. 내 스케줄을 알고 있을 테니 내
가 이곳에 와 있으리라고는 쉽게 예상할 수 있을 것이다.

"이런 쌍년이!"

나는 어깨를 으쓱 올렸지만 난감했다. 그러나 나락으로
떨어진 것 같은 처지에서 뭔가 실 한 올 같은 희망이 생겨

111

난 건 확실했다. 회사에 조금 늦겠다는 연락을 할 정신이
났으니까.

"여보세요."

조금 다급하면서도 애써 침착하려는 듯한 이정국의 감정이
그 한마디에 모두 포함돼 있었다. 전화기를 내려놓은 서경희
는 한동안 조각상처럼 앉아 있었는데 숨도 쉬는 것 같지 않았
다. 아이들이 학교에 간 후라 집안에는 무거운 정적이 덮여
있었다. 이정국은 아마 침대 끝에 걸터앉아 허탈한 표정을 짓
고 있을 것이었다. 배신감을 느끼고 있을까? 그러자 저도 모
르게 쓴웃음이 배어 나왔다. 업보다. 그만큼 주었으면 받을
때도 되었다.

내가 전화번호부를 뒤져 오유진의 어머니 김 여사의 전화
번호를 알게 된 것은 그날 오후 4시경이었다. 그리고는 두 시
간 동안 주저한 끝에 6시경에 전화를 했다.

"아니, 이 사장? 웬일이죠?"

전화를 받은 김 여사가 대뜸 그렇게 물었으므로 나는 당황
했다. 김 여사의 목소리는 높아서 반기는 기색이 역력했기 때
문이다.

"그 동안 안녕하셨습니까?"

"네, 나야⋯⋯. 유진이하고 연락은 했어요?"

내 가슴이 뛰기 시작했는데 직감적으로 김 여사가 이 일을 모르고 있다고 느껴졌기 때문이다.

"아, 예. 제가 출장갔다가 어제 돌아왔거든요, 그래서⋯⋯."

"미국 전화번호는 알고 있지요?"

"네? 아아, 예."

나는 내 생각이 맞다고 확신했다. 김 여사는 내막을 모르고 오유진은 미국에 있다. 그렇다면⋯⋯. 그때 김 여사가 부드럽게 말했다.

"요즘 걔가 전화를 안 해요, 이 사장이 연락해서 나한테 전화나 하라고 해주세요."

"예, 알겠습니다."

"나는 그쪽 전화번호도 몰라요, 알고 싶지도 않고."

그렇다면 아버지한테 간 것이다. 나는 저도 모르게 긴 숨을 뱉었다. 그러나 오명규 씨의 전화번호는 나도 모른다. 김 여사의 말이 이어졌다.

"이 사장, 고마워요. 걔한테 다시 공부할 기회를 줘서. 전화 해줘서도 고맙고."

전화가 끊겼을 때 나는 허탈하게 웃었다. 하지만 아직도 나는 오유진이 떠난 영문을 모른다. 그년은 쪽지 한 장 남겨놓지 않고 제 흔적까지 모조리 지워버렸다. 베개에 붙은 머리칼

몇 올을 빼고는.

6월 중순의 비가 내리는 오후에 어머니가 회사로 찾아왔다. 고속버스터미널에서 내려 곧장 회사로 온 것이다. 내 방의 소파에 마주앉은 어머니는 동창 모임에 왔다고 했다. 오늘밤은 친구 집에서 자고 내일 아침에 내려간다는 것이다. 그래서 나는 어머니한테 1백만 원이 든 봉투를 내밀었다.

"용돈이야. 친구들한테 한턱 내."

"네가 왜 이렇게 말랐냐?"

이맛살을 찌푸린 어머니가 혀를 찼다.

"그 여자 때문에 영준 에미가 스트레스 주는 거냐?"

"그 여자라니?"

"네가 외국에도 데려간 여자가 있다면서? 지난번에 영준 에미가 내려왔을 때 이야기하더라. 깊게 빠졌다고."

"그 망할 년이!"

"지금도 만나고 있는 거냐?"

쓴웃음을 지은 내가 소파에 등을 붙였다. 출장에서 돌아온 지 열흘쯤이 되는 날이다. 나는 거의 매일밤 술을 마셨으니 몸이 축이 안 날 리가 없다. 이제는 조인철을 불러내어 하소연할 기력도 없어졌고, 정기용이나 한태일 등은 내 말을 들으면 뒤에서 웃어댈 테니까……. 마침내 나는 정색하고 어머니

114

를 보았다.

"어머니, 그애가 도망쳤어."

"도망치다니?"

놀란 어머니가 찻잔을 내려놓았다.

"왜?"

나는 어머니에게 모든 것을 털어놓았다. 오피스텔이 비어 있었다는 부분에 이르러서는 목이 메어 헛기침을 해댔고, 김여사와의 통화 내역을 말할 때에는 헛웃음을 지었다. 내 이야기가 끝날 때까지 어머니는 나에게서 시선을 떼지 않았다. 어머니는 내가 입을 다물었어도 한동안 나를 바라보더니 긴 숨을 뱉었다.

"그럼 아이는 뗐었겠구나."

"그랬겠지."

"아무런 눈치도 보이지 않다가 그렇게 되었다니. 무슨 사연인가는 있을 게다."

"난 이제 자신이 없어졌어."

어머니만큼 내 약점을 잘 알고 있는 사람이 세상에 어디 있겠는가? 나는 어머니 앞에서 허세를 버렸다. 철이 들고 나서 처음 있는 일이다.

"미칠 것 같아. 회사에서 일을 할 때는 그냥 잊겠는데 퇴근하고 나서는……."

"그렇게 좋아했냐?"

"내 인생에서 처음으로, 그리고 앞으로도 없을 것 같아."

"네가 빨리 결단을 내렸어야 했다."

"너무 우유부단했어. 그냥 양쪽을 다 갖고 싶었다구."

"영준 에미는 잘한다. 이전과는 전혀 딴 사람이 되었다."

"다 쇼야. 제 편으로 끌어들여 날 궁지에 몰아넣으려는."

어머니가 머리를 저었으므로 나는 입을 다물었다. 기력도 떨어졌기 때문이다.

"불쌍한 놈!"

탄식처럼 말한 어머니가 다시 긴 숨을 뱉었다.

"항상 허기져 있는 것 같이 보인다, 너는."

"그런가?"

"도대체 네가 전생에 무엇이었는고?"

"떠돌이 개였는지도 몰라."

어머니가 혀를 찼다.

"나한테 털어놓으니 시원하냐?"

"응."

"너도 나잇살이나 먹었으니 시간이 약이 된다는 건 알겠지?"

"그래서 이렇게 견디고 있지 않겠어?"

"영준 에미도 노력한다. 네가 빗나가면 네 역성 들어줄 사람은 아무도 없어."

116

자리에서 일어선 어머니가 측은한 시선으로 나를 보았다.

"술 많이 먹지 마라."

나는 조금 개운했다. 마치 세탁기에서 금방 꺼내놓은 걸레 같은 기분은 들었지만.

오피스텔을 정리한 것은 그로부터 일주일 후였다. 아니 옮 겼다고 해야 정확한 표현이 될 것이다. 나는 같은 부동산업자 의 소개로 그곳에서 걸어서 10분쯤의 거리에 있는 25평형 오 피스텔로 짐을 옮겼다.

오유진에 대한 반발심으로 나는 침대와 경대, 식탁 등은 모 두 이삿짐 센터 직원에게 나눠주고는 새 가구를 들여놓았다. 그리고 인테리어 회사에 의뢰해 내부 구조도 새롭게 단장했 다. 전화도 취소하고는 번호를 알 수 없도록 동갑내기 사촌의 이름으로 새 번호를 받았다. 그렇게 구하고 단장하는데 일주 일쯤이 걸렸고 돈이 꽤 들었지만 아까운 생각은 들지 않았다.

오피스텔은 나에게 어떤 기대의 상징으로 머릿속에 박혀져 있던 것이 아닐까? 단장이 끝난 날 저녁, 나는 술과 마른안주 를 잔뜩 사들고 와서 냉장고에 넣었다. 그러고는 소파에 앉아 방안을 둘러보며 혼자 술을 마셨다. 전보다 더 크고 세련되었 으며 여유가 보이는 집안이었다. 나는 만족했다. 가끔 여우가 굴속에 들어가 휴식을 취하고 나오듯이 나는 이곳에 올 것이다. 나는 그날 늦게까지 그곳에서 술을 마셨다.

　회사 일은 잘 되었고 직원들의 사기도 높았다. 말단 사원이라도 회사의 자금 사정에 대해서는 촉각을 예민하게 세우는 법이다. 회사는 상반기에 순이익을 22억이나 올렸는데 박춘택의 제의로 이익금 거의 전부를 부동산에 투자했다. 그것을 직원들에게 발표한 것이 사기를 더욱 올려준 것 같다. 동종업체들이 줄지어 부도를 내는 상황이었으니까. 그러나 불안 요소도 여럿 있었다. 첫째로 하반기의 매출에 비하여 잠정영업 이익이 현저하게 줄어들 것으로 예상되었는데, 이유는 지난번의 클레임을 까야 했기 때문이다. 두 번째로 오다가 집중적으로 사우디와 쿠웨이트에 몰려 있었다. 하반기에는 전체 예상 매출의 70퍼센트 정도가 두 지역에 편중된 상황이어서 지역을 다변화시켜야만 했다. 셋째로는 한국 제품의 인식이 중저가품으로 굳어져서인지 고급품과 신제품에 대한 구매력이 떨어져 있다는 것이다. 그래서 뒤에서 치고 오는 중국산 제품에 시장을 빼앗기고 있다.
　다행히 우리는 창립 때부터 OEM(주문자 상표 부착 생산) 없이 자체 브랜드 상품을 수출하고 있었으므로 경쟁력은 조금 있었지만 브랜드 이미지가 시장에 고착되기에는 아직 요원한 실정이었다. 쿠웨이트 지사장 박종민의 전화가 온 것은 6월

말 오후였다.

"사장님, 라시드가 사업상 상의할 것이 있다고 하는데요."

박종민은 이제 지사장으로 기반이 굳혀져 사무실에 회사에서 파견된 2명의 사원과 현지인 고용인을 6명이나 거느리고 있었다. 그가 말을 이었다.

"마켓 건입니다. 될 수 있는 한 빨리 오셨으면 좋겠다고 합니다."

"좋아 2, 3일 내에 가겠다."

내가 망설이지 않고 말했다. 마켓 건만 성사되면 판로 걱정은 안 해도 되는 것이다. 그 동안 서너 번 연락이 오갔지만 내 제의에 라시드는 즉답을 하지 않고 미뤄왔다. 여러 회사들과 조건을 비교해 보았을 것이다. 나는 정기용과 박춘택을 불러 라시드의 말을 전했고 그들도 얼굴이 환해졌다.

"성사만 되면 지역 다변화 모험을 하지 않아도 됩니다."

정기용이 속내를 비쳤다. 그는 성격대로 신시장을 개척한다든지 바이어 발굴에 소극적이었다. 대신 기존 바이어 관리는 철저했다. 만일 쿠웨이트 마켓에 라시드와의 합작 매장이 설립되면 소비자에게 직접 판매가 가능하게 된다. 그렇게 되면 마진도 배가 될 뿐만 아니라 기획생산이 가능하게 될 것이며 신제품 개발에도 위험 부담이 적어지는 것이다. 쿠웨이트에 박종민이 있었으므로 나는 혼자서 출발하기로 결정했다.

"쿠웨이트에만 가는 거야?"

서경희가 물었으므로 나는 신문에서 시선을 떼지 않은 채 머리를 끄덕였다.

"합작회사 설립 건이야."

"며칠이나 걸리는데?"

"일주일에서 열흘."

"바로 돌아오는 거고?"

신문에서 머리를 든 내가 서경희를 바라보았다. 출장 전날 밤이다. 밤 11시가 넘어 있어서 놀던 아이들은 방에서 잠이 들었다.

"그럼 바로 돌아오지 내가 어디로 가냐?"

일부러 나는 그렇게 말했다. 내가 오유진을 데리고 외국에 나갔다는 것을 알면서도 시치미를 떼는 서경희에게 역습을 했다고나 할까. 서경희가 잠깐 내 시선을 받더니 야릇한 웃음을 띠면서 머리를 돌렸다. 그것이 다시 내 머리끝으로 피가 솟게 만들었다.

"내가 여자 데리고 놀러 다닐까 봐 그러는 거야?"

그때 서경희가 퍼뜩 눈을 치켜 뜨고 나를 보았다가 다시 돌렸다. 나는 입밖으로 그 말을 내뱉는 순간 가슴이 철렁 내려앉았는데 다행히 서경희가 그런 반응이어서 신문으로 슬쩍 얼굴을 가렸다. 오유진의 실종 이후로 집안은 평온했으나 가끔 내가 발작적으로 이런 행동을 했다. 다행히 서경희가 오늘처럼 받아주지 않아서 큰 마찰은 없었지만.

오유진이 실종된 지 두 달이 되어갔다. 처음 한 달은 날짜까지 세었으나 두 달째가 되면서부터는 계산하지 않았다. 그동안 김 여사한테서 한 번 전화가 왔었는데 유진이한테서 전화가 자주 오느냐고 물어서 그렇다고 대답했더니 자기한테는 전화 한 통 안 한다고 화를 내었다. 그러고는 창피했는지 다시는 연락하지 않았다.

나는 새로 꾸민 오피스텔에 일주일에 두어 번은 들러 낮잠을 자거나 혼자 앉아 있다 오는 버릇이 새로 생겼다. 그동안 여자하고 몇 차례 외도를 했지만 오피스텔에는 데려가지 않았는데 그것은 오유진에 대한 미련 때문일 것이다. 나는 나에게 편리하도록 오유진이 떠난 이유를 여러 개 만들었으며 상황에 따라 적당하게 갖다 붙였다. 그래서 이제는 오피스텔에 들어갔다 나왔을 때는 마치 오유진과 질펀한 정사를 치르고 나온 것 같은 기분도 들었으며 어떤 때는 싸우고 나온 것 같기도 했다.

나는 파출부를 시켜 일주일에 두 번씩 오피스텔을 청소시켰고 커튼도 새로 달았다. 냉장고 안 음식의 썩는 냄새는 이제 질색이었으므로 냉장고 안에는 술과 음료수, 마른 안주만

넣었지 과일도 사놓지 않았다. 회사 일로 머리가 복잡할 때 달려가는 곳도 오피스텔이었다. 나는 그곳에서 서류를 체크하고 사업구상을 했다.

가끔 오유진의 몸이 생각날 적에는 그대로 침대로 올라가 수음을 했다. 그러고 나면 개운했다. 오피스텔은 나에게 안정감을 주는 곳이었으며 또한 미련과 회한의 장소이기도 했고, 병신 같은 내 자신을 제대로 볼 수 있는 곳이기도 했다. 내 꿈의 장소였다. 비록 혼자였지만.

쿠웨이트 공항에는 박종민이 현지인 직원 한 명과 함께 마중 나와 있었는데 밖에는 검정색 대형 올스모빌을 대기시켜 놓았다. 나도 외국을 오래 돌아다녔지만 그렇게 큰 차는 처음 보았다. 뒷좌석은 여인숙의 방만 했는데 내 표정을 본 박종민이 빙긋 웃었다.

"빌렸습니다. 배기량이 8,000cc지요."

"인마, 넌 아부가 지나쳐."

"쌉니다. 기름 값도 싸고요."

나에게도 잘못이 있다. 내가 허세가 심하다는 건 알 사람은 다 아니까. 정색한 내가 박종민을 보았다.

"라시드는 합작 의사가 있는 거야?"

"예, 51대 49로 우리가 49퍼센트를 갖는 조건으로 하겠답니다.”

나는 머리를 끄덕였다. 라시드는 쿠웨이트 시 교외에 연건 평 3천 평짜리 대형 마켓을 건설했는데 그중 6백 평을 의류 매장으로 떼어놓았다. 우리는 그 6백 평을 공동 경영하게 되 는 것이다. 그러나 투자 비용이 만만치가 않았다. 라시드는 제 건물이지만 임대료도 지분 비율로 내라고 할 것인데다 구 색에 맞춰 상품도 만들어야 한다. 박종민이 말을 이었다.

“매장에 필요한 상품목록을 만들어놓았습니다. 그리고 판매 예상량과 매출 계획도 세웠습니다. 고용직원과 예상 경비도.”

서울에서도 만든 계획서가 있었는데 한 달 매출액이 미화 로 50만 불을 넘어야 적정 마진인 10퍼센트를 달성한다. 그 이상으로 매출액이 오르면 성공한 투자가 될 것이다.

라시드는 온갖 계산을 다 한 후에 우리를 선택한 때문인지 합작매장의 계약은 일사천리로 진행되었다. 나는 수시로 본 사와 연락을 했고 박종민은 자료와 서류를 챙기느라 나흘 동 안 잠도 제대로 자지 못했다. 정기용과 박춘택은 계약조건에 만족한 것 같았는데 특히 정기용이 적극적이었다.

쿠웨이트에서는 현지인 스폰서를 끼지 않으면 독자 사업을 할 수가 없다. 라시드는 믿을 만한 사람이었으며 우리는 그의 한국 대리인이기도 했다. 닷새째 되던 날 오후에 나는 라시드와 합작사업 서류에 서명했고 곧 등록 서류까지 제출했다.

"바빠지겠습니다."

지사의 숙소는 직원들이 사용하고 있었으므로 나는 칼튼타워에 묵고 있었다. 호텔로 돌아가는 차 안에서 박종민이 환해진 얼굴로 말했다.

"보셨지요? 직원들 사기가 높아졌습니다."

매장의 운영은 우리가 맡기로 되어서 판매와 관리직 인원을 고용해야 했다. 박종민이 데리고 있는 현지 고용인 몇 명은 매장으로 자리를 옮겨달라고 벌써부터 조른다는 것이다. 나는 잠자코 머리를 끄덕였다. 이번 합작사업의 투자경비는 상품 제작비용까지 4개월간 총 3백만 불 가깝게 들어갈 것이었다. 그래서 박춘택은 엊그제 아끼던 회사의 부동산을 매물로 내놓았다. 나머지는 은행에 담보를 내놓고 빌릴 작정이었다.

저녁 7시가 되었을 때 전화벨이 울렸다. 8시에 라시드와 저녁 약속이 있었으므로 잠깐 잠이 들었던 나는 박종민의 전화인 줄 알았다.

"여보세요."

"나야."

서경희의 목소리가 울리자 나는 잠이 다 깨었다. 외국에 숱하게 나갔어도 서경희가 먼저 전화를 해온 적이 없었던 것이다. 급한 일도 없었지만 한 곳에 일주일 이상 머물 때가 드물어서 시차에다 장소 맞추기가 어려웠기 때문이다.

"웬일이야?"

"그냥, 식사는 잘해?"

"응, 별일 없어. 애들은?"

"자고 있어."

그러고 보니 한국 시간으로는 새벽 1시였다. 상반신을 일으킨 나는 앞쪽의 벽을 바라보았다. 서경희가 이 시간에 전화를 해온 의도를 알았던 것이다. 혹시나 내 방 전화를 여자가 받을지도 모른다고 생각하지 않았을까?

"이봐? 나, 지금 나가야 돼. 나중에 다시 전화할 테니……."

"알았어, 끊어."

전화기를 내려놓은 나는 침대 끝에 머리를 기대고는 눈을 감았다. 오유진의 얼굴이 눈앞에 선명하게 떠올랐다. 다른 때는 윤곽이 흐려 일부분만 기억났는데 오늘은 달랐다.

다음날 아침, 나는 박종민을 호텔로 불렀다. 아침 9시였다. 어젯밤 라시드의 저택에서 마신 술이 아직 덜 깨어서 박종민의 두 눈은 핏발이 서 있었다. 내가 앞쪽 의자에 앉은 박종민

125

에게 말했다.

"이봐, 나, 파리로 해서 LA를 거쳐 돌아가겠다. 오늘 오후 2시 비행기야."

박종민이 놀란 듯 눈을 크게 떴다.

"무슨 일 있습니까?"

"내 사적인 일이다."

"아, 예."

건성으로 머리를 끄덕이는 박종민을 보자 나는 불쑥 물었다.

"너, 내 소문 들었지?"

"뭘 말씀입니까?"

"내가 여자 데리고 외국에 나갔다는 소문 말이다."

"저는 못 들었습니다만."

머리까지 젓는 박종민을 보자 나는 쓴웃음이 나왔다.

"나, LA에서 누굴 찾으려고 한다."

"아, 예."

"닷새 동안 내가 쿠웨이트에 있는 것으로 만들어. 내 와이프한테 말이다."

눈만 껌벅이는 박종민에게 내가 차근차근 말했다.

"와이프한테는 이곳 체크아웃하고 지사 숙소로 들어갔다고 할 테니까 전화 오면 라시드를 만난다든가 핑계를 대란

126

말이야."

"알겠습니다."

"내가 수시로 연락할 테니까 와이프 연락 오면 알려주고."

"예, 알겠습니다."

자신 있게 고개를 끄덕이는 박종민을 바라보며 나는 허탈해졌다. 이미 체면은 구긴지 오래됐지만 이렇게 드러내놓고 말하고 보니 온몸이 쓰레기를 뒤집어쓴 기분이었다. 그러나 이쪽에까지 거짓말로 꾸며대었다가는 손발이 안 맞을지도 모른다.

박춘택이 박종민의 전화를 받은 것은 출근한 지 10분도 되지 않았을 때였다.

"박 이사님, 접니다."

박종민이 사근사근 말했다. 그는 직속상관인 정기용보다 박춘택을 더 따랐다. 정기용은 너무 꼼꼼해서 부하 직원들의 일까지 챙기는 경우가 많았기 때문이다.

"어, 아침부터 웬일이야?"

"여긴 새벽 3시올시다."

"그럼 자빠져 자지 않고."

"저, 사장님이 어제 파리 거쳐서 LA로 가셨습니다."

"그게 무슨 말이야?"

"사장님이 개인적인 일이 있으시다면서. 그리고 저더러 사모님한테는 쿠웨이트에 있는 것처럼 해달라고 하셨어요."

"제에기!"

낮게 투덜거린 박춘택이 주위를 둘러보았다. 그의 통화에 관심을 보이는 직원은 없다.

"이봐, 또 누굴 만나러 간 건가?"

"그건 모릅니다. 누굴 찾으신다고는 하셨는데 어쨌든 본사 이사님들한테 전하라고 하셨습니다."

"언제 귀국한다는 거야?"

"닷새 걸린다는군요."

"알았어."

박춘택이 전화기를 내려놓았을 때 정기용이 사무실로 들어섰다. 서둘러 일어선 박춘택이 정기용을 불러세우고는 낮은 목소리로 사연을 말했다.

"또 여자 만나러 간 거야."

그러자 정기용의 대답이 의외였다.

"이봐, 일도 잘 처리되었는데 닷새쯤 몸 좀 풀면 어때? 사장은 사생활도 없나?"

"젠장 언제는 씹어대더만."

기대에 어긋난 박춘택이 눈을 흘겼다.

"간에 붙었다 쓸개에 붙었다 하는구만 그래."

LA에 도착한 것은 다음날 오후 2시경이었다. 다운타운의 리틀도쿄 근처에 있는 조그만 호텔에 숙박한 나는 방에 가방만 내려놓고 호텔을 나왔다. 지난번 서울에서 오명규 씨를 만났을 때 그가 월드트레이드센터 건너편의 쇼핑갤러리에서 일한다고 들은 것이 아는 것의 전부였던 것이다. 택시를 타고 쇼핑갤러리는 쉽게 찾아갈 수 있었다. 그러나 거대한 갤러리 안에 들어선 나는 막막했다. 오후 4시경이었는데 갤러리는 사람들로 붐비고 있었다. 나는 안내 데스크에 앉은 흑인 여자에게 다가가 오명규라고 영문으로 적은 쪽지를 보이며 한국인 종업원을 찾는다고 물었다. 비대한 몸집의 여자는 컴퓨터를 두드려 보더니 금방 머리를 저었다.

"한국 이름인 종업원은 5명인데 그런 이름은 없어요."

"비슷한 이름도 없나?"

나는 데스크를 돌아 모니터 화면이 보이는 위치에 섰다 성밑에 영어 이름이 붙은 사람이 셋 있었지만 오씨 성은 한 사람도 없었다. 나는 차씨 성을 가진 사내의 이름을 손끝으로 짚었다.

"이 사람을 만나고 싶은데."

"2층 사무실로 올라가 봐요."

앤디 차는 40대 후반쯤으로 보였는데 한국말이 익숙했고 친절했다. 그가 건네준 명함에는 식품 담당 부지배인이라고 적혀 있었다. 사무실이 좁은데다 혼잡했으므로 우리는 복도의 창가에 마주 보고 섰다.

"오명규 씨라구요? 난 처음 듣는 이름인데."

머리를 기울인 그가 기억을 해내려는 듯 눈을 깜박였다.

"난 이곳에서 지금까지 2년 있었지만 그런 이름은 기억이 안 나는데요."

"혹시 그 전에 근무하지 않았을까요? 이곳 이름을 분명히 들어서 그럽니다."

"그렇다면……."

잠시 생각하던 앤디 차가 핸드폰을 꺼내들더니 번호를 눌렀다. 그러고는 몇 마디 통화를 하더니 나를 바라보았다.

"1층 기계실에 한씨라는 분이 있습니다. 제임스 한인데 이곳에서 8년 근무한 고참이죠. 그분한테 한 번 가 보시죠."

"고맙습니다."

다시 1층으로 내려간 나는 건물 끝쪽의 기계실을 찾아 들어섰다. 흑인 직원과 무언가를 고치고 있던 동양인이 내가 들어서자 시선만을 주었다. 흰 머리가 반쯤 섞이고 주름살이 가득한 얼굴이었다. 그가 한국어로 소리치듯 물었다.

"누구를 찾으신다구? 오 누구?"

"오명규 씨를 찾습니다."

그러자 사내가 기계에서 손을 떼더니 상체를 폈다.

"오명규하고 어떻게 되시오?"

"잘 아는 사이입니다."

"왜 찾으려는데?"

가능성이 보이는 것 같았으므로 나는 다가가 섰다.

"뭘 좀 알아볼 일이 있습니다. 그 일 때문에 쿠웨이트에서 날아왔지요."

"돈 받을 것이 있소?"

"그런 건 아닙니다."

"그놈은 지금 도망다니고 있어."

사내가 힘들게 허리를 세우고 일어서자 흑인이 투덜거렸지만 아랑곳하지 않았다.

"3년 전까지 나하고 같이 이곳에 근무했지. 그놈은 청소 일을 했어. 그런데 동료 한국인들의 돈을 떼어먹고 도망갔어. 한 5천 불쯤 될 거야."

"지금 어디 있는지 모르십니까?"

"소문에는 LA를 떠났다고도 하고 누군가는 차이나타운에서 봤다고도 하더구만."

"어떻게 찾을 수 없을까요?"

"이보쇼. 몇 년 동안 찾아다니는 사람도 못 잡았는데 어떻게?"

했다가 사내가 생각난 듯이 말했다.

"그놈 친척이 코리아타운에서 세탁소를 하고 있다고 들었어. 이름이 외우기 쉬워서 기억하고 있지. 인천세탁소야."

내가 고맙다면서 허리를 굽혀 인사를 하자 그가 처음으로 주름살을 펴고 웃어 보였다.

"그것도 몇 년 전에 들어서 그 세탁소도 없어졌는지 모르겠군 그래."

다행히 인천세탁소는 코리아타운 중심부에 없어지지 않고 있었지만 간판도 낡은데다 가게 안은 한산했다. 남미계 직원 하나가 안쪽 옷더미 사이에서 다가오더니 내 위아래를 훑어 보았다.

"무슨 일인가요?"

"이 집 주인을 찾는데."

"기다리세요."

그러고는 돌아서서 다시 걸려진 옷더미 속으로 묻혔고 나는 카운터 옆의 플라스틱 의자에 앉았다. 저녁 7시 반이었다. 지구의 반 이상을 날아온 터라 온몸이 찌뿌드드했고 머리가 무거워지면서 눈이 감겼다. 그래서 인기척에 가끔 머리를 들면서 끄덕이며 졸았다. 선잠을 자는 터라 손님이 들고나는 기척과 종업원과의 응답소리도 모두 들었다. 다시 문이 열리고 종업원과 손님의 말소리가 들리더니 누군가가 앞에 와 섰다.

"날 찾으시오?"

한국말이었고 화들짝 놀란 나는 자리에서 일어났다. 내 앞에 선 사내는 반쯤 벗겨진 대머리에 배가 나온 체격의 사내였다. 얼굴이 붉었고 눈이 붕어눈이라 인상이 위압적이었다. 오명규의 사촌형이다.

"아, 예. 전 이정국이라고 합니다."

나는 주머니에서 명함을 꺼내 내밀었다.

"오명규 씨를 찾아왔습니다만, 혹시 연락처를 아시면……."

"왜 찾는데?"

나는 오기 전에 미리 준비해둔 이유를 댔다.

"서울에 계신 김 여사님 심부름을 왔습니다. 유진이 어머니 말씀이죠."

그러자 사내의 눈빛이 조금 약해졌다.

"그 여자가 갑자기 왜 찾는답니까?"

"제가 전할 말씀이 있습니다."

"그놈은 동가식서기숙 하는 놈이라 거처가 일정치 않아."

가슴이 내려앉은 내가 그를 바라보았다.

"유진이도 같이 있지 않습니까?"

"글쎄? 왔다는 말은 들었지만 같이 있을 집이 있나?"

"오명규 씨는 유진이가 어디 있는지 알고 계시겠지요?"

"애비니까 알고 있겠지."

사내가 더 부드러워진 시선으로 나를 바라보았다.

"그 여자가 유진이 때문에 선생을 보낸 것이구만."

"어디 가면 오명규 씨를 만날 수 있을까요?"

그러자 사내가 카운터에서 무언가를 끄적이더니 나에게 내밀었다.

"차이나타운에서 일하고 있다고 합디다. 이게 전에 내가 들었던 가게 이름이오."

세탁소를 나왔을 때는 밤 10시가 되어 있었지만 나는 곧장 택시를 잡아탔다. 가슴이 뛰었고 온몸의 신경이 긴장되어 있어서 눈이 아팠다. 아마 눈에는 핏발이 서 있었을 것이다. 상해반점은 차이나타운 북쪽의 엘리지언공원 근처에 자리잡은 중국식 건물이었다. 네온을 환하게 켜놓은 현관으로 들어섰을 때 중국식 바지저고리 차림의 종업원이 다가왔다.

"혼자시군요, 어서 이리로."

홀은 꽤 넓었고 손님이 가득 차 있는데다 떠들썩한 분위기였다. 나는 구석에 박힌 2인용 테이블로 안내되었다. 메뉴판을 건네준 종업원이 몸을 돌렸을 때였다. 나는 종업원의 뒤쪽을 지나는 오명규 씨를 보았다. 역시 황토색 바지저고리 차림의 종업원 복장이었지만 틀림없는 오명규였다.

"오 선생님?"

나도 모르게 소리쳐 불렀을 때 걸음을 멈춘 오명규가 머리만을 돌려 이쪽을 보았다. 그러더니 눈을 껌벅이며 다가와 섰다. 눈을 크게 뜨고 있어서 놀란 것 같기도 하고 화난 것 같이 보이는 표정이었다.

"여긴 웬일로."

그가 갈라진 목소리로 말하더니 정신이 난 듯 주위를 둘러보았다.

"웬일이오?"

어금니를 문 나는 의자에서 일어섰다.

"유진이를 만나러 왔습니다."

잠시 후에 우리는 홀 안쪽의 마당에서 마주 보고 섰다. 마당 건너편 건물에는 방이 있는지 노랫소리와 음악소리가 들려왔다. 오명규 씨가 정색한 얼굴로 물었다.

"이 사장, 도대체 이곳엔 왜 온 거요?"

"유진이를 만나러 왔습니다."

"돌아가요. 더 이상 상처 주지 말고."

"만나서 영문이나 들어야겠습니다."

"영문을 듣겠다고?"

건물에서 흘러나온 빛에 비친 오명규의 얼굴에 일그러진 웃음이 떠올랐다.

"그래, 난데없이 오피스텔로 이 사장 와이프가 쳐들어왔을 때 걔가 어떤 심정이었겠소? 3류 간통사건의 주인공이 된 기분이 말이오?"

"……."

"내가 생각해도 끔찍하지. 그렇지 않소?"

"……."

"돌아가시오."

오명규가 몸을 돌렸을 때 나는 손을 뻗쳐 그의 팔을 잡았다.

"못 갑니다. 만나야겠습니다. 제가 상처를 주었다면 치료해 줄 사람도 저올시다."

나는 이제 두 손으로 그를 잡았다.

"몰랐습니다. 그래서 꼭 만나야겠습니다."

"그앤 지금 나하고 같이 있지 않아."

갑자기 오명규의 목소리가 높아졌다. 불빛에 드러난 그의 부릅뜬 눈이 번들거리고 있었다.

"난 집도 절도 없는 떠돌이 신세란 말이야."

"그러면 유진이는 어디에 있습니까?"

바짝 다가선 내가 오명규를 마주보았다.

"유진이를 위해서라도 말씀해 주십시오."

"여긴데."

104호실 앞에 선 오명규가 머리를 갸웃거리더니 다시 벨을 눌렀다. 그러나 방의 불은 꺼져 있었고 안에서는 기척이 없다. 나는 시계를 내려다보았다. 밤 12시 반이었다. 온몸이 녹아내릴 듯이 피곤했고 눈꺼풀이 무거워졌으므로 나는 벽에 어깨를 붙였다. 오명규가 나에게로 몸을 돌렸다.

"이 사장, 아무래도 집이 비어 있는 모양이오. 내일 다시 찾아옵시다."

이곳은 코리아타운 변두리의 허름한 3층 건물이었는데 복도의 전구는 불이 들어오지 않는데다 퀴퀴한 냄새가 코를 찔렀다.

흑인 한 명이 우리를 갸웃거리면서 복도 안쪽으로 들어갔다. 건물 현관을 나온 우리는 시멘트 계단 아래쪽에 나란히 앉았다. 104호실에는 UCLA에 다니는 오유진의 친구가 살고 있었는데 오유진은 그녀에게 얹혀지내고 있다는 것이다. 담배를 빼어 문 오명규가 나에게 담배를 권했다. 우리는 한동안 어둡고 황량한 거리를 바라보며 말없이 담배를 빨았다. 한 쌍의 동양인 젊은 남녀가 차에서 내리더니 이쪽으로 다가왔다. 그들은 우리를 힐끔거리며 계단을 올라갔다.

"나도 그놈이 갑자기 찾아와서 놀랐소. 처음에는 이야기를 하지 않으려고 하더군."

땅바닥에 담배를 비벼 끄며 오명규가 말을 이었다.

"내가 이 사장한테 전화를 해보겠다고 했을 때에야 겨우 입을 열었어. 그러고는 막 울더군."

"……."

"내가 도와줄 능력이 있나? 이곳에서도 도망다니는 신세인데. 유진이는 줄곧 이곳에 있었는데 난 일주일에 한 번 정도 전화 통화를 했을 뿐이지."

"저도 와이프가 찾아갔는지는 몰랐습니다."

오명규한테는 다 털어놓아도 될 것 같은 마음이었는데 친숙감을 느껴서가 아니라 우월감 때문이 아니었을까? 나는 긴숨을 뱉었다.

"그 여자가 철저하게 숨겨왔기 때문에……."

"뭐, 와이프 입장에서 보면 당연한 일이지."

오명규가 가늘게 뜬 눈으로 거리 건너편의 햄버거 가게를 보면서 말했다.

"인생이 한 번 어긋나기 시작하면 계속 어긋나더라니까."

"유진이를 데려갈랍니다."

그러자 오명규가 선선히 머리를 끄덕였다.

"친구는 대학에 다니는데 이놈은 어학원 다닌답시고 빌빌거리는 것이 나도 보기에 안 좋더군. 데려가시오."

그러고는 다시 담배를 꺼내 물었다.

"더구나 유진이는 도망쳐온 신세여서 말이오."

시선이 마주치자 그가 빙긋 웃었다.

"애비도 도망나왔는데, 참 빌어먹을 우연의 일치지."

"어디서 주무십니까?"

"가게의 중국인 종업원 집에서."

"아버님도 한국으로 가시지 그러세요."

"지난번 갔더니 채권자들이 내 목줄을 쥐고 있더구만. 형사는 풀렸는데 민사는 남아 있었소."

오명규가 엉덩이를 털며 일어섰다.

"두 놈 모두 안 들어올 것 같소, 갑시다."

"오늘은 제 호텔로 가시지요."

따라 일어선 내가 오명규의 팔을 잡았다.

"늦었으니 술이나 같이 한 잔 합시다."

누군가 흔드는 바람에 눈을 뜬 나는 앞에 서 있는 오명규를 보았다. 오명규는 말끔한 얼굴에 옷도 차려 입었다.

"이 사장, 나 가야겠소."

"아니, 저하고 같이."

놀란 나는 시트를 걷어차고 일어섰다. 어젯밤에는 새벽 1시 반에 들어와서 4시까지 술을 마셨다. 탁자의 전광시계가 오전 11시를 가리키고 있었다.

"어딜 가시려는 겁니까? 가게는 저녁 근무라고 하셨지 않습니까?"

"그 가게도 일하기 힘들게 되었어. 조금 전에 내 동료한테 연락을 해보았더니 누가 나를 찾는다는군. 지금 가게에 와 있다는 거요."

"누군데요?"

"누군 누구겠소? 빚쟁이지. 아무래도 LA를 떠야 할 것 같아."

"그럼 지금은 어딜 가십니까?"

"동료의 집에 가서 짐을 옮기려고. 아무래도 그곳도 곧 들통이 날 것 같아서 말이오."

정색한 그가 나를 바라보았다.

"이 사장, 미안하지만 2백 불만 빌려주지 않겠소? 지금 현금 가진 것이 없어서."

지갑에서 2백 불을 꺼낸 내가 건네주며 물었다.

"그럼 언제 다시 뵐까요?"

"오늘밤에 이곳으로 오겠소. 그때 유진이도 같이 있었으면 좋겠군."

"기다리겠습니다."

오명규가 서둘러 방을 나가자 나도 마음이 급해졌다. 그러나 오명규가 어떻게 되건 나에게는 관심 밖이었다.

104호의 벨을 두 번째 눌렀을 때 안쪽에서 인기척이 나더니 핍홀(peephole)이 흐려졌다.

"누구세요?"

여자가 한국어로 물었다.

"오유진이 친구 되시죠? 난 오유진이를 찾아왔습니다."

잠시 후에 자물쇠와 쇠사슬이 차례로 풀리는 소리가 들렸고 문이 반쯤 열렸다. 모습을 드러낸 여자는 머리를 뒤로 묶은 데다 화장기 없는 얼굴이 창백해서 관자놀이의 실핏줄이 드러났다.

여자가 잿빛 눈동자로 나를 똑바로 보았다.

"서울에서 오셨군요?"

"그렇습니다. 이정국이라고 합니다."

"말씀 들은 기억이 나네요."

내가 집안을 힐끗 보았다.

"유진이가 여기 있다고 해서요."

"누가요?"

"어제 유진이 아버님하고 밤늦게 여길 찾아왔었습니다."

"전 샌프란시스코에 갔다가 조금 전에 왔어요."

머리를 끄덕인 내가 팔짱을 꼈다. 거부감을 보이거나 도전적인 상대 앞에서 나도 모르게 이렇게 팔짱을 꼈는데 그것을 자각하고 나서부터는 일부러 그러지 않았다. 그런데 오늘은 그럴 여유가 없다.

"유진이가 이곳에 있습니까?"

"없어요."

여자는 도전적이라기보다 냉소적이었다. 천천히 머리를 저은 여자가 나를 똑바로 보았다.

"그리고 찾을 생각도 하지 마세요."

"부탁합니다."

나는 이를 악물고 눈을 부릅뜨며 말했다. 하마터면 여자를 후려갈길 뻔했던 충동을 그것으로 대신한 것이다. 여자가 내 기색에 주춤하는 눈치였지만 문을 닫지는 않았다.

"어떻게 이야기를 들었는지 모르지만 도와주십시오. 이대로 있으면 안 됩니다."

여자의 눈빛이 조금 약해진 것 같았으므로 나는 바짝 다가섰다.

"아버님한테서 이곳을 알게 된 겁니다. 친구를 위하신다면 알려주십시오."

"난 몰라요."

이맛살을 찌푸린 여자가 혼잣소리처럼 말을 뱉더니 힐끔 나를 보았다.

"기다리세요."

문이 닫히더니 한참이 지났다. 지친 나는 벽에 기대서고 싶

142

었지만 겨우 참고는 초조하게 기다렸다. 이윽고 문이 열리더니 여자가 명함 한 장을 내밀었다.

"이곳이 유진이가 다니는 곳이래요. 겨우 찾았어요."

밤 10시 반이었다. 이곳은 차이나타운의 중심부로 눈이 부실 듯한 야경이 펼쳐져 있었는데 홍콩 번화가 한쪽을 뚝 떼어다 놓은 것 같았다. 거리에는 중국인이 넘쳐났고 사방에서 중국어가 들렸다. 골목 안의 국수집 나무걸상에 앉은 나는 두 대째의 담배에 불을 붙이고는 다시 길 건너편의 아방궁을 보았다. 한자로 아방궁이라고 쓰여진 옆에 다시 한글로 써진 것을 보면 한국인 손님도 겨냥한 간판이다. 나는 손에 쥔 명함을 다시 들여다보았다.

아방궁의 관리부장 유영이라고만 써져 있었으므로 여자인지 남자인지 또는 한국인인지 중국인인지 알 수가 없다. 그러나 아방궁이 한국의 룸살롱 비슷한 술집이며 꽤 고급이라는 것은 알 수 있었다.

국수를 먹으며 살펴보는 동안 정장 차림의 동양인 서너 팀이 들어갔는데 모두 돈푼깨나 있는 놈들같이 보였다. 조금 전에는 벤츠와 포르쉐에서 내린 젊은 놈들 네 놈이 몰려 들어가면서 한국어도 떠들었다. 마침내 나는 명함을 구겨 쥐고 일어섰다. 내 서슬에 놀란 국수집 주인이 눈을 크게 떴으므로 나

143

는 10불 지폐를 건네주었다.

"잔돈 필요없어요."

예상했던 대로 아방궁은 룸살롱이었고 내부 장식이 서울의
일류 룸살롱 못지 않게 화려했고 세련되었다. 안은 30평쯤 되
는 홀 중앙에 둥근 무대가 세워져서 두 명의 동양인 댄서가
반라의 몸으로 춤을 추는 중이었다. 주위의 테이블은 20여 개
정도였는데 반쯤 찼다. 홀 안으로 들어선 나는 곧 홀의 좌우
로 줄지어 만들어진 방들을 보았다. 저곳이 주수입원일 것이
다. 서울이 그런 면에서는 선진국이니까. 정장 차림의 종업원
이 다가와 섰다.

"어디로 모실까요?"

한국말이었다. 내 시선과 마주친 그는 싱긋 웃었다.

"혼자시면 방에서 조용히 노시지요."

머리를 끄덕인 나는 그를 따라 옆쪽의 방으로 들어섰다. 방
은 룸살롱의 룸이었다. 방음장치가 잘 되어서 소음이 딱 끊겼
고 벽에 붙여진 노래방 기계와 그 위쪽의 텔레비전 화면에는
홀에서 춤을 추는 무희의 모습이 소리없이 방영되고 있다. 자
리에 앉은 내가 종업원에게 물었다.

"여기에 오유진이라고 있나?"

"오유진이오?"

머리를 한쪽으로 기울였던 종업원이 곧 흔들었다.

"모르겠는데요. 30명이나 되어서요."

"지금 대기실에는 몇 명이나 있어?"

"한 열 명 남았을 겁니다."

나는 100불 지폐를 꺼내어 종업원에게 내밀었다.

"날 그곳으로 데려가라. 골라보자."

"예, 하지만 주문을 하셔야."

"주문은 나중에."

그러자 내 손에 든 지폐를 나꿔챈 종업원이 앞장을 섰다.

잠시 후에 나는 방으로 돌아왔다. 대기실의 여자들 속에는 오유진이 없었던 것이다. 종업원이 발렌타인 17년산과 과일 안주를 들고 들어섰는데 뒤를 30대 중반쯤의 사내가 따라왔다. 사내가 내 앞쪽 자리에 앉아 나를 바라보았다.

"저를 찾으셨다구요?"

한국인이었다. 그리고 보니 아방궁 안에서 중국어를 듣지 못했다. 내가 머리를 끄덕였다.

"오유진이를 찾소. 그건 본명이니까 아마 관리부장은 알고 계시겠지."

"왜 찾으십니까?"

정색한 관리부장은 만만치않게 보였다. 그러나 이곳까지

찾아온 나도 필사적인데다 갑자기 울분이 치밀어올랐다.

"그건 왜 물어? 손님이 보자는데?"

눈을 부릅뜬 내 표정을 본 관리부장이 눈을 껌벅였다.

"누구신데요?"

"그냥 손님이야."

나는 그야말로 발작적으로 주머니에서 지갑을 꺼내서는 집히는 대로 백 불짜리를 관리부장에게 내던졌다. 대여섯 장은 될 것이다.

"돈 내면 될 것 아닌가?"

"진정하십시오, 사장님."

관리부장이 얼굴에 웃음을 띠더니 앞에 흩어진 지폐를 집어 차곡차곡 접었다.

"지금 손님방에 들어갔지만 곧 빼오겠습니다."

10분쯤 후에 방문에서 가벼운 노크 소리가 들리더니 문이 열렸다. 그러고는 오유진이 들어섰다. 오유진은 나를 보더니 우뚝 멈춰 섰지만 눈만 조금 크게 떴을 뿐 놀란 것 같지도 않았다. 엉거주춤 일어섰던 내가 도리어 무안할 정도로.

"앉아라."

목소리까지 변해 있었으므로 와락 부아가 난 나는 헛기침을 크게 했다.

"뭐, 술이나 한 잔 하자구. 어서 앉아."

앞자리에 앉은 오유진이 나를 눈도 깜박이지 않고 바라보았다. 나는 그 기다리는 10분 동안 발렌타인을 반 병 가깝게 마신 상태다. 그래서 갑작스런 술기운으로 두 눈에 열이 올랐다.

"내가 널 만나면 조리 있게 설명하려고 꽤 궁리를 했는데 이번에도 안 되는군."

물잔에 위스키를 따르면서 내가 혼잣소리로 말했다.

"그래, 몸 팔아서 사는 재미가 어떠냐? 흰둥이, 황인종, 검둥이, 다양하게 맛보니까 사는 낙이 있디?"

"……."

"흰둥이 물건은 느글느글하다던데 맞아?"

술잔을 든 내가 지그시 오유진을 보았다. 오유진은 잠자코 나를 바라보았는데 초점이 뒤쪽에 박힌 것 같았다. 전에는 머리가 스트레이트로 커트를 했는데, 지금은 길어진데다 퍼머를 해서 분위기가 화려해졌다. 딱히 집 분위기와 맞는 스타일이다. 얼굴은 조금 여윈 것 같고 그래서 눈의 윤곽이 더 뚜렷해졌다. 입술은 꼭 닫혔는데 짙게 루주를 발랐다. 내가 입술을 비틀고 웃었다.

"씨발년. 똥갈보가 다 되었구만."

오유진이 요동도 하지 않았으므로 가슴이 터질 것처럼

팽창된 느낌이 되어서 나는 다시 벌컥이며 술을 삼켰다. 그때 문에서 노크 소리가 나면서 종업원이 머리만 들이밀고 말했다.

"잠깐만요, 저기 손님이……."

오유진이 잠자코 일어나더니 방을 나갔다. 문이 닫혔을 때 어깨를 펴고 앉아 있던 나는 허물어지듯 테이블에 두 팔을 기대고는 머리를 떨어뜨렸다. 그러자 막혀 있던 것이 뚫린 것처럼 눈물이 쏟아져내리면서 가슴이 개운해졌다. 나는 조금 소리를 내어 울어보았다. 그러자 눈물만 흘리는 것보다 기분이 더 풀리는 것 같았다. 그래서 나는 응응 소리를 내며 울었다. 그러다가 이제는 이마로 테이블을 가볍게 받아보았다. 눈물과 소리, 그리고 이마받음의 3박자가 조화를 잘 이루었다. 어느 순간 나는 조금 세게 테이블을 받았다가 머리가 띵해지는 바람에 상체를 일으켜 세웠다. 그러다 어느새 나는 앞에 앉아 있는 오유진을 보았다.

놀란 나는 두 손으로 얼굴을 씻은 다음 휴지를 집어 코를 세게 풀었다. 그러고는 오유진을 노려보았다. 오유진은 눈을 크게 뜨고 있었지만 두 눈에서 흘러내린 눈물 줄기가 보였다. 오유진이 처음으로 입을 열었다.

"언제 왔어?"

"어제."

나는 나도 모르게 고분고분 대답했다.

"어떻게 찾았어?"

"네 친구 강선희한테. 그 전에는 네 아버지를 만났고."

"왜 찾았어?"

"널 데려가려고."

"이혼했어?"

"아니."

"또 오피스텔로 데려가려고?"

"이혼할 거다."

"그 오피스텔 그대로 있어?"

"없앴어."

"……."

"새로 장만했어. 다른 곳에, 더 좋게."

"왜?"

"그냥."

우리는 잠시 서로의 얼굴을 바라보았다. 이제는 오유진의
시선에 초점이 잡혀 있었으며 내 눈빛도 평온해져 있었다. 나
는 현실로 돌아왔다.

"너, 애는 어떻게 했어?"

"떼었어. 여기 오기 전에."

나는 머리를 끄덕였다. 예상하고 있었던 것이다.

"너, 이 집에 마에낑 있어?"

"마에낑이 뭐야?"

"빌린 돈 말이다. 마담이나 사장한테."

"그런 것 없어."

머리를 저었던 오유진이 내 시선을 받고는 눈을 치켜 떴다.

"그리고 나, 2차 안 나갔어."

나는 커다랗게 머리를 끄덕였다. 오유진한테 흑인 애인이 있다고 하더라도 나는 데려갈 작정을 하고 있었으니까. 그래서 그 거짓말이 고마웠을 뿐이다. 룸살롱에서 2차 안 간다는 게 어디 말이나 되는가? 오유진은 룸살롱 생리를 나보다도 모르고 있었고 그것이 또 마음을 가볍게 했다.

오유진은 베르몬트 거리에 있는 건물의 2층 방 하나를 세를 들어 살고 있었는데 집주인은 한국인이라고 했다. 2층에 10여 개의 방이 복도 좌우로 줄지어 있어서, 외양은 마치 낡은 모텔같이 보였지만 안은 10여 평 정도의 원룸 하우스였다. 안으로 들어선 나는 쓴웃음을 지었다. 가구는 모두 집주인의 소유겠지만 오유진은 배치를 서울의 오피스텔과 비슷하게 한 것이다.

"이곳에 사내놈을 끌어들인 건 아니겠지?"

내가 이죽거리며 말했을 때 오유진이 다가와 내 저고리를 벗겼다. 서츠를 벗기고 바지의 혁대를 풀어내었을 때 나는 오유진의 젖고 달아오른 눈을 보았다. 참지 못한 나는 오유진의 머리를 당겨 이마에 입술을 붙였다.

"난 새 오피스텔을 예쁘게 꾸몄다. 일주일에 세 번은 꼭 들렀어."

나는 오유진의 서츠를 벗겼고 곧 스커트를 끌어내렸다. 오유진이 발을 흔들어 구두를 벗어던졌다. 우리는 금방 알몸이 되었고 방바닥에 그대로 겹쳐 쓰러졌는데 탁자를 건드려 무언가가 굴러 떨어졌다.

오유진은 서둘렀다. 내가 상위 체형으로 몸을 올려놓자마자 내 물건을 잡아 삽입시키고는 온몸을 빈틈없이 밀착시켰다. 낮고 긴 신음소리가 오유진의 악문 잇새로 흘러 나왔다. 귀에 익은 그 신음과 익숙한 몸놀림에 감동을 받은 나는 모든 것을 잊었다. 그리고 생소한 방안의 냄새와 풍경이 나를 더 자극시킨 것 같다.

위스키 한 병을 급하게 마신 터라 내 말초신경은 둔해져 있었지만 곧 오유진과 함께 절정으로 치달았다. 오유진의 신음이 점점 더 거칠고 높아졌으며 내 동작에 맞춰 몸놀림이 더욱 격렬해졌다. 이윽고 우리는 절정에 오른다는 것을 같이 알았다. 그때 나는 정신이 들었고 오유진이 폭발할 때의 외침에 신경을 세웠다.

"아, 자기야!"

오유진이 뱉는 탄성과 같은 굵고 높은 신음은 한국말이었다. 전에 나한테 품어주었던 말인 것이다. 섹스를 시작할 때부터, 아니 함께 이곳으로 올 때부터, 나는 어떤 증표가 나올까 걱정이 되었던 것 같다. 절정 때에 허니 한다던가, 아니면 중국말로 떵호아하고 외치는 것 따위가.

전쟁

공항에서 내려 오유진과 함께 오피스텔에 갈 때부터 나는 초조했다. 택시를 엉뚱한 방면으로 주행시킨 다음 돌려서 논현동으로 왔는데 오유진은 아무 말도 하지 않았다. 오피스텔에 도착했을 때는 저녁 8시경이어서 주위는 어두웠다. 오유진은 짐가방이 세 개나 되었으므로 나는 택시를 기다리게 한 다음에 가방을 들고 방 앞에까지 갔다.

"여기 키 있다."

열쇠를 내민 내가 웃어 보였다.

"너 혼자서 들어가."

머리를 끄덕인 오유진이 따라 웃었다.

"이제 또 시작이네."

"다를 거다, 이제는."

복도에는 아무도 없었으므로 나는 오유진의 이마에 입술을 붙였다가 떼었다.

"지면 안 돼, 유진아."

몸을 돌린 나는 오유진이 열쇠를 꽂는 소리를 들었다. 가슴이 뿌듯했다.

방안으로 들어선 오유진은 벽 옆의 스위치를 더듬어 불을 켰다. 그 순간 오유진은 눈을 크게 떴다. 넓은 집안이 전과는 전혀 다르게 꾸며져 있었던 것이다. 오래 집을 비웠는데도 공기는 맑았으며 방바닥은 티 하나 없었다. 침대와 식탁, 탁자는 모두 새것이었고 진주색 커튼도 벽지 색깔과 잘 조화되었다.

오유진은 벽에 붙어진 벽장의 문을 열었다. 이정국의 셔츠두 장이 세탁소 라벨이 붙여진 채 걸려 있을 뿐 깨끗하게 비워져 있었다. 방을 가로질러 냉장고 문을 열었던 오유진은 풀썩 웃었다. 양주와 맥주캔이 가득 쌓여져 있었고 반찬통에는 땅콩 캔이 들어 있었다.

오유진은 침대 끝에 걸터앉아 방안을 둘러보았다. 아늑했다. 옆에 놓인 리모컨을 들어 텔레비전을 켜자 뉴스 시간이었다. 낯익은 아나운서의 모습도 정답게 느껴졌다. 그때 탁자위에 놓인 전화벨이 울렸으므로 오유진은 결심한 듯 전화기를 들었다.

"나야."

이정국의 목소리가 울리자 오유진은 어깨를 늘어뜨렸다.

"지금 어디야?"

"가는 중이다."

그러더니 목소리를 낮췄다.

"택시를 바꿔 탔어."

"……."

"당분간 내가 조심하면 된다. 넌 걱정할 필요 없어."

"알았어."

"그리고 전화번호는 전화기 옆쪽에 스티커로 붙여져 있어, 보았지?"

오유진은 스티커에 쓰여진 전화번호를 보았다. 이정국은 전화번호도 바꿔놓았다.

"보았어."

"술 먹지 말고 밥 시켜먹어."

"응."

"내일 들를 테니까."

전화가 끊기자 오유진은 자리에서 일어섰다. LA에서 가져온 옷과 짐을 정리해야 하는 것이다.

"쿠웨이트에서 오는 거야?"

저고리를 받으면서 서경희가 물었으나 나는 대답하지 않았다. 당연한 것을 왜 묻느냐는 표시였다. 아이들이 게임기를 뜯느라고 부산했다. LA공항에서 산 것이지만 상점 표시를 뜯어내버렸으니 흔적은 없다.

"목욕물 받아놓았어."

서경희가 가방을 열면서 말했다. 택시에서 '지금 공항에서 집으로 가고 있다'라고 연락을 했던 것이다.

"아버지, 어머니는 별일 없지?"

내가 묻자 서경희가 머리를 끄덕였다.

"방학 때 아이들 데리고 내려오라고 하셨어."

나는 그때서야 서경희가 옅게 화장을 했다는 것을 보았지만 아무런 감정이 일어나지 않았다.

다음날 아침, 회사에 출근하자마자 정기용과 박춘택, 그리고 공장에서 올라온 최재일까지 내 방에 모두 모였다. 쿠웨이트 합작 사업은 사운이 걸린 프로젝트인 것이다. 이미 최재일은 공장에 생산라인을 정비하는 중이었고 정기용과 쿠웨이트 지사장 박종민은 아이템 선정과 물량 조정을 마쳐가고 있었다. 정기용이 입을 열었다.

"매사가 순조롭습니다. 땅을 판 것이 아깝긴 하지만 다시 사면 되겠지요."

박춘택은 가만 있었다. 지난번에 은행의 대출을 받아 산 땅

156

은 두 배가 넘는 마진을 남기고 건설 회사에 팔린 것이다. 1년만 지나면 네 배 가깝게 땅값이 오른다는 소문이 돌고 있었으므로 아쉬웠던 것이다. 투자 금액이 3백만 불이 넘는 터라 회사의 자금 사정이 빡빡했지만 월간 수출 물량이 있었으니 회전은 되었다. 은행도 호의적이어서 대출의 여력도 아직 남아 있었고 원부자재는 어음을 끊고 구입해왔으므로 유효기간 3개월 동안은 여유가 있다.

회의는 점심때까지 계속되었는데 우리는 방에서 도시락을 시켜먹었다. 나는 오유진과의 약속이 걱정되었지만 전화할 상황이 아니었다. 회의를 마쳤을 때는 오후 3시경이었다. 나는 방에 혼자 있게 되자마자 전화를 했다. 오유진은 기다렸다는 듯이 전화를 받았지만 삐진 목소리는 아니었다.

"바빴어?"

그렇게 묻더니 자기도 집안 정리하느라고 바빴다고 했다. 식기는 지난번에 오피스텔을 옮길 때 내가 다 버렸기 때문에 밥통에서부터 숟가락까지 몽땅 사야 했으며 시장도 보고 왔다는 것이다. 그리고 이쪽은 재래시장이 더 가까워서 좋다고 했다.

쉬지도 않고 재잘거리는 오유진의 말을 듣는 동안 내 가슴은 편안해졌다. 지난 석 달 동안의 일이 마치 꿈을 꾼 것 같이 느껴졌으며 그때의 좌절과 회한, 번민 등의 온갖 감정들이 남의 일처럼 생각되었다.

　오후 5시가 되었을 때 찾아온 한태일은 여자용 손목시계 10개를 가져왔다.

　"이건 패션시계입니다. 요즘 여자들은 이런 걸 차지 무겁고 비싼 건 좋아하지 않습니다."

　시계를 탁자 위에 펼쳐놓은 그가 말했다.

　"샘플입니다. 사장님 드리려고 가져왔습니다."

　"갑자기 시계는 왜 가져온 거야?"

　"제 친구가 시계 공장을 하거든요. 이걸 유럽과 중동으로 수출하고 있습니다."

　나는 시계를 훑어보았다. 디자인이 세련된데다 다양한 색상과 스타일이어서 젊은 여자들이 탐낼 만했다. 머리를 든 내가 그를 바라보았다.

　"날 주려고 가져왔다구?"

　"예, 사장님."

　"내 생각만 한 건 아닌 것 같은데."

　"사죄드리는 의미도 있습니다."

　쓴웃음을 지은 내가 시선을 돌렸다. 한태일의 공장은 다시 기반이 굳혀지고 있었다. 이제는 우리의 전문 하청업체나 마찬가지가 되어서 정기용이 그의 상전 노릇을 했다. 한태일이

정색한 얼굴로 나를 보았다.

"정 이사한테 들었습니다만 결혼하신다구요?"

"그럴 작정이다."

내가 대뜸 대답했다. 정기용에게 말한 것은 곧 알릴 사람에게는 알리라는 뜻이 있었고, 한솥밥을 먹은 지 오래된 그인지라 내 뜻대로 한태일과 박춘택 등에게도 말했을 것이다.

한태일이 조심스럽게 물었다.

"혹시 저 때문에 앞당겨진 것이 아닙니까?"

"그런 점도 있어. 이번에도 쿠웨이트로 직접 전화를 했더라니까. 내가 여자하고 있는지 확인하려고 말이야."

"LA에는 왜 가셨습니까?"

"정기용이한테서 들었나?"

"예, 아는 사람은 정 이사, 박 이사하고 저밖에 모릅니다. 공장의 최 이사한테도 말해주지 않았습니다."

"오유진이를 만났다."

"아아, 예."

한태일이 머리를 한쪽으로 기울였다.

"가까운데서 만나시지 뭐 거기까지."

서경희가 오유진과 나와의 관계를 알게 된 것도 따지고 보면 한태일 때문이다. 그때 나는 그 일로 부담을 느끼고 있는 한태일을 아예 내편으로 끌어들일 생각을 했다.

"오유진이가 LA로 도망쳤기 때문이야."

놀라 입만 벌린 한태일에게 나는 서경희가 오유진을 찾아간 이야기를 했다. 조금 과장된 이야기를 들은 한태일이 이맛살을 찌푸렸다.

"서둘러 해결하셔야겠는데요."

"그럴 작정이야."

긴 전쟁이 될지도 모르지만 이제 이렇게 살 수는 없는 것이다. 그러기 위해서는 하나씩 내 주위의 사람들부터 이해나 설득을 시켜갈 작정이었다. 그래야 파장이 적을 테니까.

서경희와의 갈등이 시작된 것은 전혀 예상하지 않았던 일 때문이었다. 합작 사업의 투자자금은 그럭저럭 마련되었지만 운영자금이 부족한 상황이라 나는 내 명의의 부동산을 모두 담보로 내 놓을 작정을 했는데 아파트 담보 문제에 제동이 걸렸다.

아파트를 서경희의 명의로 등기해놓았기 때문이다. 내가 아파트를 은행 담보로 내놓겠다고 하자 서경희는 일언지하에 거절했다. 이유도 없었고 무조건 안 된다는 것이다. 윽박지른다고 숙일 여자도 아니었고 설득시키기에는 내 능력이 부족했다. 게다가 그때는 마음을 굳힌 상태여서 이 여자가 혹시 무슨 눈치를 채고 이러는 게 아닌가 하는 생각도 들었으니까.

은행에도 말을 해놓은 터라 7월 중순의 어느 날 아침 나는 서경희와 담판을 했다.

"네가 아파트를 안 내놓겠다는 속뜻이 무엇 때문이냐? 갈라설 때를 대비해서 미리 챙기겠다는 의미냐?"

나는 출근 차림이었고 서경희는 주방에 등을 보인 채 서 있었다. 아이들은 학교에 가서 집안에는 둘뿐이다. 나는 목소리를 높였다

"이 아파트가 네 것이냐? 왜 억지를 부리는 거야?"

"애들을 위해서야."

서경희가 거칠게 그릇소리를 내면서 말했다.

"사는 집까지 내놓고 살아갈 수는 없어. 사업 잘된다더니 왜 집까지 담보로 잡히려고 그래?"

운영자금이 부족하다는 말을 했다가는 더 안 내놓을 게 뻔했으므로 나는 이만 악물었다. 서경희가 이제까지 그럴 듯하게 처신해온 것은 위선이며 위장이었다는 것이 드러난 셈이었지만 나는 크게 화가 나지도 실망하지도 않았다. 오히려 마음 한 구석에는 희미하게 이것이 도화선이 되겠다는 기대가 꿈틀거렸다. 서경희가 나를 믿어 아파트를 내놓았다면 당분간 명분 찾기에 힘이 들지도 모른다고 자위를 하면서. 그래서 아파트는 위자료로 주는 셈치고 잊기로 했다. 지금 사정이 빡빡한 터에 위자료 낼 돈은 없었으니까.

나는 오피스텔에 남파간첩이 고정간첩을 만나러 가는 것처럼 택시를 갈아타고 다녔다. 택시도 먼 쪽에서 내려 길을 돌아갈 때도 있었는데 조금 과민한 행동이었다. 오히려 오유진이 나보다 느긋해서 갈 덴 다 가고 누구라도 찾아오면 거침없이 나섰다. LA생활에서 뱃심을 기른 것 같다.

7월 중순의 오후, 새벽부터 회의에다 은행 일로 바빴던 나는 오피스텔에 들러 소파에 비스듬히 앉아 있었다. 오유진은 옷장 앞에서 옷을 갈아입는 중이어서 마침 팬티 차림이었다. 내 시선을 의식한 오유진이 몸을 돌리자 이제는 엉덩이의 곡선이 드러났다.

"변호사하고 이야기했어."

내가 불쑥 말했을 때 오유진이 나에게로 돌아섰다. 바지는 입었지만 상반신에는 브래지어만 찼다. 오유진의 시선을 받은 내가 말을 이었다.

"수임료도 결정했다. 곧 시작할 거야."

"그럼 소송할 동안 어디에 있을 건데?"

"글쎄."

"여기서 나하고 있으면 안 돼?"

내가 쓴웃음을 지었고 셔츠를 입은 오유진이 다가와 내 볼에 입술을 붙였다가 떼었다.

"그럼, 갔다 올게."

"1시간 후에 나도 나갈 거다."

"문 잘 잠그고 가."

오유진이 살랑거리는 걸음으로 방을 나갔다. 오일과 필터를 교환시킨 차를 찾으러 가는 중이다. 지난번에 생일 선물로 사준 차는 미국에 가려고 팔아먹은 터라 나는 며칠 전에 같은 형의 흰색 중고차를 사 주었다. 내 개인 비자금도 바닥나고 있었기 때문인데 오유진은 중고차로 만족한 모양이었다. 흰색이 마음에 들지 않는다고는 했지만 요즘은 전처럼 자주 외출했고 며칠 후에는 친구들과 해수욕장에 간다고 했다.

나는 소파에 길게 누웠다. 이번 금요일에는 대전에 내려가 아버지 어머니한테 이혼 계획을 말할 예정이고 월요일쯤에는 오유진과 다시 내려갈 것이다. 회사 간부들한테는 이미 알려진 일이니 이젠 서경희와의 담판만 남았다. 위자료와 아이들 문제 둘 뿐이다. 서경희가 아이들을 놓치지 않겠다고 한다면 변호사 의견대로 내주고 일주일에 한 번씩 만날 수도 있을 것이다.

"아빠, 방학하면 대전에 같이 갈 수 있어?"

영준이 물었으므로 나는 텔레비전에서 시선을 떼었다. 저녁 8시였다. 서경희는 반상회에 나가서 집에는 나와 두 아들 뿐이다.

"왜? 가고 싶어?"

"응, 지난번에 할아버지하고 산에 갔어."

"거기 놀이터는 커."

조립 장난감을 들고 있던 동준이 거들었다.

"난 산에는 안 갔어."

할아버지보다 할머니가 손자들을 더 좋아하는 편이어서 동준은 할머니를 따랐다. 6학년짜리 영준은 예민해서 차라리 할아버지를 따르는 것이 엄마의 신경을 건드리지 않는다고 생각했던 것이 아닐까. 지금은 언제 그랬었냐는 듯이 시부모와 며느리의 사이가 좋아졌지만 어머니와 서경희가 서로 진심을 터놓는 관계가 되었다고는 생각되지 않았다. 내가 제일 먼저 응원을 요청할 사람은 어머니였으며 내 편이 되어서 이혼을 밀어주리라고 믿고 있었으니까. 옆에 앉은 영준이 나를 바라보았다.

"아빠 회사가 잘 안 돼?"

"왜?"

"아빠가 집 팔아서 회사에다 주려고 했다면서?"

"그렇지 않아. 안 팔아."

은행 담보 이야기까지 할 필요는 없었으므로 나는 그렇게만 말했다. 나는 소파의 양쪽에 앉은 두 아들을 한 팔에 하나씩 껴안았다. 어렸을 적부터 나는 아버지와는 다른 인간이 되리라고 수없이 다짐했으며 철이 들고 나서는 그것을 구체적으로 실행했다. 콩을 섞은 밥을 좋아한 아버지를 보고는 절대 콩밥을 먹지 않았으며 맵고 짠 음식을 싫어하는 아버지와 반대로 나는 고추장에 고추를 찍어 먹었고 젓갈 없으면 밥맛이 일어나지 않도록까지 되었다.

물론 어머니의 영향도 있다. 내 행태를 눈치챈 어머니가 은근히 그것을 조장해주었으니까.

"너희들 아빠 좋아해?"

내가 불쑥 묻자 동준은 그냥 머리만 끄덕였는데 영준이 나를 빤히 보았다.

"응, 그런데 왜?"

"그냥 묻는 거야, 인마. 대답해."

"좋아해."

"아빤 너희들을 사랑해. 알고 있어?"

동준이 조립 장난감을 꺾으면서 이번에도 머리만 끄덕였지만 영준은 아무 말도 하지 않았다. 나는 목구멍까지 치밀어 오른 이혼 이야기를 겨우 삼켰다. 아이들이 걸음마를 시작할 때부터 두 놈은 밤낮으로 이혼 이야기를 들어왔을 테지만 내 입으로 아이들한테 한 적은 없었던 것이다. 내 기색을 살핀 영준이 힐끗 현관문 쪽을 보았다. 서경희를 경계하고 있다는 표시였다. 나는 눈을 부릅뜨고 영준을 보았다.

"알고 있느냐고 물었다."

"알고 있어, 아빠."

"아빠는 비행기 타고 외국에 갈 적에 꼭 네 이름으로 생명 보험에 들었어."

"왜?"

"아빠가 비행기 사고로 죽으면 네가 보험금을 타라고."

이제는 동준도 장난감에서 시선을 떼고는 나를 보았다. 그러나 어리둥절한 표정이었다. 내가 영준을 바라보았다.

"무슨 말인지 알아?"

영준이 머리를 끄덕였지만 내 보험금도 서경희에게 넘기기 싫었다는 그 불신과 증오감을 알 리가 있겠는가? 도망치듯이 서울의 현실을 떠나면서 나는 기껏해야 그런 식으로 서경희에게 대들었으니까.

나는 아이들에게 지금의 내 상황을 전달하려는 의도를 포기했다. 지금 어떤 말을 해도 아이들이 받는 상처에 도움이 되지 않을 것 같았기 때문이다. 너무 어렸다. 어떤 내 친구는 부부가 갈라서려면 아이들이 아주 어렸을 때나 철이 들고 나서 하는 것이 낫다고 했다. 아이들을 껴안은 나는 그 말에 공감했다.

금요일, 공장의 생산 현황을 체크하려는 목적으로 나는 일찍 대전으로 출발했는데 예정대로 오후 4시경에 일을 끝냈다. 쿠웨이트 마켓용 생산라인은 정상 가동 중이었고 이달 말에 첫 선적분인 3개의 컨테이너가 선적될 것이었다. 그리고 8월 중에는 5개의 컨테이너가 선적된다.

신용장은 라시드·리 합작회사에서 오픈되었는데 12월까지 6개월간 물량은 2백만 불 가깝게 되었다. 그러나 11월부터는 현지 마켓의 판매량에 따라 물량은 재조정 될 것이다. 내가 대전의 본가에 도착했을 때는 오후 6시경이었다. 그런데 동생 인국이 와 있었다. 평일에 와 있으리라고는 생각지도 않았으므로 나는 꺼림칙했다.

"넌 웬일이냐?"

"일 때문에 들른 거요."

내 분위기를 눈치 챘는지 그는 퉁명스럽게 대답했다. 그러나 두 아들의 방문에 집안은 생기를 띠었고 명국이까지 불렀으면 좋겠다고 아버지는 욕심을 내었다.

저녁 식사를 마친 다음 술상에 둘러앉아 소주 두 병쯤을 비웠을 때 나는 입을 열었다

"아버지, 저 이혼할랍니다."

아버지를 불렀지만 내 시선은 옆쪽의 어머니에게 머물렀다.

"곧 수속을 밟겠습니다."

그럭저럭 흥이 올랐던 술판이 순식간에 싸늘해졌다. 그러

자 어머니가 나섰다.

"또 무슨 일 있는 거냐?"

"아시다시피 표면적으로는 없어요. 하지만 난 이렇게 못 삽니다."

"그럼, 어떻게 산단 말이냐?"

술잔을 든 아버지가 가늘게 뜬 눈으로 나를 보았다. 입술 끝이 조금 뒤틀려져 있었다. 아버지 특유의 비꼬는 표정이다.

"너하고 맞는 여자가 있을까?"

"이봐요?"

눈을 치켜 뜬 어머니가 아버지를 가로막고 나섰다.

"너, 지난번에 데려온다던 그애하고 지금도 만나는 거냐?"

내가 머리를 끄덕였다.

"그래요."

"영준 에미도 알고 있더구만."

아버지가 나섰다. 목소리가 쨍쨍해졌다.

"외국에도 데려갔다면서? 그게 정상적인 사고를 갖춘 남편이 할 짓이냐? 너, 죄받는다."

둘이 있을 적에 아버지는 이런 말을 못한다. 옆에 인국이가 있기 때문에 기가 살아난 것인데 눈을 부릅떴던 나는 예상했던 것보다 심한 반발에 당황했다.

"죄받고 말고는 내가 당할 일이니까 놔두세요."

168

내가 거칠게 말했을 때 어머니가 물었다.

"영준 에미하고 이야기는 했어?"

"아직 안 했어요. 먼저 말씀드리려고 이곳에 온 겁니다."

"애들은 어떡하고?"

"소송은 내겠지만 그쪽에서 놓지 않으려고 한다면……."

"안 된다."

어머니의 목소리가 강해졌으므로 나는 머리를 들었다. 아버지가 소리 내어 긴 숨을 뱉었고 인국은 자작으로 술만 마시고 있다. 어머니가 나를 쏘아보았다.

"애들은 데려와야 한다. 애들은 네가 키워야 해."

"그렇게 하지요."

나는 분명하게 머리를 끄덕였다.

"애들은 꼭 데려오겠습니다."

"애들 엄마 핑계대지 마라."

"알았어요."

"그애가 네 애들 키울 수 있겠지?"

나하고 어머니의 대화가 계속되자 아버지가 짜증을 냈지만 의외로 인국에게 제지당했다. 인국이 내 대답을 기다리는 듯 어머니와 함께 나를 보았다. 나는 머리를 끄덕였다.

"키운다고 했어요."

"그애 나이가 몇이냐?"

"스물여덟이오."

나이를 네 살이나 올렸으나 어머니는 눈을 크게 떴다. 아버지가 이제는 허허 웃었고 인국은 술을 한숨에 삼켰다.

"나이 차가 20년 가깝게 되는구만. 허어, 참!"

아버지가 인국과 어머니를 번갈아 바라보았지만 맞장구가 나오지는 않았다. 어머니가 길게 숨을 뱉었다.

"어쩔 수 없지. 내 자식이 좋다는데."

그리고는 아버지의 입을 막으려는 듯이 아버지를 쏘아보았다.

"요즘 몇 달 잘한다고 그만 역성 들어요. 난 그애가 웃는 걸 보면 지금도 온몸에서 소름이 돋아."

"저 여편네가 무엇에 씌었나?"

아버지가 눈을 부릅떴지만 나와 인국이까지 옆에 있는 터라 기세가 많이 꺾여 있었다. 우리는 항상 어머니 편이었고 나이들수록 더해졌으니까. 어렸을 때 인국이도 아버지한테 당한 상처가 나만큼은 되었을 것이다.

밤 12시가 지났을 때 서경희한테서 전화가 왔다. 다시 술을 시작해서 아버지는 안방으로 업혀 들어갔고 어머니와 인국이 셋이서 둘러앉아 있을 때였다. 전화를 받은 어머니는 내색하지 않고 응답하더니 나에게 전화기를 건네주었다. 전화기를 귀에 붙인 나에게 서경희가 말했다.

"애들하고 방학 때 내려간다고 했어."

"그래?"

"술 많이 마시지 마."

"알았어."

인국이가 옆에서 힐끗거렸고 어머니는 가늘게 숨을 뱉었다. 전화기를 내려놓았을 때 인국이가 나에게 술잔을 내밀었다.

"형 성격에 어려울 거요."

"네가 뭘 안다고 그래?"

"10년을 끌어온 일인데 그렇게 쉽게 될 것 같지가 않아서 그럽니다."

"시끄러 이 자식아!"

"형을 보면 밉다가도 참 불쌍해."

인국이 술기운에 충혈된 눈으로 나를 보았다.

"형은 엄마의 변신이야. 엄마가 남자로 태어난 것 같다는 생각이 들거든."

"이 자식이 취했네."

혀를 찬 내가 어머니를 보았다가 정신이 번쩍 났다. 정색한 어머니가 인국이를 바라보고 있었던 것이다. 어머니의 기색을 모르는지 잔에 술을 채운 인국이 말을 이었다.

"기억나쇼? 우리가 영준이만 했을 때 엄마는 노상 이혼한다고 했지. 우리는 엄마 따라간다고 했고. 그런데 엄마는 결국 이혼하지 못했어."

인국이 어머니를 향해 느글느글 웃었다.

"우리 불쌍한 어머니, 꿈 많고 허영심 많은 우리 멋쟁이 어머니……. 결국은 저 양반하고 헤어지지 못하셨지."

턱으로 안방을 가리킨 인국이 이번에는 나를 보았다. 눈의 초점이 흐려져 있다.

"아이구, 불쌍한 우리 형……. 딸자식까지 죽이고는."

"이런 쌍놈의 새끼가!"

눈을 부릅떴던 내가 어머니에게 시선을 주었다가 놀라 몸을 굳혔다. 어머니가 울고 있었던 것이다. 입맛을 다신 인국이가 바로 앉더니 어머니를 바라보았다.

"엄마, 왜 그래? 제기, 농담한 걸 가지고?"

"야, 이 개새끼야! 그게 농담이냐?"

그렇게 말하고선 나도 어깨를 늘어뜨렸다. 나는 어머니가 우는 이유는 정확하게 알 수 없었지만 불쑥 술기운을 빌어 따라 울고 싶은 충동이 일어났다. 인국이가 없었다면 그랬을지도 모른다.

다음날 저녁에 일찍 집에 들어간 나는 아이들과 함께 저녁

172

을 먹을 때까지 평시처럼 행동했다. 서경희는 아버지가 양봉을 안 한 것이 다행이라면서 그 꿀도 가짜였다고 웃었다. 아이들은 제각기 숙제하라고 서경희가 방으로 보내고 났을 때 나는 기회를 잡았다.

"우리, 내 방에서 이야기 좀 하자."

"왜?"

서경희가 눈을 크게 떴다가 내가 잠자코 몸을 돌리자 따라 들어섰다. 나는 테이블 의자에 앉았고 서경희는 앞쪽 소파에 앉았는데 분위기를 느낀 듯 굳어진 표정이었다.

"무슨 일이야?"

서경희가 물었으나 나는 먼저 담배를 피워 물었다.

"너하고 내 문제야."

"글쎄, 무슨 문제인데?"

"네가 한태일이를 불러내 만난 것도 들었고 정기용이나 박춘택이한테 전화질한 것도 다 알고 있어."

서경희의 눈빛이 강해지고 있었으므로 내 목소리도 굵어졌다. 수백 번 싸워온 터라 눈빛만 보아도 전력의 정도를 안다.

"내가 저질러놓은 일이지만 나는 그런 식으로 살지 못하겠다."

"……"

"내 생각에는 요즘 네 행동이 내 마음을 돌리려고 하는 행

173

동 같지가 않아. 날 뒤에서 찔러 넘어뜨리려는 것 같다."

그때 서경희의 입술 끝이 뒤틀려지더니 희미하게 웃는 모습이 만들어졌다. 그러나 입을 열지 않았으므로 나는 말을 이었다.

"내가 잘못 생각했을 수도 있어. 너는 순수한 의도였는지도 몰라. 나를 죽일 놈으로 생각해도 좋아. 인정도 없고 자식이나 가정 생각은 눈곱만큼도 하지 않는 놈이라고 해도 할 말이 없다."

나는 부릅뜬 눈으로 서경희를 보았다.

"그래, 물론 나도 노력하지 않았어. 네 인생을 이렇게 만든 책임도 나한테 있다."

"용건이 뭐야?"

서경희가 낮고 또렷하게 물었으므로 내 흥분이 조금 가라앉았다.

"헤어지자는 거다."

"그애한테 가려고? 오유진이?"

내 시선을 잡은 서경희가 다시 희미하게 웃었다.

"다시 만났어?"

"상대가 누군지는 두 번째 문제야."

"그럼, 나도 결론을 말하지. 난 못 헤어져."

서경희가 또박또박 말했다.

174

"그래, 내 행동의 반은 위선이었어. 반은 내 노력이었고 하지만……."

둘째손가락으로 내 콧등을 가리킨 서경희가 눈을 치켜떴다.

"넌 죄받아야 돼. 그냥 헤어져서 내버려두는 게 어떨까 생각한 적도 있었지만 마음을 바꿨어. 널 옆에서 보겠다고."

"미친년, 본색이 드러났군."

"난 겪어서 네 상대가 되는데 그애가 불쌍하다. 어린것이."

서경희가 정말 불쌍하다는 듯이 어깨를 늘어뜨리면서 길게 숨을 뱉었다.

"어린것이 돈에 팔렸겠지. 네 무책임하고 무절제한 성격을 모르고."

나는 쓴웃음을 지었다. 화가 나지 않고 오히려 가슴이 개운해지면서 마치 남의 이야기를 하는 기분이었다.

"위자료로 이 집을 주마. 하지만 아이들은 내가 키우겠다. 너도 이런 생활을 청산하는 것이 낫지 않을까? 너하고 맞는 남자를 골라서?"

"절대로."

머리를 저은 서경희가 시선을 내린 채 낮게 말했다.

"너한테 미련이 있어서 그러는 게 아니야. 난 절대로 못 헤어져. 그리고 턱없는 소리 마라. 이 아파트는 이미 내 명의로 되어 있고 아이들 생각은 잊어. 헤어지지 않을 테니까."

"복수심에 불타오르고 있군. 그것이 곧 미련이 있다는 증거인 줄도 모르고 미련이 없다니……."

그러자 서경희가 머리를 끄덕였다.

"그럴지도 모르지. 나는 지금까지 그 증오감, 배신감, 모욕감으로 버텨 왔으니까. 그것마저 없었다면 난 이미 이 세상에 없었을 거야."

자리에서 일어선 서경희가 문으로 다가가더니 문을 열고 나가서는 조용히 닫았다. 귀를 곤두세우고 있던 내가 어깨를 떨어뜨리고는 숨을 뱉었다.

"저년이 세련되었는데."

혼잣소리로 말한 내가 머리를 돌렸을 때 구석에 박아놓은 화장품 케이스가 보였다. 미선이의 박스였다. 무의식적으로 일어선 나는 휴지를 빼내 박스 위에 덮인 먼지를 닦기 시작했다. 그동안 잊고 있었던 것이다.

"식사해요."

다음날 아침 서경희가 그렇게 말했을 때 방에서 나오던 나는 머리끝이 섰다. 아이들은 식탁에 앉아 이미 밥을 먹는 중이었다.

"생각 없어."

"그럼 우유라도 한 잔 해."

내가 퍼뜩 시선을 주었으나 서경희는 동준에게 계란 프라이를 잘라주는 중이었다. 화장실에서 나왔을 때 문 앞에 영준이 우유잔을 들고 서 있었다.

"아빠, 마셔."

나는 우유를 벌컥이며 마시면서 서경희가 독약을 탄 우유를 영준이 편에 주지는 않았을 것이라고 생각했다.

"아빠 방학 다음날 할아버지한테 가는 거야?"

기다리고 섰다가 빈 우유잔을 받은 영준이 말했다.

"엄마가 간다고 했어."

"선적은 8월 초에나 되겠습니다."

정기용이 말했을 때 나는 이맛살을 찌푸렸다. 7월 말에 선적할 예정이었던 쿠웨이트 매장용 제품의 선적이 10일 가깝게 지연된 것이다. 품목이 많은데다 소량이어서 작업 능률이 오르지 않았고 기획에 차질도 있었다. 내 기색을 살핀 정기용이 변명하듯 말했다.

"매장은 9월 초에 오픈할 예정이니까 판매에 차질은 없을 겁니다."

"그럼 8월에 컨테이너가 몇 개 나가게 되나?"

"7월에 밀린 것까지 7개가 되는군요."

매장용 물품 대부분이 고가품이어서 금액은 50만 불 가깝게 되었다. 그렇게 되면 8월에 쿠웨이트 지역으로 수출될 물량이 일반 제품까지 합하여 100만 불이 넘는다. 라시드의 오더에다가 쿠웨이트 지사에서 수주한 오더가 대폭 증가하고 있었기 때문이다. 정기용이 방을 나간 지 얼마 되지 않았을 때 전화벨이 울렸다. 오유진이다.

"바뻐?"

언제나 오유진은 약간 코먹은 소리로 먼저 그렇게 물었고 나는 아니라고 대답했다.

"오늘 올 거야?"

"그래, 8시쯤."

"그럼 밥 해놓을게."

전화기를 내려놓은 나는 문득 오유진이 아이를 떼지 않았다면 지금 7개월째가 되었을 것이라는 생각이 났다. 우리는 그 동안 뗀 아이에 대해서 한 마디도 하지 않았었다.

이미 선전포고를 한 상태였으므로 나는 어제까지만 해도 고정간첩을 만나러 가는 남파간첩 흉내를 내었지만, 오늘은 마치 적진을 돌파하는 특공대처럼 행동했다. 아예 회사에 차를 두고는 택시로 롯데호텔에 간 다음에 지하주차장으로 콜택시를 불러 타고 시내로 나왔다. 그러고는 맹렬한 속력을 내게 하여 타워호텔로 간 다음 그곳에서 대기시킨 콜택시로 바꿔 탔다. 언덕길을 내려오는 차를 뒤따르는 미행차는 없었다.

내가 오피스텔에 도착했을 때는 8시 20분이었다. 2시간 동안을 차 안에만 있었던 것이다.

"어머, 얼굴에 땀 좀 봐."

문을 연 오유진이 눈을 둥그렇게 뜨더니 수건으로 얼굴을 닦아주었다.

"씻고 와. 밥 차려놓을게."

오유진은 LA에 있다가 오고 나서는 스파게티나 스테이크 같은 서양음식을 자주 만들었는데 나는 질색이었다. 그런데 오늘은 해물탕을 끓여놓았다. 저녁을 먹고 나서 소파에 기대 앉아 인삼차를 마시던 내가 옆에 앉은 오유진을 바라보았다.

"어제 와이프한테 이혼 이야기를 했다."

오유진은 잠자코 눈만 깜박였고 나는 말을 이었다.

"못 하겠다고 하더군, 날 옆에 두고 말려 죽이겠다는 거다."

"이해할 수 있어."

오유진이 정색했다. 이제까지 오유진은 서경희에 대한 이야기를 하지 않았다. 오피스텔에 찾아왔을 때의 상황도 대충 말해서 나를 답답하게 했었다. 내가 팔을 뻗쳐 오유진의 어깨를 안았다.

"변호사한테 의뢰해놓았어. 난 재판을 받더라도 갈라설 거다."

"……."

"해결될 동안 난 이곳에 올 수가 없어. 무슨 뜻인지 알겠지?"

"알아."

"전화는 자주 할 테니까."

"얼마나 걸려?"

나는 머리를 저었다.

"길게 갈 수도 있어, 재판이."

"한 달? 두 달?"

"더."

변호사는 상대에 따라서 더 늘어날 수도 있다고 했다. 나는 탁자 위에 놓인 검정색 비닐 가방을 눈으로 가리켰다.

"네 구좌로 보내주는 것도 조사할지도 몰라. 그래서 당분간의 네 생활비도 가져왔다."

내가 갖고 있던 비자금 거의 전부를 현금으로 바꿔온 것이었고 오유진의 1년 생활비는 되었다. 오유진이 말 잘 듣는 아이처럼 머리를 끄덕였다.

"기다릴게."

꽤 오래 만나지 못할 것이라는 생각이 우리를 조급하게 만든 것 같다. 나는 오래 전 한밤중에 거칠게 흔들리는 비행기 안에서 성욕을 느낀 적이 있었다. 통로 건너편에 앉아 있는 스튜어디스를 잡아 강제로 섹스를 하고 싶었는데 그녀도 원하고 있는 것처럼 느껴졌다. 오유진은 내 조그만 동작 하나도 놓치지 않겠다는 듯이 반응하며 받아들였다. 마치 이 시간이 지나면 이 세상이 사라진다고 믿는 것처럼 절박한 모습이었고 물론 나도 그랬다. 사정을 하는 순간 나는 오유진의 열창을 들으면서 이 순간에 죽었으면 좋겠다고 바라기도 했으니까.

우리는 벗은 채로 새벽 2시까지 그랬다. 서로 다른 이야기, 즉 오유진은 운전하다가 택시를 받을 뻔했다는 이야기, 나는 쿠웨이트 매장이 성공하면 사업은 완전히 궤도에 오른다는 이야기, 그러다가 오유진은 정색한 표정으로 내 심벌을 세웠고 자신의 샘 속에 넣었다. 그러고는 다시 시작했다. 위의 불은 켜두었으므로 우리는 서로의 몸을 샅샅이 보았으며 오유진은 내 요구에 선뜻 불밑에 누워서 다리도 벌려주었다. 마치 의식을 치르는 여사제와 같은 얼굴로. 절정은 끝없이 이어져서 나는 발기했을 때부터 끓어올랐다. 몇 번째인가, 내 샘물이 말랐어도 욕망이 식지 않았을 때 온몸이 땀에 젖은 오유진이 단말마의 비명처럼 말했다.

"그냥 죽고 싶어."

"성격 차이라고만 쓰기에는 곤란해."

박정용 변호사가 말했다.

"더구나 넌 여자가 있다면서? 그것을 네 와이프도 알고 있고?"

서초동의 변호사 사무실 안이었다. 에어컨을 틀어놓아서 방안은 시원했지만 짙은 담배연기가 맴돌았다. 박정용은 내 고등학교 2년 선배로 고등학교 시절부터 아는 사인데 이혼 전문변호사로 소문이 났다. 내가 짜증을 냈다.

"형이 알아서 좀 해줘요. 될 수 있는 한 빨리."

"야, 네 와이프가 고집을 부린다면 재판으로 몰고 가야 하는데 네가 뒤집어쓸 수가 있어."

"뒤집어쓰건 바로 쓰건 간에 갈라서기만 하면 됩니다."

"이 자식이 미쳤어."

"형은 겪어보지 않아서 모릅니다."

"다 그래, 다."

박정용은 사무장이 작성해온 서류를 꼼꼼하게 읽었다. 이윽고 그가 서류에서 시선을 들었다.

"좋아, 자료를 조금 더 보강한 다음에 소송을 내자. 그 동안 넌 몸조심해야 돼."

"이미 조처했습니다."

입속말로 투덜거린 박정용이 눈을 가늘게 뜨고 나를 보

있다.

"네 여자, 꼭꼭 숨겨두어라. 그리고 주변 입단속도 철저히 시키고."

"더러운 놈!"

머리를 절레절레 흔든 언니가 허탈한 표정으로 말했다.

"그래, 당분간은 그렇게 지낼 수 있을 게다. 하지만 오래는 못 가, 이것아!"

"알고 있어."

서경희가 잔잔한 표정으로 말했다. 오랜만에 놀러온 언니에게 서경희는 요즘 상황을 털어놓았던 것이다. 그러나 예상외로 언니는 크게 놀라지 않았다. 그것이 서경희의 마음을 더 가라앉혔다.

"아마 그놈은 지금쯤 소송 준비를 하고 있을 거야. 변호사 친구들이 많으니까."

"우리도 소송해야지. 그런데 그년은 지금 어디 있어?"

"예전에 있던 오피스텔은 진즉 치웠으니까, 아마 다른 곳에 살림을 차려 주었겠지."

"그년을 잡아야 하는데."

"용역회사한테 의뢰했더니 그놈이 귀신같이 빠져나가더래. 두 번 일 시켰다가 백만 원만 날렸어."

머리를 끄덕였던 언니가 정색했다.

"어쨌든 재판을 하면 같이 살라는 판결은 안 나온다. 위자료를 얼마나 더 받아내느냐는 싸움이야."

"이 집은 내거야."

"그것 가지고 되니?"

"요즘은 통장을 집으로 가져오지 않아서 못 봤지만 우석이 말 들으니까 회사 재산이 꽤 된대. 그래서 그것도 사람 시켜서 조사해 오라고 했어."

"응, 할 건 다 했구나."

길게 한숨을 쉰 언니가 생각난 듯 물었다.

"그런데 애들은 어떻게 할래? 달라면 주지 그래? 그래야 네가⋯⋯."

"생각 중이야."

아이들이 방에 있었으므로 서경희가 목소리를 낮췄다.

"애들은 내가 데리고 있고 싶지만, 그놈 홀가분하게 만들 걸 생각하니까 마음이 흔들려."

이틀간 계속해서 저녁 7시 반에 집에 들어가자 아이들이 반겼다. 그래서 어제 약속한 대로 나는 아이들을 데리고 근처의 전자 대리점에 가서 새로 나온 게임기를 사주었다. 그날 밤 12시가 되었을 때 내 방으로 서경희가 들어와 앉았다.

"준비를 하려고 오유진이를 만나지 않는 모양인데 그럴 것 없어."

서경희가 표정 없는 얼굴로 말을 이었다.

"걔 주민등록번호까지 다 알고 있으니까 경찰에서는 금방 찾아낼 거야."

"잘 해봐라."

"오늘 아버님한테서 전화가 왔어. 내일 모레 애들 방학하면 데리고 내려오라는데, 가야겠지?"

이를 악문 내가 서경희를 쏘아보았지만 그것은 아버지에게 화가 났기 때문이다. 그 노친네는 사태를 다 알면서도 모른 척, 초를 치고 있는 것이다. 아니면 이 상황을 해결해보겠다고 생각하는지도 몰랐다.

"너도 내려가겠다는 거야?"

"난 애들 엄마야."

"난 법원에 소송을 냈어."

그러자 서경희가 여전히 표정 없는 얼굴로 머리를 끄덕였다.

"나도 변호사 선임했어."

가라앉은 분위기에 영향을 받은 내가 서경희를 바라보며 말했다.

"미안하다. 내가 할 말 없다."

"재판받을 때 그렇게 말해."

내 시선을 잡은 서경희가 희미하게 웃었다.

"난 이제 네가 무슨 말을 해도 못 믿으니까."

"난 지금 속초에 있어."

수화기를 통해 오유진의 맑고 높은 목소리가 울려나왔다.

"날씨가 너무너무 좋아."

"덥진 않고?"

"바닷바람이 시원해."

나는 일어나 창문을 열었지만 소음과 함께 매연이 불어닥
쳤으므로 금방 닫았다.

"자기야, 보고 싶어."

오유진의 목소리가 다시 울렸을 때 나는 가슴이 답답해졌
다. 오피스텔에 발을 끊은 지 오늘로 엿새째였다. 오유진은 친
구 두 명하고 어제 동해안으로 피서를 떠난 것이다. 서류를
덮고 차를 몰아서 동해안으로 달려가고 싶은 충동이 잠깐 일
어난 것이 활력이 되었다.

"잘 놀아, 그리고……."

"그리고 뭐?"

오유진이 소리쳐 묻자 나는 얼른 대답했다.

"물 조심하라구."

오유진의 웃음소리를 들으며 나는 전화기를 내려놓았다. 박 변호사는 오유진과 김 여사가 만나는 것도 금지시키라고 했던 것이다. 서경희가 마음만 먹으면 주민등록번호를 알고 있는 오유진의 가족 상황을 파악할 수 있을 것이며, 따라서 김 여사를 만나는 오유진을 잡을 수 있다고 했다. 그러나 나는 밝은 오유진의 분위기를 깨뜨리기 싫었다. 동해안에서 돌아왔을 때 말해도 될 것이다.

8월 2일, 아침 9시가 조금 못 되었을 때 우리는 대전으로 출발했다. 운전석 옆에 영준이가 탔고 뒷좌석에 서경희와 동준이 나란히 앉았는데 아이들은 철모르고 떠들었다. 미선이가 간 후부터 서경희는 아이들 앞에서 나하고의 다툼을 피했다.

좋은 변화였지만 이제는 내가 표정관리를 못해서 네 식구 중 내 표정이 제일 뻣뻣했다. 고속도로 톨게이트를 빠져나갈 적에 동준이와 이야기하던 서경희가 낮게 웃었다. 백미러로 서경희를 바라본 나는 어금니를 물었다. 분명히 허세를 떨고 있는 것이겠지만 저것도 여유일 테고 나에 대한 시위로 생각되었기 때문이다. 내 성격은 물론이고 약점까지 단단히 챙기고 있을 터이니 앞으로의 싸움이 고될 것이라는 예고 같기도 했다.

아이들과 천안까지 가는데 휴게소에 두 번 들르는 바람에 11시가 되었다. 천안 휴게소를 빠져 나와 차량이 뜸해진 틈을 타서 속력을 내었을 때였다. 듣지도 않으면서도 켜놓은 라디오에서 긴급 뉴스가 흘러나왔다. 이라크군이 쿠웨이트를 침공했다는 뉴스였다. 놀란 나는 1차선에서 대각선으로 차를 몰아 갓길에 세웠는데 서경희가 짜증난 목소리로 물었다.

"고장 났어?"

뉴스 속보는 곧 끝났으므로 나는 채널을 이곳저곳으로 돌렸다. 그러나 뉴스는 나오지 않았다. 문을 열고 밖으로 나온 나는 핸드폰으로 회사에 연락을 했다. 정기용은 자리에 있었고 내 목소리를 듣자마자 갈라진 목소리로 말했다.

"사장님, 뉴스 들으셨습니까? 큰일 났습니다."

서경희와 아이들만 내려놓고 어머니 아버지한테는 겨우 인사만 한 채 나는 곧장 서울로 되돌아왔다. 올라가는 차 안에서 나는 전화로 상황을 파악할 수 있었다 쿠웨이트는 이라크군에 의해 완전히 점령된 상태여서 지사의 박 과장은 물론이고 라시드와도 연락이 되지 않았다.

이라크군이 쿠웨이트를 기습 점령한 것이다. 회사에는 정기용과 박춘택 등이 모두 나를 기다리고 있었다. 내가 자리에 앉자마자 따라 들어선 정기용이 말했다.

"이라크군이 쉽게 물러날 것 같지가 않습니다."

이미 그것도 나는 외무부의 선배에게 연락해서 알고 있었다. 박춘택이 어두운 얼굴로 나를 보았다.

"사장님, 이달 15일부터 막을 어음이 밀려옵니다."

그것도 계산해 보았다. 15일부터 말일까지 15억 정도가 된다. 쿠웨이트 물량이 선적되면 네고 대금 10억 정도가 입금될 테니 다른 지역 물량과 합해 어음상환을 하고도 남지만 쿠웨이트에 물품을 실어 보낼 수는 없다. 내가 정기용을 바라보았다.

"리비아 물량을 15일까지 실을 수 있을까? 쿠웨이트 작업을 모두 중지시키고?"

"해보겠습니다."

정기용이 말했으나 아직도 눈에는 초점이 잡히지 않았다. 리비아 물량은 9월 초에 실려도 되었지만 당겨 선적해서 네고 대금을 받으려는 것이다. 그러나 그 물량도 한화로 12억 정도였다. 그리고 9월부터 10월까지의 어음 결제 대금이 23억 정도였는데 쿠웨이트분을 뺀 네고 예상 금액은 15억이었다. 8억이 차질이 나는 것이다. 이미 원부자재를 모두 어음을 끊어 사들여 제품을 만들어 놓은 상태라 물릴 수도 없다. 내가 다시 정기용에게 말했다.

"박 과장한테 다시 연락을 해봐. 전화가 안 되면 팩스를 써

서라도."

이미 그런 수단을 안 써봤을 리가 없는 정기용이었지만 머리를 끄덕이더니 힘들게 자리에서 일어섰다. 나는 그의 얼굴에 드리워진 절망감을 보고는 시선을 내렸다. 아마 내 얼굴도 그와 비슷한 표정이었을 것이다.

하루하루가 피가 마르는 나날이었다. 상황을 금방 눈치 챈 은행은 어음 회수에 손톱 끝만큼의 여유도 주지 않았는데 태도가 180도 달라졌다. 정상적으로 발급되어야 할 어음용지도 주지 않았다. 박춘택은 매일 은행에 가서 살다시피 했지만 소득이라고는 몇 건의 대출기간을 연장받았을 뿐이어서 자금 압박은 하루가 지날수록 가중되었다.

쿠웨이트 침공 10일째가 되는 날 아침, 화장실에서 나온 나에게 서경희가 물었다.

"회사가 어려워?"

내가 머리만 끄덕이며 내 방으로 들어서자 서경희가 따라왔다.

"잘 되겠어?"

그 말이 비꼬는 것처럼 들렸으므로 나는 울컥 화가 치밀었다.

"네가 서운하겠지만 회사는 안 망한다."

"그래, 그렇게 되면 많이 서운할 거야."

"개 같은 년!"

문이 세게 닫히더니 서경희가 방을 나갔다. 10일 동안 나는 집에 돌아와서도 서류를 들여다보다가 새벽에는 바이어들에게 전화를 했다. 서경희에게는 이 일을 일절 이야기하지 않았지만 내 분위기나 연일 언론에 떠들어대는 것을 보았을 테니 모를 리가 없다. 그야말로 천재지변이었으나 그렇다고 봐주는 곳은 아무 곳도 없다.

회사에 출근했을 때 얼굴이 핼쑥해진 정기용이 내 방으로 따라 들어섰다. 내 앞쪽에 앉은 그가 더듬거리며 말했다.

"사장님, 알 쟈레크한테서 연락이 왔습니다."

알 쟈레크는 사우디의 거래선이다. 나는 며칠 동안 그와는 통화하지 못했다. 시선을 내린 정기용이 말을 이었다.

"이번 달 오더분의 선적을 보류시켜 달랍니다. 이라크군이 언제 사우디로 밀고 내려올지 알 수 없는 판국이라 시장이 위축되었다고."

"말도 안 되는 소리. 이라크가 어떻게 사우디를⋯⋯."

내가 목소리를 높였다가 말을 멈췄다. 엎친 데 덮친 격 정도가 아니라 물에 빠진 사람을 물 가운데로 더 밀어넣는 짓이랄까. 사우디 물량이 나가지 못하면 8월과 9월 두 달 동안 65억의 차질이 온다. 지금도 공장에는 신용장을 받아놓은 쿠웨이트 물량의 컨테이너가 차곡차곡 쌓여만 가는 중이다. 사우디 시간이 새벽이었지만 나는 알 쟈레크에게 통화를 시도했으나 받지 않았다. 연말까지 회사의 수출 물량 80퍼센트 정도가 사우디와 쿠웨이트에 치중되어 있는 터라 이제 사우디에서 물량을 받지 않는다면 절망인 것이다.

오후 4시경이 되었을 때 정기용과 박춘택이 내 방으로 뛰어들어왔다.

"사장님, 박종민이가."

정기용이 소리치더니 벨이 울리기 시작한 전화기를 집어 건네주었다.

"살아 있습니다."

나는 정신없이 전화기를 귀에 붙였다.

"여보세요."

"사장님, 접니다."

"아, 어디냐?"

"저, 지금 담맘입니다. 조금 전에 쿠웨이트에서 빠져나왔습니다."

박종민이 소리쳐 말했다.

"이민수하고 백연태도 같이 있습니다."

"잘했어."

소리쳐 반긴 나는 잠시 할 말을 잃었다. 13일 동안 그들의

192

생사도 파악이 되지 않았던 것이다. 이라크군이 양민을 학살한다는 소식을 듣지 못했지만 가족들은 매일 회사로 연락을 하거나 찾아오는 상황이다.

"라시드도 쿠웨이트를 탈출해서 지금 아테네에 있습니다."

박종민이 말을 이었다.

"창고에 있던 물건을 모두 빼앗겼습니다. 이라크군이 이라크 디나르를 물건 값이라고 군용 백에 가득 넣어주었지만 휴지조각이나 마찬가지라서 버리고 왔습니다."

"잘했어. 잘 빠져 나왔다."

"이곳 담맘도 피난민이 몰려와 마치 전쟁지역 같습니다. 하지만 당분간 이곳에 머물고 연락드리겠습니다."

사우디 지역도 인심이 흉흉하다는 말이었다. 전화를 마치고 난 내가 정기용과 박춘택을 둘러보았다.

"직원들이 살아 나와서 다행이다."

그러나 내 목소리는 내 귀에도 허탈하게 들렸고 그들도 머리만 끄덕였다.

8월 말까지는 담보를 재평가해서 대출을 더 받거나 리비아 선적분을 당겨 실어서 자금 부족분을 채웠고 마지막에는 어음 기일을 연장받아 겨우 넘겼다. 그러나 9월이 문제였다. 어음상환 금액이 누적된 금액까지 합쳐 54억이 되었는데 자금

입금 예상은 37억 5천밖에 되지 않았다. 제반 경비는 제외하고도 매출대비 16억 5천의 차질이 나는 것이다. 죽은 자식 나이 세는 꼴이었지만 창고에 쌓여 있는 쿠웨이트 물량만 해도 24억 가깝게 되어 있는데다 보류된 사우디 물량이 19억이었다. 이 43억 물량이 눈을 시퍼렇게 뜨고 죽어 있는 것이다.

눈에 불을 켠 듯이 나는 은행을 쫓아다녔는데 나중에는 한국은행에까지 찾아갔다. 그래서 나 때문은 분명히 아니겠지만 한국은행이 각 시중은행으로 보내는 공문을 1순위로 받았다. 각 시중은행은 금번의 페르시아만 사건으로 중소기업이 피해를 입지 않도록 협조하길 바란다는 애매한 내용의 공문이었다. 그 공문을 들고 간 나에게 주거래 은행의 부장이 쓴 웃음을 짓고 말했다.

"우리가 손해 보면 한국은행이 물어줍니까? 이 사장님도 다 아시면서."

순진한 척하지 말라는 말이었다.

"그렇게 바빠?"

오유진이 조금 심술이 난 목소리로 물었다.

그날 밤 이후로 나는 오유진과 한 번도 만나지 못했으니 못 만난 지 한 달이 넘었다. 그 동안 전화는 자주 했지만 근래에 들어서는 전화를 걸 여유도 생기지 않았다.

오전 10시였다. 사무실에서 나는 막 전자도매상을 하는 동창에게 돈을 빌려달라는 전화를 했다가 거절당한 참이었다.

"요즘 정신없이 바쁘다. 전화 못 해서 미안해."

"바쁘면 좋은 거지 뭐."

"지금 집이냐?"

"응 그런데 일은 잘돼 가?"

이혼 소송을 묻는 것이다. 박 변호사한테는 수임료도 주지 않은데다 연락도 하지 않았으므로 서류는 사무실에 놓여져 있을 것이다.

"그래, 잘돼 간다."

"그런데, 참."

오유진이 지금 생각났다는 듯이 목소리가 높아졌다.

"쿠웨이트 사건으로 회사 괜찮아?"

"괜찮아."

"그럼 안심했어."

전화기를 내려놓았을 때 나는 온몸의 기운이 빠져 의자에 머리를 기대었다. 9월 초순이었지만 9월 말까지 견디어낼 자신이 없었던 것이다. 한동안 눈을 감고 누워 있던 나는 정기용과 박춘택을 불렀다. 어두운 표정의 그들이 앞에 앉았을 때 내가 말했다.

"사우디에 다녀오겠어. 쟈레크만 물품을 받으면 숨통이 트이겠는데."

"그렇게만 된다면야."

정기용이 선뜻 대답했다가 어깨를 늘어뜨렸다. 이제까지 그는 수십 번 쟈레크에게 사정해 보았던 것이다. 지금도 창고에 쌓여 있는 사우디행 컨테이너가 20개가 넘는다. 200만 불 가까운 물량이었고 선적만 되면 19억이 입금되는 것이다. 그러나 엊그제는 담맘에 이라크의 미사일까지 떨어졌다. 그래서 우리뿐만 아니라 사우디와 거래하는 다른 무역상사들의 물품도 대부분 선적이 보류된 상태였다.

"내일 제다로 가겠다."

내가 말하자 둘이는 잠자코 머리만 끄덕였다.

그날 저녁 내가 집에 갔을 때 서경희 대신 어머니가 문을 열어주었다. 서경희는 주방에서 나에게 등만 보이고 서 있었다. 어머니의 얼굴에는 수심이 가득했다. 나를 따라 내 방으로 들어선 어머니가 낮은 목소리로 물었다.

"회사가 어렵냐?"

"응, 어려워."

그러자 어머니가 길게 한숨을 뱉었다.

"영준 에미한테 물어보았더니 아무것도 모른다고 하더구나."

"말을 안 했으니까. 그리고……."

나는 넥타이를 풀어 내리며 웃어 보였다.

"말해도 도움이 되지 않을 테니까."

"에이그, 이놈아!"

어머니가 찌푸려 뜬 눈으로 나를 보았다.

"인국이한테는 회사 어렵다는 이야기 마라. 인국이도 제 처 모르게 아파트 서류 떼어 왔어."

어머니는 인국이의 광주 아파트 담보서류를 갖고 온 것이다. 결혼한 지 8년 만인 작년에야 마련한 35평형 아파트였으니 인국이의 처 강옥경이 알았다면 절대 내놓으려고 하지 않았을 것이다.

"어머니, 미안해."

"인국이한테 고맙다는 전화나 해라. 회사 어렵다는 이야기는 말고. 난 네가 회사 건물을 짓는데 몇 달간만 자금이 필요해서 빌리는 것이라고 거짓말을 했어."

나는 잠자코 시선을 돌렸다. 어머니는 광주에까지 내려가 인국에게 거짓말을 해서 아파트 담보 서류를 떼어왔다. 나는 며칠 전 새벽 집에서 술에 취해 어머니한테 담보 이야기를 꺼냈던 것이다. 방에서 나왔을 때 어머니는 서경희에게 시치미를 떼었다. 나도 마찬가지였고.

"둘이서 속닥거리는데 아마 회사 이야긴 것 같았어."

공중전화 부스에서 서경희가 말했다. 오전 11시였다. 아파트에는 어머니가 있었으므로 서경희는 가게에 다녀오겠다고 나와서는 언니에게 전화를 하는 것이다.

"걱정이 되어서 올라온 모양인데 오늘 아침에 보니까 광주 동생한테 노친네가 고맙다고 하는 소리를 들었어. 아마 돈 빌려온 것 같아."

"우석이 이야기 들으니까 곧 부도가 난다고 하더라. 9월을 견디기가 힘들다는 거야."

언니의 냉랭한 목소리가 울렸다.

"너, 아파트 꼭 챙기고 있어."

"걱정 마."

"그놈이 무슨 소리를 하건, 알았지?"

"오늘 사우디로 갈 거야. 닷새쯤 후에 돌아온다고."

서경희가 송화구에 대고 길게 숨을 뱉었다.

"그 사람, 지금 제정신이 아냐."

도망자

"6천만 원 주겠답니다."

박춘택이 말하자 나는 자리에서 일어나 가방을 쥐었다. 인국이의 아파트를 담보로 은행에서 6천을 대출받은 것이다.

"난 혼자 갈 테니까 자네들은 회사에 있어."

박춘택과 정기용을 번갈아 바라보며 내가 웃었다.

"이번에는 여자 데리고 가는 게 아니니까 꺼릴 것도 없지만."

"제가 공항까지 가겠습니다."

내 농담이 하나도 우습지 않다는 표정으로 정기용이 내 가방을 빼앗아 쥐었다. 나는 정기용이 운전하는 차의 옆좌석에 앉아 공항으로 향했다. 잠자코 앞만 보며 운전하던 정기용이 올림픽 대로에 들어섰을 때 힐끗 시선을 주었다.

"만일 쟈레크가 선적을 거부하면 어떻게 하실 작정입니까?"

"방법이 없어. 하는 데까지 해보는 수밖에."

"9월 말에 13억 5천이 모자랍니다."

그러나 쟈레크 물량이 선적되면 15억이 들어온다. 일단 숨통이 트이는 것이다. 입을 다물었던 정기용이 한참 만에 다시 말했다.

"은행에서 사장님 아파트를 담보로 내놓으면 3억 8천까지는 준다고 했습니다"

"내 명의로 되어 있지가 않아."

"알고 있습니다."

"이 사건이 터지기 전부터 갈라서려고 했던 참이라 절대로 내놓지 않는다."

"글쎄 말입니다."

입맛을 다신 정기용이 차의 속력을 냈다.

"타이밍이 맞지 않네요, 모든 것이 다."

공항의 탑승구 옆에서 나는 오유진에게 전화를 했다.

"어디야?"

내가 공항이라고 하자 놀란 듯 오유진의 목소리가 높아졌다.

"어디 가는데?"

"제다."

"언제 돌아와?"

"엿새 후야."

"잘 다녀와. 몸조심하고."

"너도 차 조심해, 운전."

그러고는 전화를 끊고 나서 나는 한동안 멍한 상태로 서 있었다. 외로웠던 것 같다. 어머니 외에는 어느 누구한테도 나의 이 두려움과 어려움을 털어놓지 못한다는 것이. 인생을 헛산 것 같은 느낌이었다.

"지금도 재고가 창고에 가득 쌓여 있소, 리."

알 쟈레크가 머리를 흔들었다.

"시장이 완전히 폐쇄상태요. 이 상태에서 물품을 들여올 수는 없소."

제다의 알 쟈레크 사무실 안이었다. 호텔에 가방만 내려놓은 나는 곧장 쟈레크의 사무실로 찾아간 것이다. 오후 7시경이었다. 머리를 끄덕인 내가 정색했다.

"쟈레크 씨, 가격을 10퍼센트 내리겠습니다. 우린 손해를 보겠지만 지금 그걸 따질 상황이 아니니까. 만일 이달 안에 사우디 물량이 출하되지 않는다면 우린 부도가 납니다."

마지막 방법이었다. 부도가 나면 제품은 쓰레기처럼 처분되는 것이다. 그것을 알 쟈레크도 알고 있을 터였다. 눈을 치켜 뜬 나는 쟈레크의 얼굴을 바라보았다. 그가 20퍼센트 할인을 요구해도 동의할 용의가 있었고 최악의 경우 반값이라도, 그래서 쟈레크가 어색해 할까봐서 미리 더 늘어놓았다.

"20퍼센트라도 협의할 용의가 있습니다. 쟈레크 씨, 이라크 군은 곧 철수할 것이고 사우디 시장은 회복됩니다."

그러자 한동안 내 얼굴을 바라보던 쟈레크가 쓴웃음을 지었다.

"리, 모두 현금을 챙겨 유럽이나 다른 나라로 떠나는 상황이오, 이해해 주시오."

나는 머리를 끄덕이며 절망했다.

사우디에서 돌아왔을 때 회사는 더 침체되어 있었다. 두 달도 안 된 사이에 이렇게 되었나 하고 나 자신도 놀랄 정도로 비탈길을 굴러 내려가는 중이었다. 만신창이가 되어서 부속을 흐트리면서. 9월 하순이 되었을 때 내가 걱정이 되어서 아파트에 줄곧 머물던 어머니가 하루는 대전에 내려갔다 오더니 아파트 담보 서류를 만들어왔다.

"우린 인국이나 아니면 명국이한테라도 얹혀 살면 된다. 옛다, 가져라."

어머니가 내 방에서 지난번처럼 낮게 말하더니 서류를 내밀었다.

"네가 사준 집이다, 가져가."

"어머니, 이건 안 돼."

그렇게 말했다가 나는 시선을 내렸다. 25평형이니 담보 가치는 4천쯤 될 것이다. 나는 이제 주거래은행의 특별융자에 마지막 생사를 걸고 있었다. 내가 서류를 받아들자 눈을 치켜 뜬 어머니가 나를 쏘아보았다.

"저 독한 년은 돈 백만 원도 내놓지 않는구나. 차라리 남보 다도 못 하다."

9월말을 이틀 앞둔 날, 박춘택은 어제 선적시킨 리비아 물 품대금 6억 5천을 네고했다. 그러나 오늘 어음 들어올 것이 4억 5천이었고 말일에는 3억이 된다. 한국은행에서는 주거래 은행에 연락해서 특융 5억을 받도록 해주겠다는 공문을 보내 주었지만 주거래은행의 담당 부장은 아직 결재를 받지 못했 다. 그러나 쿠웨이트를 침공한 이라크군은 물러날 기색이 없 었고 10월에는 어음이 22억 가깝게 돌아온다.

네고 예정액은 3억뿐이었으니 나는 지치고 막막했다. 오후 5시가 되었을 때 나는 지점장의 전화를 받았다. 오전에 6억 5천을 찾아간 박춘택이 마감시간이 되어도 어음 4억 5천 결 제를 하러오지 않는다는 것이다. 곧 갈 것이라고 대답하고는 박춘택을 찾았지만 연락이 되지 않았다. 박춘택의 전화가 온 것은 5시 반이었다.

"사장님, 저올시다."

느릿한 그의 목소리를 들은 나는 눈을 부릅떴다. 술에 취한 목소리였던 것이다.

"너 뭐 해? 은행에서 기다리고 있는데."

"저, 술 한 잔 했습니다."

짜증이 난 나는 목소리를 높였다.

"어서 은행에 가. 이 자식 개판이야."

"사장님, 부도 냅시다."

박춘택의 목소리가 또렷해졌고 나는 정신이 났다. 그가 말을 이었다.

"돈 모두 현금과 잔수표로 바꿔 놓았습니다."

그러고는 수화구에서 박춘택의 울음소리가 들려왔다.

"도저히 가망이 없지 않습니까? 예?"

박춘택이 소리높여 울부짖었다.

"사장님, 부도 냅시다. 이 돈이라도 갖고 튀시라고 내가 갖고 있단 말입니다."

나도 흐르는 눈물을 손등으로 닦았다. 박춘택이 고마웠기 때문이다. 그러나 나는 포기하기 싫었다.

그날 늦게 어음을 막고 나서 나흘이 지난 10월 2일에 나는 부도를 냈다. 밤 10시가 넘었을 때에야 부행장실에서 해당 지점장과 부장이 모여 앉아 나에게 부도 통보를 해주었던 것이다.

회사로 돌아왔을 때는 밤 11시 반이었고 그때까지도 남아 있던 간부들에게 나는 부도 사실을 알려준 다음에 뒷수습을 맡겼다. 모두 예상하고 있었다는 듯이 침통한 얼굴로 있었지만 놀라지는 않았다. 내가 집에 돌아왔을 때는 새벽 1시쯤 되었다. 어머니한테는 미리 연락을 한 터라 울어서 눈이 부은 어머니가 나를 맞았다.

"네가 살아 있기만 하면 된다."

어머니가 내 어깨를 두드리며 말했다.

"저녁 차려줄거나?"

머리를 저은 나는 어머니 뒤쪽에 서 있는 서경희를 보았다. 시선이 마주치자 서경희는 어머니를 지나 내 앞에 섰다. 정색한 얼굴이었다.

"부도 났다면 사람들이 몰려올 텐데……."

서경희가 낮고 또렷하게 말을 이었다.

"애들은 내가 잘 키울 테니까 걱정 말고."

나는 머리를 끄덕였다.

"그래, 잘 부탁한다."

"독한 년!"

어머니가 치를 떨었다가 곧 눈물을 쏟았다. 어머니도 나처럼 뒤가 무르다. 방으로 들어간 나는 옷가지를 꾸렸고 어머니가 도왔다. 경황도 없는데다 마음도 조급해서 짐을 꾸리는 데는 30분 정도밖에 안 걸렸다. 내가 가방을 들고 나서자 어머니도 옷을 차려입고 나왔다. 영준, 동준은 자고 있었지만 난방에 들어가 애들을 보지 않았다. 이를 악물고 참은 것이다. 그래서 볼의 근육이 아팠다.

서경희는 잠자코 우리를 배웅했고 신발을 신던 나는 몸을 돌려 내 방으로 들어가 화장품 케이스를 들고 나왔다. 어머니와 서경희는 그 케이스를 보았지만 뭐냐고 묻지 않았다. 서경희는 나와 어머니에게 인사도 하지 않았고 우리도 그것을 기대하지도 않았다. 밖으로 나왔을 때 뒤에서 자물쇠를 채우는 금속성 소리가 크게 났다.

"어디로 갈 거냐?"

짙게 어둠이 덮인 거리로 나왔을 때 어머니가 물었다.

"같이 대전으로 갈 거냐?"

나는 머리를 저었다.

"어머니부터 모셔다 드리고."

이모집이 택시로 30분 거리였다. 나는 어머니의 어깨를 감싸 안았다.

"걱정 말어, 어머니 나, 살아 갈 테니까."

"꼭 살아야 한다."

어머니가 내 손을 당겨 쥐었다.

"이놈아, 이 불쌍한 놈아. 어디 갈 데는 있어?"

"있어."

눈물을 닦은 어머니가 핸드백을 열더니 봉투를 꺼내었다.

"네가 준 용돈을 모은 거다."

새벽 2시 반, 나는 논현동의 오피스텔 건물 앞에서 택시를 세웠다. 짐가방이 세 개에 케이스까지 있어서 땅바닥에 짐을 내려놓았을 때 마치 피난짐같이 느껴졌다. 짐가방 두 개는 땅에 남겨 두고 가방 하나와 케이스만 들고 오피스텔 문 앞에 선 나는 심호흡을 했다. 난 부도를 내어 거지 신세가 되어서야 해방이 되어서 이곳에 선 것이다. 벨을 누르고 한참이나 있다가 안에서 인기척이 났다.

"누구세요?"

"나다."

내 목소리가 복도를 울렸지만 나는 개의치 않았다. 서경희를 이제 의식할 필요는 없었으니까. 놀란 오유진이 서둘러 문을 열더니 내 가방을 보고 더 놀랐다. 나는 잠자코 가방을 건네주고는 남겨둔 가방을 가지러 되돌아갔다.

잠시 후에 우리는 방안의 소파에서 마주 보고 앉아 있었는데 짐가방이 벽 쪽에 쌓여져 있어 살풍경했다. 오유진은 미색

가운차림으로 안에는 팬티만 입어서 젖꼭지가 다 드러났다.

"벗고 씻어."

내 눈치를 살피던 오유진이 자리에서 일어서더니 옆으로 다가와 넥타이를 풀었다.

"밥 있는데 밥상 차릴까?"

"생각 없다."

"마실 것 줘? 아니면 술상 차릴까?"

"냉수나 한 잔……."

가운을 펄럭이며 냉장고로 다가간 오유진이 냉수잔을 들고 왔다.

"피곤해 보여."

내가 냉수를 벌컥이며 마시는 동안 오유진은 내 옆에 바짝 붙어서 있었다. 그래서 허리가 내 볼에 닿았다. 길든 강아지처럼 안아달라는 표시였다. 빈 물잔을 받아든 오유진과 시선이 부딪쳤는데 내가 입을 열기를 초조하게 기다리는 눈빛 같았다. 짐가방 세 개가 대부분이 옷가지였으니 대충 짐작은 하고 있을 것이다.

"나, 집 나왔다."

그러자 오유진이 금방 머리를 끄덕였다.

"짐작했어."

"당분간만 여기 있을게."

오유진의 눈이 동그래졌다.

"어딜 가려고?"

제아무리 길게 끈다고 해도 2, 3일 후면 오유진은 사연을 알게 될 것이었다. 그러나 나는 이 밤에만은 말하고 싶지 않았다.

"있을 곳을 알아봐야지."

"소송은 언제 시작인데?"

"이미 끝났어."

나는 마침내 팔을 뻗어 오유진의 허리를 안았다. 기다렸다는 듯이 오유진이 내 무릎 위에 앉으면서 두 팔로 내 목을 감아 안았다.

"끝났다니 무슨 말이야?"

"그 여자가 이젠 나를 놔주었다는 뜻이다."

"정말?"

"그렇다니까?"

"어떤 조건으로?"

"아이를 자기가 키우는 조건……."

나는 눈앞에 놓인 오유진의 젖꼭지를 입에 물고 빨았다. 그러자 건포도처럼 눌려져 있던 젖꼭지가 탱탱하게 튀어나왔다.

"그것뿐이야?"

"그 아파트는 제 차지가 되었지."

내 머리를 안은 오유진이 머리를 끄덕였다.

"그럼 아침에 엄마한테 당장 연락해야지."

내 머리를 감싸안은 오유진이 혼잣소리처럼 말했다.

"어머니도 좋아할 거야."

아침에 눈을 뜬 나는 먼저 된장찌개 냄새부터 맡았다. 벽시
계는 아침 7시 반을 가리키고 있었다. 어제 눈을 붙였을 때는
4시경이었으니 3시간 정도밖에 자지 않았지만 온몸이 개운했
다. 아직도 다리 사이에 어젯밤의 섹스 흔적이 남아 쩌릿한
느낌도 신선했다. 오유진은 가운 차림으로 주방에 서 있었는
데 머리에는 운동모자를 거꾸로 썼다. 모자 속에 머리를 몽땅
틀어 집어넣어서 목이 다 드러났다.

"유진아, 서두르지 않아도 돼."

내가 말하자 오유진이 몸을 돌렸다.

"왜? 회사 안 가?"

"오늘은 쉴 거야."

"바쁘다면서, 굉장히?"

"괜찮아."

그러자 오유진이 가스 레인지의 불을 끄더니 다가오면서
모자를 벗어 던졌다. 머리를 흔들자 출렁이는 머리가 좌우로
펼쳐졌다.

210

"그럼 오늘 여기 있을 거야?"

오유진이 침대로 뛰어오르더니 내 몸을 부둥켜안았다.

"그럼 오늘은 하루종일 벗고 있을게."

"마음대로."

"점심때는 시장에 가서 장도 보고."

"그래, 맛있는 것 해먹자."

나는 오늘 하루만 더 있고 싶다는 충동을 느꼈다. 오유진과 같이 있으면 순간순간은 잊을 수가 있는 것이다. 물론 떠나고 났을 때의 후유증이 몇 배나 더 강하게 온다는 것도 안다. 나는 절망했고 지쳐 있었다. 자식들과 어머니의 얼굴이 수시로 떠올랐으며 갈가리 찢겨나갈 내 회사도 생각났다. 오유진의 가슴에 얼굴을 묻은 나는 눈을 감았다. 그때 오유진이 내 심벌을 건드렸다.

"내가 위에서 해줄까?"

점심을 먹고 나서 오유진이 시장을 보러 나갔을 때 나는 옷을 갈아 입었다. 가방 하나에다 옷을 추려 담고 난 나는 오피스텔을 둘러보았다. 오유진은 방안을 아주 아늑하게 만들어 놓았다. 처음에 인테리어 업자가 꾸며준 구조는 생명이 없는 조화 같았다면 지금은 살아 움직이는 꽃밭 같은 방이었다. 이곳은 내 희망의 장소였고 미래이기도 했다. 나는 얼굴을 일그러뜨리며 웃었다. 내놓을 것이 하나도, 한푼도 없는 지금 거래는 끊긴 것이다. 내 꿈은 깨져버렸다. 서경희로부터 벗어났다는 말을 듣고 기뻐한 오유진의 얼굴이 떠오르자 숨이 막히는 것 같았다. 나는 몸을 비틀고 의자에서 일어나 옷가방과 화장품 케이스를 들었다. 신을 신을 적에 다시 돌아본 방안에서 나는 남겨놓은 가방 두 개를 보았다. 저것은 오유진에 대한 내 미련의 증거이다. 나는 방을 나왔다.

1시간 후, 시장에서 돌아와 망연자실하고 있던 오유진은 전화벨이 울리자 서둘러 전화기를 들었다.

"나야."

이정국이 목소리가 들린 순간 오유진은 이맛살을 찌푸렸다.

"어디 간 거야? 그리고 왜 가방을 갖고 나갔어?"

"너한테 할 이야기가 있어서."

"뭔데?"

이정국은 잠시 가만있었으므로 오유진은 긴장이 되었다. 그러나 아직 영문을 알 수가 없다.

"말해봐, 어서."

"나, 어제 부도가 났다."

눈만 깜박이는 오유진의 귀에 이정국의 목소리가 이어 울렸다.

"알아? 회사가 부도난 거야. 난 아마 며칠 후에 부정수표단
속법 위반으로 기소중지자가 될 거다. 난 거지가 되었어."

"……."

"그래서 와이프가 날 놓아준 것이지."

"……."

"네 앞에서 말할 자신이 없었어. 미안하다."

"지금 어디 있어?"

오유진이 가라앉은 목소리로 물었다.

"응? 빨리 말해."

"잘 지내."

"지금 어디냐구?"

"옷 가방은 그냥 놓아둬. 내가 나중에 연락을 할 테니까."

"지금 어디 가는데?"

목이 메인 오유진의 목소리가 낮아졌다.

"응? 말해, 어서."

"사우디. 기소중지자가 되기 전에 빠져나가야 돼."

"언제 돌아와?"

"내가 다시 연락할게."

그러고는 전화가 끊겼으므로 오유진의 손에서 전화기가 떨
어졌다.

자리로 돌아온 나는 식은 커피를 한 모금 삼켰다. 장안평의 한산한 커피숍 안이었다. 아직도 정신이 멍한 상태여서 오유진의 목소리가 귀에서 울리고 있었다. 돌아올 기약은 없는 것이다. 거래는 끝이다. 그러자 가슴속으로부터 분노가 솟구쳐왔으므로 나는 이를 악물었다. 오유진을 놓치게 만든 그 무엇에 대한 분노였다. 하루가 지나고 사흘, 열흘이 지나면서 오유진이 나를 잊어갈 것이라는 생각이 들자 주먹을 움켜쥐었다. 조인철이 다가와 앞에 앉았을 때 나는 눈을 치켜 뜬 채 정신나간 모습이었던 것 같다.

"야, 너, 괜찮아?"

이맛살을 찌푸린 조인철이 묻자 나는 그제야 눈의 초점을 잡아 그를 보았다.

"응, 괜찮아."

"기운 내, 인마."

조인철은 내가 부도를 냈다고 말하자 놀라는 시늉은 했지만 그럴 줄 알았다는 눈치였다. 나는 그에게도 돈을 빌려달라고 했다가 거절당했는데 그것이 다행이었다. 돈을 빌렸다가는 이렇게 찾아오지도 못했을 테니까. 조인철이 주머니에서 열쇠 꾸러미를 꺼내더니 나에게 내밀었다. 오피스텔의 열쇠였다.

"20평형이니까 너 혼자 지내기는 적당할 거다. 매트리스도 있고 책상, 텔레비전, 전화기도 다 있다. 내가 작년에 구입했어."

열쇠를 받아든 나를 향해 조인철이 입술을 비틀고 웃었다.

"씨발놈, 오피스텔하고 인연은 더럽게 많구만."

"그런가?"

내가 건성으로 대답하자 조인철이 정색했다.

"야, 너, 정말 꼬불쳐놓은 것 없어? 아직 늦지 않았으니까 외국으로 튀지 그래?"

나는 없다고 대답하지 못했다. 그랬다가는 더 무시받을 것 같았으니까.

"안됐지만 어떡하니? 이미 끝난 일인데."

김 여사가 길게 한숨을 뱉었다.

"내가 은행에 알아보았더니 부도 금액이 60억 가깝게 된다고 하더라."

어머니는 오피스텔에 오기 전에 은행에다 확인까지 한 것이다. 이정국에게서 전화를 받고 난 오유진은 당장에 어머니한테 연락을 했다. 혼자 감당하기에는 벅찬 일이었기 때문이다. 그야말로 청천벽력 같은 사건이어서 당황스럽고 무섭기까지 했던 것이다. 어머니가 오피스텔 안을 둘러보았다.

"그런데 이 집, 전세냐?"

"응."

"누구 이름으로 돼 있어?"

"그 사람 친척 이름으로 돼 있지만 부동산에다가 나한테 권리가 있다는 서류를 줬어."

머리를 끄덕인 어머니가 오유진을 바라보았다.

"그럼 그냥 이곳에 있을 테냐?"

"기다릴 거야."

"사우디로 도망간 사람을 말이냐?"

"연락 올 거야."

어머니가 머리를 저었다.

"부질없는 짓이다. 이것아, 너도 이제는 마음을 굳게 먹어. 끝난 일이니까."

"엄마, 무슨 방법이 없을까?"

매달리는 듯한 표정으로 오유진이 묻자 어머니가 쓴웃음을 지었다.

"기소중지자가 되었을 테니 잡히면 재판을 받겠지. 합의가 안 되면 형을 살아야 돼. 한 1, 2년쯤."

"……."

"형을 살고 나와도 채무는 그대로 남는다. 재기할 수 없어."

어머니가 정색한 얼굴로 오유진을 보았다.

"현실은 냉혹하다, 유진아. 이 사장은 이제 끝났어."

"엄마, 아빠는 언제 와?"

숟가락을 든 영준이 묻자 서경희는 시선을 돌리고 대답했다.

"아빤 당분간 못 와."

"부도나면 언제까지 못 오는데?"

"글쎄, 오기 힘들다니까."

짜증스런 서경희의 말에 영준이 시무룩한 얼굴로 밥을 떠 입에 넣었다. 그러자 동준이 이어서 물었다.

"아빠 회사 망한 거야?"

"그래."

"아빠는 도망갔고?"

서경희는 대답하지 않았다. 오늘도 채권자 서넛이 들이닥쳤다가 서경희와 대판 싸우고 돌아갔다. 그들은 이미 아파트 등기 관계를 다 알고 온 모양인지 서경희를 윽박질렀지만 소득은 없었다.

서경희는 생선을 발라 영준과 동준의 수저 위에 놓아주면서 이를 악물었다. 결국 이정국은 가정을 풍비박산시키고는 도망친 것이다. 지금쯤은 오유진과 함께 있을 테고 아마 부도가 나기 전에 얼마쯤의 자금도 숨겨두었을 것이 틀림없었다. 회사 다니면서도 비자금을 수억씩 만드는 인간이니 제가 사장으로 있는 터라 더 쉬웠을 테니까.

침대에 누운 나는 온몸이 매트리스 속으로 묻혀 들어가는 것 같았다. 부도 닷새째가 되는 날 저녁이다. 오늘도 하루종일 회사 정리를 하고 있는 박춘택, 정기용과 통화를 했는데 채권자들에게 컨테이너를 분배해주었지만 물품 값의 20퍼센트밖에 쳐주지 않았다. 그것도 많이 쳐준 것이라고 했다. 회사 정리 상황은 죽은 물소에게 달려든 하이에나 무리와 비슷한 형상이었다.

서로 많이 뜯어먹으려고 으르렁대었는데 물소는 순식간에 뼈만 남았다. 그리고 정리 못한 부분은 모두 나에게로 모아졌다. 당좌가 5억 정도였고 어음은 17억이다. 불을 켜지 않아서 방안은 어두웠고 배가 고팠다. 그러고 보니 어제 점심부터 아무것도 먹지 않았다. 나는 쓴웃음을 지었다. 이런 상황에서도 배가 고프다니. 일어나 앉자 현기증이 밀려왔으므로 나는 눈을 감았다. 영준과 동준의 얼굴이 먼저 떠올랐다가 곧 오유진의 얼굴이 겹쳐졌다.

나도 모르게 전화기로 손을 뻗었던 나는 손을 거두고는 서슬로 일어섰다. 그러고는 냉장고로 다가가 소주병을 꺼내었다.

"지금 어디 계세요?"

내 목소리를 듣자 한태일이 소리치듯 물었다. 오전 10시였

다. 정기용에게 전화를 하자 한태일이 나를 찾고 있다고 해서 연락을 한 것이다.

"그건 알아서 뭐하게? 내가 너한테도 채무가 있는 거냐?"

"저 좀 만나요. 시간과 장소를 정해주세요."

"무슨 일인데?"

"글쎄 만나서 이야기해요."

나는 시간과 장소를 정하고는 전화를 끊었다. 한태일의 회사는 거의 피해를 입지 않았다. 임가공비는 회사에 들어간 우리 원부자재를 팔아 해결하도록 한 것이다.

점심 무렵에 역삼동의 조그만 커피숍에서 만난 한태일은 나를 보더니 눈물을 흘렸다. 주위에서 힐끗거리고 있는 데도 눈물을 연신 닦으며 입을 열지 않았다. 나는 외면한 채 앉아 있었고 이윽고 그가 충혈된 눈으로 나를 보았다.

"지금 어디서 지내세요?"

"친구 오피스텔에."

"여위셨어요, 무척."

"그런가?"

나는 한태일의 행동에 조금 당황하고 있었다. 그가 나를 위하여 울어주리라고는 전혀 생각지도 않았던 것이다.

"날 만나자고 한 용건이 뭐냐?"

내가 묻자 그는 주머니에서 봉투를 꺼내 내밀었다.

"돈을 조금 가져왔습니다."

"……."

"쓰시기 쉽게 소액수표로 넣었습니다."

"고맙다."

"앞으로 어떡하실 계획이십니까?"

"사우디로 가야지. 쟈레크한테도 이야기가 되었어."

"언제 가십니까?"

"회사 정리도 끝났으니까 다음주 초에."

내가 앞에 놓인 봉투를 손바닥으로 가볍게 두드리며 웃었다.

"네 돈 잘 쓰겠다. 돈이 모자라던 참이었거든."

한태일과 헤어진 내가 영준이 다니는 초등학교에 도착했을 때는 오후 1시였다. 전화로 영준의 수업이 2시에 끝난다는 건 알아두었으므로 나는 학교 정문 건너편 문구점 앞에서 기다렸다. 날씨는 흐린데다 바람이 세게 불었다. 혹시 채권자들이 내가 자식을 만나는 현장을 덮치려고 노리는지도 알 수 없었으므로 나는 긴장하고 있었다.

이윽고 5교시 수업을 마친 아이들이 떼지어 정문을 나왔다. 행여 놓칠까 눈을 부릅뜨고 있던 나는 친구와 이야기하면서 나오는 영준이를 보았다. 내가 다가가자 영준이 놀란 듯이 눈

을 크게 떴다가 활짝 웃었다.

"아빠?"

달려온 영준이 내 손을 잡았다.

"아빠? 집에 가는 거야?"

"이리 와. 아빠가 피자 사줄게."

잠시 후에 우리는 피자 가게에서 마주앉았다. 영준은 6학
년이었지만 숙성했다. 그리고 부모의 싸움판 속에서 자란 터
라 갈등에 예민했다. 내가 영준의 두 손을 끌어 모아 쥐었다.

"영준아, 아빠가 외국에 다녀올게."

"언제 오는데?"

"시간이 조금 걸리겠다. 아빠가 전화할게."

영준이 머리를 끄덕였다. 정색하고 있었으므로 나는 가슴
이 답답해졌다.

"엄마 말 잘 듣고 동생도 잘 돌봐야 된다. 알았지?"

나는 주머니에서 만 원권 두 장을 꺼내어 내밀었다.

"동생한테도 한 장 줘. 필요한 것 사 써라."

"아빠, 부도 나면 감옥에 가?"

"감옥은 무슨."

나는 이를 드러내고 웃었다.

"짜식아, 아빠 괜찮아."

"어떤 사람이 와서 엄마한테 그랬어."

"그놈은 모르고 한 말이다."

주머니에서 한태일한테서 받은 봉투를 꺼낸 내가 영준의 가방에 넣었다.

"이건 돈이야. 잘 갖고 가서 엄마한테 줘라. 다른 사람들이 보면 안 된다. 알았지?"

"알았어."

영준이 굳어진 얼굴로 머리를 끄덕였다.

"걱정 마라, 아빠."

5백만 원이다. 한태일 덕분에 나는 자식 앞에서 체면을 세우게 되었다.

밤 12시 반이었다. 나는 라면을 안주로 소주를 마셨다. 이틀 후면 사우디로 떠나는 것이다. 쟈레크는 자신의 회사에서 관리 일을 맡아 달라면서 아파트까지 준비해놓았다고 했다. 나로서는 잡부 일이라도 필요한 처지였으니 두말할 여지도 없는 제의였다.

이제 한국에는 당분간 돌아올 수가 없을 것이다. 그것이 3년이 될지 10년이 될지도 알 수가 없다. 나는 소주병을 기울여 벌컥이며 술을 삼켰다. 도망자의 신세인 것이다. 그러나 이곳에서 형을 살고 나서 폐인이 되어 지내는 것보다 도망은 쳤지만 보상할 기회를 찾는 것이 채권자들한테도 나을 것이었다.

나는 흐린 눈으로 전화기를 바라보았다. 오유진과는 이렇게 끝나는 게 정상이다. 더 추한 모습을 보이기 전에 사라져야 그래도 희망이 있는 것이다. 살아 있다면 언젠가는 만나게 될 테니까. 그때는 부끄럽지 않아야 한다.

한태일은 오유진에게 정중했다. 오유진이 의자에 앉을 때까지 기다렸고 존댓말을 썼다. 논현동의 영진호텔 커피숍은 한산했다. 오전 9시 반이어서 이 시간에는 투숙객 몇 명만 내려오는 것이다.

한태일이 정색한 얼굴로 오유진을 보았다. 아침 8시 반에 오유진이 전화를 해왔던 것이다. 뵙고 여쭤볼 말씀이 있다고 하자 한태일은 두말하지 않고 이곳으로 장소를 정했다. 한태일의 시선을 받은 오유진이 마침내 입을 열었다.

"저, 이 사장님 소식을 듣고 싶어서요."

그러자 한태일이 머리를 끄덕였다.

"사장님은 이번 주 초에 사우디로 떠난다고 하셨습니다."

"거기서 뭘 하실 계획인데요?"

"아마 바이어가 도와줄 겁니다."

"혹시 연락처는 아세요?"

"바이어 전화번호는 압니다만."

223

힐끗 오유진을 본 한태일이 주머니에서 전화번호부 수첩을 꺼내더니 꼼꼼하게 종이에 옮겨 적었다.

"여기 있습니다."

종이를 내민 한태일이 오유진을 보았다.

"사장님한테서는 연락이 없었습니까?"

"그날 한 번 만나고는……."

"그날이라뇨?"

"부도 난 날."

한태일이 머리를 끄덕였다.

"저는 사흘 전에 뵈었습니다. 많이 여위셨더군요. 모두 잃고 떠나시려니 착잡하셨겠지요."

시선을 내린 오유진을 향해 그가 말을 이었다.

"천재지변이나 마찬가지였습니다. 누가 이라크군이 쿠웨이트를 침공할지 예상이나 했겠습니까?"

"……."

"더구나 사장님은 쿠웨이트에 합작 사업으로 자금을 몽땅 투입해놓은 상태여서……."

한태일의 목소리가 조금 낮아졌다.

"마지막 순간까지 자금을 쑤셔박았거든요. 이제 사장님은 완전히……."

그다음에 이어질 말은 오유진도 짐작하고 있었다. 머리를 숙여 보인 오유진이 일어서자 한태일이 말했다.

"어려운 일 있으면 연락주십시오."

"고맙습니다."

오유진은 다시 인사했지만 그런 일은 없을 것이라는 생각이 들었다.

오피스텔로 돌아온 오유진은 소파에 앉아 방안을 둘러보았다. 며칠 동안 정리를 하지 않아서 방안은 어지럽혀졌고 퀴퀴한 냄새도 났다. 식사도 하루에 한 끼 정도만 겨우 먹고는 침대에 누워 있거나 멍하게 앉아 지냈던 것이다. 그러나 시간이 지나면서 조금씩 안정은 되어 갔다.

엄마 말마따나 이 일은 불가항력인 것이다. 그리고 전화한 통 없는 이정국에 대해서도 이해할 수 있었다. 그는 추한 모습을 보이기 싫어하는 것이다. 이런 상황에서 그가 이곳에 매달려 있게 된다면 나 역시 금방 지칠 것이다. 그에 대한 동정과 미움으로 나는 갈등을 겪게 될 것이며 머지않아 관계는 파탄된다. 겪지 않아도 뻔히 보이는 일이었다. 오유진은 문득 그가 아직도 희망을 잃지 않았는지도 모른다는 생각을 했다. 자신에게 연락을 하지 않는 것이 오히려 그 증거가 되지 않을까?

부도가 난 지 일주일째였으니 기소중지자가 된 것은 확실했다. 그것이 출국심사 컴퓨터에도 입력이 되어 있으면 만사 끝이다. 그래서 나는 공항에 근무하는 친척에게 연락해서 내 주민등록번호를 확인시켰다. 내 사정을 아는 친척 아저씨는 친절하게도 법을 어기고 확인을 해주었는데 출국에 이상이 없다고 했다.

월요일 10시 정각에 나는 출국 심사를 마치고 출국장 안으로 들어섰다. 제다행 대한항공은 12시 출발이었지만 일찍 들어온 것이다. 옷가방 하나와 미선이의 유골박스는 짐편으로 보내고 나는 서류가방만 든 간단한 차림이었다. 공중전화로 다가간 나는 먼저 어머니에게 전화를 했다. 내 목소리를 들은 어머니는 금방 목이 메었다.

"이놈아, 어디냐?"

"나, 공항에 있어. 지금 사우디에 가려고."

"아이구, 이놈아!"

어머니가 결국 울음을 터뜨렸다.

"언제 돌아올 테냐?"

"어머니, 내가 자주 연락을 할게."

나는 목소리를 높였다.

"그리고 내가 비행기표 보내드릴 테니까 사우디로 놀러와."

"이놈아, 몸조심하고 그리고 술 많이 먹지 말고."

나는 소리 내어 웃었다.

"어머니, 사우디는 금주 국가야."

전화기를 내려놓은 나는 조인철에게로 전화를 했다. 그다음에는 한태일과 정기용, 박춘택에게도 채권자 몇 명에게도 전화를 했지만 그들에게 공항에 있다고는 하지 않았다.

생각 난 사람들에게는 다 했으면서도 나는 전화기 앞에 서 있었다. 처음 전화기를 들었을 때부터 나는 오유진을 떠올리고 있었던 것이다. 그러나 나는 결국 전화를 하지 못하고 그 자리를 떠났다.

귀국

　그로부터 7년하고도 6개월이 지난 1998년 4월의 화창한 오
후에 나는 김포공항의 입국 심사장 앞에 서 있었다. 심사원이
컴퓨터로 내 여권번호를 조회하더니 무심한 표정으로 스탬프
를 찍었다. 그 동안 나는 부채를 거의 청산한 것이다. 사우디
에서 쟈레크 회사의 관리 담당 매니저가 되었던 나는 1년 만
에 동업자로 분가했다. 물론 처음에는 쟈레크의 자금을 이용
하여 무역업을 했지만 곧 내 자금이 축적되었으므로 투자와
이윤 배분을 반씩 나누었고 곧 쿠웨이트의 라시드와도 사업
을 시작했던 것이다.

　논현동의 세실호텔을 숙박지로 정한 나는 짐을 내려놓고
나서 현대부동산을 찾아갔다.

　"낯이 익습니다. 뵌 분 같은데요."

　사장이 머리를 갸웃거리며 말했을 때 나는 웃었다.

　"8년 전에 내가 태양오피스텔을 얻었지요. 기억납니까?"

"아아, 예."

반색한 사장이 나를 바라보았다.

"이제야 생각납니다. 인테리어를 아주 고급스럽게 하셨지요."

"그곳에서는 지금 누가 삽니까?"

"신혼부부가 살고 있지요. 왜, 다시 얻으시려구요?"

"아니, 이번에는 아른 것을 알아보려고……."

사장에게 아파트 구입건을 의뢰한 후 나는 호텔로 돌아왔다. 그곳에 간 것은 오피스텔이 언제 비어졌나를 알기 위해서였다. 오유진은 내가 떠난 지 한 달쯤 후에 오피스텔을 정리했다는 것이다. 가구와 전자제품을 헐값에 넘기는 바람에 세입자가 좋아했다고 했다.

저녁 무렵이 되었을 때 나는 택시를 타고 시흥의 대로에서 내렸다. 대로변의 켄터키치킨 센터 안으로 들어선 나는 나란히 앉아 있다가 일어서는 두 청년을 보았다. 키가 나만큼이나 되는 두 청년은 눈만 크게 뜬 채 다가오는 나를 보았다. 영준과 동준이다.

"아빠!"

영준이 먼저 말했으나 동준은 우물쭈물했다. 얼굴이 붉게 달아올라 있었다.

"많이 컸구나."

나는 두 아들의 손 하나씩을 잡고 앞자리에 앉았다. 영준은 이제 대학생이고, 동준은 고2이다. 초등학교 6학년과 3학년 때 헤어진 지 8년 만에 만나는 것이다. 그러나 사우디에서 일주일에 한 번씩은 통화를 한데다 매달 학비와 용돈도 부쳐주었으니 내막은 서로 잘 안다.

"아빠, 언제 가?"

불쑥 동준이 물었을 때 나는 수십 년 전의 어느 날을 떠올렸다. 그때의 대상은 어머니였지만 동생들은 명절 때 내려온 어머니를 만났을 때 먼저 그렇게 물었었다. 결국 어머니는 아버지와 헤어지지 못했지만 자식에게 상처를 준 것은 나도 비슷한 입장이 아니었을까?

이젠 게임기를 갖고 놀 나이들이 아니었으므로 나는 두 아들에게 선물을 사오지 않았다. 대신 공항에서 바꾼 만원 권 새 지폐로 50만 원씩을 나눠주었다. 부도 1년쯤이 지났을 때부터 영준과 동준은 나한테서 학비와 용돈을 넉넉하게 송금받아왔다. 그래서 돈에 쪼들린 생활은 하지 않았다.

"앞으로 아빠는 자주 서울에 온다. 아마 한 달에 한 번씩은 너희들을 만날 수 있을 거다."

내가 말하자 두 아들은 머리를 끄덕였다. 나는 두 시간 가깝게 아이들하고 있었지만 서경희에 대해서는 거의 묻지 않았다. 아이들도 이젠 다 커서 엄마 이야기는 나에게 하지 않었다.

다음날 오후에 나는 대전으로 내려가 부모님을 만났다. 어머니는 그동안 많이 야윈데다 흰머리도 부쩍 늘었지만, 아버지는 8년 전과 별로 달라지지 않은 것 같았다.

"어쨌든 넌 재주는 있는 놈이다. 8년 만에 다시 일어섰다니."

아버지가 웃음 띤 얼굴로 말했다. 나는 사우디에 간 지 1년 후부터 어머니에게 생활비를 보냈던 것이다.

"애들은 만났느냐?"

어머니가 물었을 때 나는 머리를 끄덕였다. 어머니의 시선이 떨어지지 않았기 때문에 나는 덧붙였다.

"애들만 나오라고 해서 만났어."

"잘했다."

서경희에 대한 어머니의 한은 깊었다. 그날 밤 쫓겨나듯이 아파트를 나왔을 때를 어머니는 몇 번이고 전화로 반복해서 말해주었던 것이다.

"네가 잘사는 것 보고 죽는 게 원이다."

어머니가 내 어깨를 어루만지며 말했다. 그것이 어떤 뜻인지를 아는 나는 쓴웃음만 지었다. 어머니는 새 가정을 말하는 것이다.

저녁 때 인국이와 명국이가 식구들을 데리고 오는 바람에 집안은 떠들썩해졌다. 인국이는 나에게 집 담보를 해준 덕분으로 아파트를 날리고는 2년 동안 처가살이를 했다. 그러다가 5년 전에 내가 보내준 돈으로 다시 아파트를 구입했다.

　"형, 담보 필요하면 말만 하시오. 내가 내일 서류 떼어 올 테니까."

　인국이 대뜸 말했는데, 제 처 강옥경에 대한 시위성 발언일 것이다. 어머니는 인국이 처가살이하는 2년 동안 강옥경은 한 번도 시댁에 오지 않았다고 했다. 첫해에 내가 사우디에서 생활비를 보내지 못했을 적에 인국은 처가살이를 하면서도 몰래 어머니에게 생활비를 보내주었다는 것이다. 처가살이하던 2년 동안의 수모가 지금도 인국에게 박혀 있는 것처럼 보였다.

　명국은 말이 없었고 내 시선을 자꾸 피하는 것이 어머니에게 대출을 해주지 않았기 때문일 것이다. 내 회사의 운명이 분초를 다투고 있을 적에 어머니는 명국에게도 은행에서 대출을 받아보라고 졸랐다고 했다.

　5천까지는 될 수 있겠다는 대답을 듣고 그런 줄 알았다가 마지막 순간에 뒤집혀졌다. 그것 역시 제 처인 박성희가 틀었기 때문이라고 어머니가 전해주었다. 술좌석이 벌어지자 아버지는 전과 다름없이 호기를 부렸지만 곧 업혀서 방에 눕혀

232

졌다.

"형, 도대체 돈을 얼마나 번 거요?"

술기운으로 얼굴이 붉어진 인국이 묻자 주위의 시선이 모였다. 나는 정색하고 말했다.

"쿠웨이트 때문에 망했지만 쿠웨이트 덕분에 돈을 벌 수 있었어. 전쟁이 끝나고 물자가 턱도 없이 부족했거든."

쟈레크와 사업 기반을 굳혀가던 나는 이라크군이 쿠웨이트에서 철수하자 제1착으로 쿠웨이트에 들어갔다. 그것은 라시드가 도와주었기 때문에 가능했다. 쿠웨이트 정부는 아무나 입국시키지 않았기 때문이다. 나는 다시 라시드와 합자하여 절대적으로 필요한 생필품부터 수입을 시작했다. 그러고는 수입 도매상 역할에서 지난번에 이라크군 침공으로 좌절되었던 마켓에까지 손을 뻗쳐 판매업에도 진출했다.

현재 나는 사우디의 제다와 쿠웨이트에 있는 무역회사에다 라시드와 동업으로 3천평의 대형 마켓을 운영하게 되었으며 고용 인원은 3백 명이 넘는다. 내가 대충 이야기를 마쳤을 때 눈만 크게 뜨고 있던 인국이 굳어진 얼굴로 물었다.

"형, 그곳에 전자제품 매장도 있는 거요?"

"있지, 그럼."

"하루 매출이 얼마나 돼요?"

"전자제품만 1백만 불 정도 된다."

"나도 그곳에 갈 수 없을까요? 매장 운영은 내가 전문인데."

"한 번 와보고 나서 말해."

"형이 대단하긴 해."

인국이 나에게 술을 따르며 웃었다. 성격이 직선적인 인국은 아부는 하지 못한다. 술잔을 든 내가 따라 웃었다.

"야, 너도 많이 변했구나."

다음날 오후, 서울로 돌아온 나는 호텔 커피숍으로 찾아온 한태일을 만났다. 한태일은 내가 서울을 떠난 지 1년 만에 회사 문을 닫고 양평에 있는 모텔의 주인이 되었다. 나를 발견한 한태일이 환하게 웃으며 다가왔는데 그 동안 배가 나온데다 머리의 숱도 적어졌다.

"아이구, 사장님. 드디어 뵙게 되었군요."

한태일이 내 손을 잡더니 세차게 흔들었다.

"하나도 변하지 않으셨네요."

"모텔이 잘된다면서?"

"예, 낮거리 손님들 덕분에 먹고 삽니다."

"언제 한번 가야겠군."

"특실로 모시지요. 특급호텔 특실보다 낫습니다."

한태일이 직업을 바꾼 후로는 1년에 두어 차례씩밖에 통화를 하지 못했다. 8년의 공백이 있었는데다 각자의 사업 영역

이 달라지면 당연히 그렇게 된다.

정기용과 박춘택은 각각 조그만 무역회사를 운영하고 있었지만 제각기 현상 유지는 했다. 작년까지만 해도 나는 그들로부터 월 30만 불 정도의 제품을 직수입했는데 인건비와 원부자재 값이 중국이나 말레이시아, 태국보다 몇 배씩이나 높아 가격 경쟁이 되지 않았다. 그렇다고 고가품에 대한 개발도 시원치 않아서 어중간한 입장이었다. 그래서 올해부터는 중국 공장에서 생산하여 나한테 수출하고 있다.

"정 사장, 박 사장을 만나셨습니까?"

"아니, 아직 연락 안 했어."

의자에 등을 기댄 내가 웃어 보였다.

"이번은 내 사적인 방문이야. 애들도 만나고 부모님도 뵐 겸 해서."

"8년 만입니다, 사장님."

한태일이 가늘게 뜬 눈으로 나를 보았다.

"감개무량하군요."

"네 신세는 지금도 잊지 않았다."

내 얼굴에서 웃음기가 지워졌다.

"나는 그 5백만 원을 영준이를 통해 걔 엄마한테 보냈어."

"그렇습니까?"

"날 쫓아낸 여자지만 애들에 대한 내 체면을 세웠지."

235

"오유진 씨가 그때 저를 찾아왔었습니다."

부드럽게 화제를 바꾼 한태일이 말을 이었다.

"제가 돈을 전해드린 다음날 같은데요. 절 찾아와서는 사장님이 계신 곳을 묻더군요."

"……."

"그래서 쟈레크의 전화번호를 알려주었습니다만 연락이 갔습니까?"

나는 머리를 끄덕였다가 곧 머리를 저었다. 그러자 한태일이 의아한 표정으로 나를 보았지만 더 이상 묻지 않았다. 오유진은 쟈레크의 사무실로 한 달 동안에 네 번 전화를 해왔다. 네 번째의 전화에서 내가 더 이상 전화하지 말라고 하자. 오유진은 훌쩍이며 울었다. 그것이 끝이었다. 오유진은 그 후로 소식이 끊겼으며 나도 찾지 않았으니까.

한태일과 헤어진 2시간쯤 후인 오후 6시에 나는 호텔의 커피숍에서 한 사내와 마주앉아 있었다. 40대 초반쯤의 사내는 도수가 높은 뿔테안경을 끼고 있었는데 체격이 왜소해서 그런지 옷이 헐렁하게 보였다. 사내가 서류를 내 앞에 내려놓았다.

"오유진은 결혼한 지 5년 되었습니다. 남편은 신촌에서 가라오케를 운영하고 있는데 잘되는 편입니다."

나는 서류에 끼워진 여러 장의 사진을 훑어보았다. 오유진과 사내의 사진이었다. 오유진은 긴 머리에 퍼머를 했고 시장에 다녀오는지 장바구니를 들었다. 사내는 장신에 미남이었다. 서류를 보았더니 36세였다.

"네 살짜리 딸이 하나 있지요. 집은 대방동의 35평짜리 아파트에 삽니다."

사내는 용역회사 사장이었다. 나는 서울에 도착한 날에 그에게 오유진의 조사를 맡겼던 것이다. 사내가 말을 이었다.

"남편한테 여자가 있습니다. 가라오케의 마담인데 일 끝나면 그 여자의 집으로 가더군요."

여자의 사진도 있었으므로 나는 사진을 눈앞으로 들고 보았다. 날씬한 몸매에 미인형의 얼굴이었다.

"이 친구가 재주꾼이네. 미인을 둘씩이나 끼고 살다니."

"돈푼깨나 있으니까요."

"부부 사이는 어떻든가?"

"그건 아직."

사내가 힐끔 내 눈치를 보았다.

"시간만 더 주시면 만족하실만한 결과를 가져오겠습니다만."

"돈도 더 내야겠지, 그러려면."

그러자 시선을 받은 사내가 빙그레 웃었다.

방으로 돌아온 나는 텔레비전과 방의 모든 불을 켰다. 냉장고에서 주스캔을 꺼내 물컵에 따른 다음 구두와 저고리를 벗고 소파에 앉았다. 오래 혼자 생활을 하면서 몸에 배인 습성 중의 하나가 집에 돌아오면 먼저 집안의 집기가 빠짐없이 제자리에 놓여 있어야 안심이 되었다.

제다와 쿠웨이트의 아파트에는 각각 필리핀과 중국인 메이드가 있어서 깔끔하게 정리해 주었기 때문에 불편하지는 않았다. 오렌지주스를 한 모금 삼킨 나는 리모컨을 눌러 텔레비전의 음량을 0으로 만들었다.

8년이란 기간은 지금 생각하면 잠깐인 것 같지만 긴 세월이다. 대전의 가족들에게는 건너뛴 결과만을 말해주었지만 그 동안 나는 피가 마르는 것 같은 순간도 겪었으며 뜬눈으로 밤을 새운 날도 셀 수 없이 많았다. 이곳에서 실패하면 죽는 것밖에 남지 않았다는 비장함이 언제나 가슴에 차 있었던 것이다. 그 연장선상에 언제나 오유진이 있었다. 오유진이 내 성공의 끝이자 미래였던 것이다.

피로에 지쳐 아파트로 돌아와 차가운 주스 한 잔을 놓고 오유진과의 미래를 생각하는 것이 내 유일의 낙이었다. 그 상상 속에서 수만 가지의 과정이 나타났는데 물론 오늘 용역회사 사장이 말한 상황도 나타났으며 해결 방법도 여러 가지였다.

나는 한 모금 주스를 삼키고는 내려놓았다. 내가 늘 마시던 주스 맛이 아니었던 것이다. 그것이 나에게 현실로 돌아왔다는 것을 재확인시켜준 것 같다. 가슴이 벅찬 나는 길게 숨을 뱉었다. 나는 이 꿈을 실현시키려고 살아왔다고 해도 틀린 말이 아니다. 나는 단 하루도 오유진을 잊은 적이 없었으니까. 내 나이 이제 쉰셋이다. 오유진은 벌써 나이 서른셋이 되었고, 20년 차이는 변하지 않았지만 놀랍지 않은가? 오유진이 서른셋이라니.

"나, 오늘도 늦어."

우재섭의 출근 시간은 오후 5시였다. 어떤 때는 6시인 때도 있었고 일이 있을 적에는 더 빨리도 나갔지만 대충 남들이 퇴근 준비할 때 출근하는 것이다.

"술 마시고 운전하지 마."

항상 하는 소리였지만 오유진이 당부하자 우재섭은 빙긋 웃었다. 그를 따라 현관에 선 오유진의 가슴이 편안해졌다. 아직도 그의 웃음은 매력이 있다. 우재섭이 집을 나가고 나서 오유진은 밀린 빨래를 시작했다. 지현이는 아직 낮잠에서 깨어나지 않았는데 제 아빠하고 같이 자는 버릇이 들어서 밤에는 새벽 서너 시까지 논다. 세탁기를 돌리고 응접실로 들어섰을 때 전화벨이 울렸다. 젖은 손을 닦으며 전화기를 들었더니 유옥선이 불평했다.

"뭐 해? 왜 전화를 이제야 받니?"

"세탁기 돌렸어."

"오늘 갈 거야, 안 갈 거야?"

"엄마가 와야 돼."

"도대체 네 엄마는……."

했다가 유옥선이 혀를 찼다. 오늘은 동창 모임이 있는 것이다. 1년에 두 번 모이는데 오유진은 지난해 말의 모임에도 참석하지 않았다. 우재섭이 밤에 일을 하러 나가기 때문이다.

"지현이 시댁에라도 맡기고 와야 돼. 오늘 빠지면 너 죽어."

유옥선이 전화를 끊었을 때 지현이가 방에서 나왔다.

"엄마, 배고파."

제 아빠를 닮아서 눈만 뜨면 밥이다.

내가 오유진에게 연락을 하지 않은 것에 대해서는 뚜렷한 이유를 대지 못하겠다. 하도 여러 가지 이유가 있었으니까. 어쨌든 하루에도 몇 번씩 전화기를 바라보면서 치솟는 충동을 7년 6개월 동안이나 참아온 것이다. 그것도 내 사업이 궤도에 오른 2년 후부터는 그 충동이 더 강해졌다. 오유진을 데려와 살 수 있는 여건이 되었으니까.

그러나 막상 실현하려고 마음을 먹으면 두려워졌다. 사우디에, 쿠웨이트에 오피스텔은 존재하지 않았다. 잠깐씩 들려서 쉬다가 떠나는 오피스텔. 그 오피스텔에 오유진이 끼어 있었던 것일까? 오유진만을 빼내어 내가 속해있는 새 세상으로 데려오기가 겁난 것 같다. 내가 겉으로는 성공한 사업가가 되었지만 또다시 실패할 수는 없다는 강박감이 내 가슴속 깊게 박혀 있었던 것도 그 이유 중의 하나가 될 것이다. 허세가 심한 반면으로. 아니, 그만큼 더 예민하게 속으로 앞뒤를 재는 것이 내 성격이었으니까. 그렇게 시간이, 세월이 지나갔던 것이다. 일년, 이년, 삼년, 사년, 그리고 7년 6개월. 마침내 나는 예전 세상으로 돌아왔다. 오피스텔이 존재하는 세상으로. 7년 6개월이란 의미는 없다. 뭐, 기약도 하지 않았다. 그렇다. 어떤 세상이든 견딜만 하다는 자신감이 이 시기를 결정한 것 같다. 눈앞에 어떤 상황이 펼쳐져 있어도 말이다.

"영주 아빠는 차 이야기만 나오면 눈부터 크게 떠. 겁을 주려고."

양현희가 말하자 유옥선이 흥흥 웃었다.

"그럼 네가 쫄아? 빙신!"

오유진은 식후에 나온 아이스크림을 한 입 입에 넣었다. 옆에 앉은 장경미의 손에서 다이아가 반짝였다. 장경미의 차는 벤츠다. 잘 나가는 투자 컨설턴트의 부인인 장경미는 차 이야기만 나오면 입을 다물었다. 제딴에는 겸손을 떠는 시늉인데 오히려 오유진에게는 그것이 더 역겨웠다. 그 장경미가 머리를 돌려 오유진을 보았다.

"저녁은 먹었으니 우리 2차로 네 가게에 갈까?"

순간 나머지 둘의 시선이 일제히 오유진에게로 모아졌다. 그때서야 오유진은 친구들의 음모를 깨달았다. 가게에서 한 잔 하자는 제의는 작년 초에도 나왔던 것이다. 오유진이 환하게 웃었다.

"싫어. 내가 한 잔 살 테니까 차라리 호스트바로 가자."

"망할 년!"

유옥선이 눈을 흘겼다.

"네 덕에 신촌에서 제일 잘 나간다는 가라오케 분위기 좀 겪고 싶었는데."

"이년아, 우리 때문에 아가씨들 손님 못 받는단 말이야."

뱉듯이 말한 오유진이 다시 아이스크림을 가득 떠서 입에 넣었다.

"그리고 남편 가게에 여편네가 친구들 끌고 가봐, 망신이지. 안 그래?"

"잘 보이십니까?"

고병수가 속삭이듯 말하자 나는 머리만 끄덕였다. 식당의 2층 특별석 발코니에서 네 여자의 테이블과는 직선거리로 10

242

미터 정도였다. 그러나 그쪽은 1층인데다 이곳은 화분의 나뭇잎으로 몸이 가려져 있는 것이다. 오유진이 이쪽을 보려면 45도로 머리를 돌린 다음 위쪽으로 올려야 한다.

"그럼 전 밖의 차 안에서 대기하고 있겠습니다."

고병수가 일어나더니 헐렁한 바지를 펄럭이며 사라졌다. 오유진은 예전보다 체중은 몇 킬로쯤 늘어난 것 같았지만 더 세련되었다. 농염하다는 표현이 어울릴 것이다. 전에는 아이스크림 같은 것은 먹지도 않았는데 이제는 듬뿍 떠서 잘 먹었다. 손에는 반지를 끼지 않았으며 전처럼 살색 매니큐어를 했고 가끔 웃는 모습이 성숙한 여자를 느끼게 했다.

나는 한동안 오유진에게서 시선을 떼지 않았다. 용역회사 사장 고병수는 오유진이 친구들을 만나는 자리에 나를 데려다 준 것이다. 이윽고 네 여자가 일어날 채비를 하자 나도 서둘러 일어섰다. 고병수가 먼저 계산을 했으므로 카운터를 그냥 지나 주차장에 대기시킨 차에 올라탔을 때 운전석 옆자리에 앉은 고병수가 나를 돌아보았다.

"따라갈까요?"

나는 머리만 끄덕였다.

단란주점에서 오유진은 세 곡밖에 부르지 않았다. 왠지 흥이 나지 않았기 때문이다. 오늘은 모두 차를 두고 오기로 해서 탁자 위에는 양주와 안주가 가득 놓여졌고 유옥선은 벌써 취해 있었다. 남편이 일본 출장을 갔으니 오늘은 터뜨리고 싶은 날이었다.

"얘, 3차는 물 좋은 곳으로 가자."

마침내 유옥선이 소리쳤다.

"술 깨야 되겠어."

아직 9시 반이었다. 어머니가 집에 와 있는 터라 오유진도 오랜만에 자극을 즐기기로 마음먹었다.

다음날 오후에 찾아온 고병수는 생기에 차 있었다. 일에 재미를 느끼는 모양이었다.

"우재섭은 새 사업을 시작했습니다. 근처의 신축건물 지하층과 1층에 대형 디스코텍을 만들고 있던데요."

이마의 땀을 손끝으로 훔치며 그가 말을 이었다.

"내부 장식도 다 끝나갑니다. 그런데 자금이 달리는 것 같습니다."

내 시선을 받은 그가 서류의 한쪽 부분을 짚었다.

"임대료와 공사비로 11억 견적이 나왔는데 은행에다 아파트와 가라오케의 임대계약서까지 담보로 넣었다군요. 거기에다 사채도 끌어쓰고 있습니다."

"디스코텍 장사는 잘될 것 같소?"

"개업만 하면 1년 안에 투자금액이 빠진다고 하는군요. 원체 요지라서요."

"수단이 좋은 사람인 모양이군."

"본래 물장사로 돈을 번 친구니까요. 요령을 아는 겁니다."

나는 토마토주스를 한 모금 삼켰다. 오렌지주스보다는 조금 나았지만 아직 입맛에 맞지 않았다. 너무 오래 떠나 있었던 모양이었다. 한국 과일주스가 입에 맞지 않다니.

"며칠이나 있을 거냐?"

조인철이 정색하고 물었다. 서초동의 카페 안이었다. 조인철은 그 동안 취향이 바뀐 것 같았다. 카페는 내부 장식이 우아한데다 분위기에 맞는 음악이 잔잔하게 흘러나왔지만 손님은 조인철과 나 그렇게 둘뿐이었다. 30대 초반쯤으로 보이는 마담이 다가와 조인철의 옆에 앉았다.

"10분만 기다리세요, 원장님. 지금 오고 있으니까요."

"누가 온다는 거야?"

내가 묻자 조인철이 이맛살을 찌푸렸다.

"촌놈아, 닥치고 가만 있어."

나는 여자 관계와 마찬가지로 친구 관계에 있어서도 상호 간의 필요성과 거래가 있어야 한다고 믿어왔다. 어릴 적 철부지 때의 친구가 소중한 것은 타산을 떠나 만난 사이이기 때문

이지만 그 친구들과 사회에서도 관계가 유지되려면 거래조건
이 비슷해야 한다.

단적인 예로 고향 친구 서너 명이 상경했길래 룸살롱에 데
려가 술을 먹였더니 거부 반응을 보였다. 팁만 가지고도 우리
동네에서는 배부르게 술을 마시겠다는 소리를 해버리는 바람
에 나는 체면만 깎였다. 그러고도 모자라 그놈들은 술 처먹고
돌아가서 나를 씹었다. 그 소리를 들은 나도 그 새끼들하고는
상종을 안 하겠다고 마음 먹었다. 사실 내가 술을 사는데 그
놈들이 잘 가는 포장집에서 마실 필요는 없지 않은가? 그런
의미에서 조인철은 거래조건이 맞는 친구였다. 나는 무언가
를 받으면 꼭 대가를 주었으니까. 어떤 놈은 그 대가가 어색
하다고 했지만 관계를 오래 지속시키려면 갚아야 한다.

나는 8년 전에 부도가 났을 때 조인철의 오피스텔에서 열
흘 가깝게 지낸 적이 있었다. 그래서 갚겠다고 했더니 이곳으
로 데려온 것이다. 아닌 게 아니라 10분쯤 지났을 때 여자 둘
이서 카페로 들어섰는데 첫눈에도 아줌마였다. 그러나 옷차
림이 세련되었고 몸매와 미모가 수준급이다. 내 눈치를 본 조
인철이 빙긋 웃었다.

"임마, 너 비아그라는 안 먹어도 되지?"

나는 대답하지 못했고 양쪽으로 나눠 앉던 여자들만 웃
었다.

246

방에 들어선 여자는 거침없이 블라우스를 벗어놓더니 화장실로 갔다. 정가라고 성만 밝혔으므로 나도 이가라고 소개를 했는데 매사가 거침없었다. 부드러웠다고 표현해도 좋을 것이다. 카페에서 간단하게 양주 한 병을 나눠 마신 우리는 곧장 이곳으로 온 것이다. 조인철은 근처의 호텔로 갔는데 나더러 돈을 내라고 해서 술값에다 여자들 화대까지를 모두 마담에게 주었다.

저고리만 벗고 앉아 있던 나는 화장실에서 여자가 알몸으로 나오는 것을 보고는 놀라 일어섰다. 여자의 몸매는 군살하나 없이 미끈했고 유방도 단단했다. 35세에 아이가 초등학교 1학년이라고 했지만 눈가의 주름과 턱밑 살만 빼면 몸매는 20대이다.

"씻지 않으세요?"

여자가 묻는 순간 나는 마음을 정했다.

"난 생각 없어."

놀란 듯 눈을 크게 뜬 여자가 그제서야 두 손으로 젖가슴과 음부를 가렸다.

"왜요? 제가 싫어요?"

"이름도 모르는 여자하고는 싫어."

몸을 돌린 내가 냉장고에서 생수병을 꺼내 몇 모금을 삼켰다. 그러는 동안 여자는 팬티와 브래지어를 서둘러 입었다.

몸을 돌린 나는 지폐 몇 장을 꺼내어 탁자 위에 놓았다.

"화대는 치렀으니 한 셈 치고 가."

여자가 방을 나가자 나는 바지를 벗어 던졌다. 갑자기 여자의 당당한 태도에 화가 났던 것이다. 제다와 쿠웨이트에 있는 메이드 마리와 양명은 3년이 넘도록 한 집에서 살고 있었지만 나는 일절 손을 대지 않았다. 가끔 그리스나 터키에 들러 여자와 잠자리를 했지만 나는 성욕의 절제에 익숙해져 있었다. 벗고 빌리면 다 달려들 줄 알았던 그 정가는 더 수모를 당했어야 했다. 전화벨이 울렸으므로 나는 전화기를 들었다.

"야 이 시키야, 너 뭐 하는 짓이야?"

조인철의 목소리였다. 그가 다시 소리쳤다.

"여자를 쫓아내다니, 돈까지 치르고. 너 돌았어?"

여자가 어느새 마담을 통해 연락을 한 모양이었다. 나는 분함을 참지 못한 여자를 떠올리며 웃었다. 그러고 보면 정가라는 여자는 순진한 구석도 있었던 것이다. 경험많은 여자들은 잘됐다 하고 그냥 갔을 테니까.

"오늘 잔금만 치르면 돼. 이젠 끝났다."

우재섭이 환한 얼굴로 말했다. 오후 4시였다. 우재섭은 이른바 아침을 먹는 중이었는데, 그의 점심은 밤 11시쯤이었고 저녁은 해장국집에서 새벽 5시쯤에 먹는다. 숟가락을 내려놓은 그가 오유진을 보았다.

"이달 말에 개업이야. 그땐 네 친구들을 얼마든지 데려와도 좋아."

"정말?"

"그래. 신촌 제일의 아니, 서울 바닥에서 제일 분위기 있는 디스코텍이야. 개업식 때 데려오도록 해."

"좋아. 다 데려갈 거야."

눈을 빛내며 오유진이 말했다. 그날, 친구들과 모임이 끝나고 나서 오유진은 우재섭에게 짜증을 부렸던 것이다. 오유진이 우재섭을 만난 건 6년 전이었다. 그때는 학교에 복학해서 졸업반이 되어 있었는데 외톨이로 지내던 때였다. 집과 학교만을 오가는 아주 착실한 늦깎이 학생이어서 교수들의 아낌을 받았다. 그중 전임강사 박명호는 오유진에게 특별한 호의를 보냈고 나중에는 자신의 친구인 우재섭을 소개해주었다.

우재섭의 첫인상은 지금도 그렇지만 아주 좋았다. 성격도 부드러운데다 여유가 있었다. 학교 앞에서 오유진의 수업이 끝나기를 기다렸다가 같이 차를 마시고 저녁에는 자신이 경영하는 라이브카페에 데려가 밤늦게까지 함께 있었다. 그는 대학 졸업반 때부터 친구와 동업으로 카페를 시작했는데 장사 수단이 좋았다. 친화력이 있어서 오유진의 어머니 김 여사

249

는 지금도 딸보다 사위를 좋아할 정도이다.

우재섭이 출근하자 오유진은 집안 청소를 시작했다. 같이 모이는 친구들 사이에도 은근한 경쟁심이 작용하게 마련인데 이쪽만큼 빛나는 커플은 없는 것이다. 장경미가 비록 떼돈을 벌었다고는 하지만 끼리끼리 비교를 해보아도 1류와 3류의 차이였다. 장경미의 남편 차성칠은 빈약한 체구에 말도 더듬었다. 오유진의 기분이 밝아져 있었다. 디스코텍 이름 '판타지'는 자신이 지었고 곧 신촌 제일의 명소가 될 것이다.

나는 서울에서 열흘 동안 머문 다음 쿠웨이트로 돌아왔다. 쿠웨이트 시 외곽에 세워진 라시드·리 마켓은 나와 라시드의 동업 형식이었지만 관리는 내가 맡는다. 마켓 3층의 사무실로 출근했을 때 지배인 하크시가 내 방으로 들어섰다. 그는 인도 봄베이 출신으로 3년 전에 지배인이 되었는데 내 심복이다.

"리, 라시드 씨는 다음주에나 프랑스에서 돌아올 예정입니다."

테이블 앞에 선 그가 말을 이었다.

"지금 니스에 있습니다. 연락해 보시지요."

머리를 끄덕인 내가 서류에서 시선을 뗐다. 라시드는 니스에 있는 프랑스인 애인과 함께 있을 것이다.

250

"나도 마르세유에 다녀오겠어."

"이쪽 일은 별 문제가 없습니다."

하크시가 자신 있게 말하고는 방을 나갔다. 나는 2년 전에 마르세유에 호텔 한 곳을 사들였다. 5층짜리 고풍스런 호텔이었는데 사들여서 다시 단장하는데 6백만 불이 들었으나 작년부터 호텔은 흑자 경영으로 돌아섰다. 지금의 재산 가치는 1천만 불이 넘는다. 나는 쿠웨이트와 사우디에서 발생된 이익은 무역회사를 통해 외국으로 재투자했다. 라시드도 마찬가지여서 그는 니스에 호텔과 백화점을 소유하고 있다.

우리는 이라크의 쿠웨이트 침공으로 인생이 뒤집혀진 똑같은 경험을 갖고 있었다. 나는 부도를 내고 거지 신세로 사우디로 도망쳤지만 라시드는 이라크군에 잡혀 갖은 고초를 겪다가 역시 알몸으로 탈출했다. 그가 쿠웨이트가 해방되었을 때 맨 먼저 입국하여 정부로부터 여러 가지 특혜를 받은 것도 그것을 인정받았기 때문이다. 이라크군에게 어쩔 수 없이 협력한 사업가들은 모조리 숙청되었는데 라시드는 그들의 사업체도 인수한 것이다.

마켓을 나온 내가 시내에 있는 아파트에 도착한 것은 저녁 10시경이었다. 양명이 언제나처럼 단정한 모습으로 나를 맞았다.

251

"식사는?"

"했어."

우리는 북경어를 썼는데 양명이 내 중국어 교사이기도 했다. 샤워를 마치고 몸에 타월만 두르고 나왔을 때 양명은 갈아입을 옷을 들고 서 있었다. 이젠 익숙해져서 양명의 표정은 나무토막을 대하는 것 같다.

"서울에서 전화가 왔었습니다."

옷을 입는 나에게 양명이 말했다.

"일은 잘 진행되고 있다고 했습니다."

머리를 끄덕인 나는 응접실로 들어가 소파에 앉았다. 양명은 제 방으로 들어갔으므로 나는 혼자가 되었다. 탁자 위에는 오렌지주스 잔이 놓여져 있다. 주스를 한 모금 삼킨 나는 창밖으로 시선을 돌렸다. 시가지의 불빛이 친근하게 느껴졌고 방안의 아늑한 분위기가 나를 안정시켜 갔다. 식당에서 본 오유진의 모습이 떠오른 순간 나는 눈을 감았다. 아이스크림을 그렇게 크게 떠먹다니. 나하고 있을 적에는 살이 찐다고 쳐다보지도 않았었는데.

"멋진 호텔이군 그래."

로비를 둘러본 라시드가 감탄한 표정으로 나를 보았다.

"템펜스키호텔보다 나은 것 같은데."

"농담하지 마, 라시드."

쓴웃음을 지은 내가 앞장을 서서 라운지로 들어갔다. 기다리고 있던 지배인이 우리를 바닷가의 자리로 안내했다.

"객실이 몇 개야?"

라시드가 라운지를 둘러보며 물었다.

"120개."

"5층 건물치고는 꽤 넓군."

그러나 그가 소유한 니스의 템펜스키호텔은 17층 건물에 객실이 600여 개가 되는 호화 호텔이다. 차가 나왔을 때 라시드가 차분해진 얼굴로 나를 보았다. 그는 상의할 일이 있다면서 니스에서 마르세유로 달려온 것이다.

"리, 난 사업체를 더 이상 확장하고 싶지 않아."

"쿠웨이트에서 말인가?"

"그래, 그건 자네도 마찬가지겠지?"

내 시선과 마주친 라시드가 쓴웃음을 지었다. 쿠웨이트는 이제 안정되어 예전의 활기를 되찾았지만 라시드에게서 8년 전의 악몽을 지울 수는 없었다. 그는 이라크군에게 총살될 뻔했던 것이다.

"그리고 난 건강 상태도 썩 좋지 않아."

라시드의 말에 나는 머리만 끄덕였다. 그는 작년에 뇌수술을 받았는데 겉으로는 완쾌되었다고 했지만 하루에 서너 시간밤에 일을 하지 못했다. 그의 건강 상태가 좋지 않다는 건 몇 사람만이 안다.

"라시드, 자넨 오래 살 거야. 걱정하지 마."

내가 밝게 말하자 라시드가 얼굴에 웃음을 띠었다.

"그래서 말인데, 리. 이번에 완공될 쟈타 마켓은 자네가 무하마드를 데리고 경영해주게. 그놈이 자네를 삼촌처럼 따르고 있으니 잘 가르쳐주게."

"무하마드를 말인가?"

"이젠 자식에게 넘겨줄 때도 되었어."

무하마드는 라시드의 장남으로 30세였다. 그는 성품이 착했고 성실했는데 라시드보다도 나를 더 따랐다. 나는 머리를 끄덕였다.

"잘 생각했어, 라시드. 무하마드는 잘 해낼 거야."

라시드는 명목상의 동업자일 뿐으로 무역회사는 내가 독자 경영을 했고, 이번에 완공되는 쟈타 마켓과 기존의 수바 마켓은 공동투자 형식으로 경영했다. 자본금도 나눠 투자한 것으로 해서 이윤 배분을 반씩 나눴는데, 1년 배분 금액이 5, 6백만 불 정도였다. 나는 그 배분금을 투자관리 회사의 자문을 받아 해외의 사업체에 투자했다. 마르세유의 호텔 인수도 그 일부분이다. 라시드가 만족한 듯 의자에 등을 기댔다.

"자네만 믿네, 리."

254

라시드는 3형제 중 장남이었지만 형제가 모두 일찍 죽었다고 했다. 두 명의 아내 중에서 사내자식은 무하마드와 두 번째 아내에게서 난 열 살짜리 하산 둘뿐이었다. 그가 나를 의지해오는 이유도 주위에 믿을 만한 사람이 없기 때문일 것이다.

"아니 그게 무슨 말입니까?"

눈을 부릅뜬 우재섭의 얼굴이 하얗게 변했다. 그가 한종호에게 바짝 다가섰다.

"건물 입주 허가가 안 났다니요?"

"준공검사가 안 떨어졌어요."

이맛살을 찌푸린 한종호가 입맛을 다시며 디스코텍 안을 둘러보았다.

"건물주가 우 사장한테 사기를 친 겁니다."

"아니, 한 계장님."

우재섭이 이제는 한종호의 소매를 잡았다.

"이틀 후에 우린 개업한단 말입니다. 그런데 준공검사가 안 떨어졌다니요?"

"글쎄, 그건 건물주한테 물어보셔야지?"

이제는 한종호도 눈을 치켜 뜨고 있었다.

"내가 알아보니까 그놈은 감리회사를 매수해서 공사를 날

림으로 하려고 했습니다. 그런데 감리회사가 구청에다 그대로 보고해버린 거요."

"아니, 그렇다면?"

"건물주 그놈이 우 사장한테 임대료만 떼어먹고 도망친 셈이지."

"그럼 한 계장님은 왜 진작 나한테……."

"이것 보시오."

한종호가 버럭 목소리를 높였다.

"내 관할 건물이 수백 동인데 어떻게 일일이 확인을 해서 임대자한테 이야기를 해줍니까? 우 사장이 준공검사가 났는가 확인을 해달라고 했으면 모를까?"

한종호는 구청의 담당계장이다. 가끔 들러서 내부 단장하는 것까지 보고 갔던 작자가 개업 이틀 전에 와서는 준공검사가 안 났다고 통보한 것이다. 우재섭은 눈이 뒤집혔지만 항변할 기력이 떨어졌다. 다리가 후들거렸고 눈앞이 노래졌다.

담당과장은 어이없다는 표정으로 우재섭을 바라보았다.

"이것 참, 대부분의 건물 준공검사가 합격되는 상황이니 선생께서도 그렇게 알고 개업준비를 하셨군요."

그러자 과장이 금방 컴퓨터로 뽑아낸 등기서류를 보았다.

"열흘 전에 건물 소유주가 바뀌었는데요?"

"예?"

우재섭이 눈을 치켜 뜨고 서류를 넘겨다보았다. 사실이었다. 열흘 전에 소유주가 바뀐 것이 등기되었다.

"이, 이게 어떻게."

"글쎄요 내 추측입니다만, 전 소유주가 문제가 될 것 같으니까 넘겨버린 것 아닐까요?"

아연실색한 우재섭이 딱한 지 50대의 과장이 부드럽게 말했다.

"나도 감리회사가 이렇게 원칙대로 따져서 보고한 경우는 드물게 봅니다. 이대로는 도저히 건물 준공검사를 내줄 수가 없어요. 선생께는 안됐지만 정말 미안합니다."

"나는 건물 넘길 적에 준공검사에 문제가 있으리라고는 손톱만큼도 생각하지 않았어."

전건물주 박 사장은 오히려 길길이 날뛰었다.

"그 씨발놈들이 구청에다 그렇게 보고를 했다니. 내가 돈 먹인 것 다 받아내야겠어."

우재섭은 절망했다. 부실 공사를 한 것은 사실이었던 것이다. 돈을 먹었더라도 감리회사는 제대로 일을 한 것이 되었으니 가서 행패를 부릴 수는 없다.

"이걸 어떡하나 그래? 안에 시설만 해도 수억이 들었을 텐데."

우재섭은 이맛살을 찌푸린 박 사장의 근심 어린 표정 한쪽에 '나는 살았다'라는 안도의 분위기가 배어 있는 것을 보았다.

"무슨 일이야?"

오유진이 물었으나 우재섭은 대답하지 않았다. 오후 7시였다. 보통 때는 오후 5시쯤 출근해서 다음날 오전에 돌아오던 사람이 요즘 이틀간은 보통 사람처럼 오전에 나가서 저녁에 들어왔다.

"가게 안 가는 거야?"

"아, 시끄러. 피곤해."

불쑥 말을 던진 우재섭이 화장실로 들어가더니 샤워물 떨어지는 소리가 났다. 오유진은 소파로 돌아가 앉았다. 텔레비전 화면에 뉴스가 나오고 있었지만 말소리는 귀로 들어오지 않았다. 이제까지 큰 다툼 한 번 없이 지내온 결혼생활이었다. 우재섭은 자상했고 분위기를 이끌었으며 믿음직한 남편이었던 것이다. 우재섭이 화장실에서 나오더니 얼굴을 닦으면서 옷방으로 갔으므로 오유진은 따라 들어갔다.

"지현 아빠, 왜 그래? 무슨 일 있어?"

"제발 좀 가만 있어."

258

버럭 목소리를 높인 우재섭이 옷을 갈아입었다. 옷을 갈아입으려고 들어온 모양이었다. 우재섭의 서슬에 놀라 입을 다물었던 오유진이 아랫입술을 물었다. 방을 나가면서 우재섭이 힐끗 오유진을 보더니 던지듯이 말했다.

"넌 가만 있는 것이 날 돕는 거야."

새 건물주 안 사장은 50대 중반쯤으로 체격도 건장했다. 커피숍에서 마주 앉았을 때 그가 궁금한 듯 물었다.

"내가 그 건물을 구입한 건 어떻게 아셨습니까?"

"제가 그 건물 지하층과 1층에 디스코텍을 개업하려 했거든요."

"아, 그래요?"

머리를 끄덕인 그가 담배를 꺼내 물었다.

"언제 개업합니까?"

눈을 치켜 뜬 우재섭이 안 사장을 바라보았다. 그도 모르고 있는 모양이었다.

"그 건물이 준공검사 불합격을 받았습니다. 개업은커녕 건물에 입주도 못하게 되었습니다."

"아니, 그게 무슨 말이오?"

놀라 입을 벌린 그에게 우재섭은 상황을 설명했다. 말하는 도중에 열기가 올라 두 번이나 냉수를 마셨다. 이야기가 끝났을 때 안 사장이 자리를 차고 일어섰다.

"잠깐 연락 좀 해보고 오겠습니다."

그가 앞쪽의 전화부스로 사라지자 우재섭은 긴 숨을 뱉었다. 그도 자신과 같은 피해자인 것이다. 피해자끼리 뭉치면 무슨 방법이 나올지도 모른다. 안 사장이 돌아온 것은 그로부터 30분쯤 후였다. 그는 꽤 오랫동안 전화통에 매달려 있었던 것이다. 자리에 앉은 그가 어깨를 늘어뜨리더니 머리를 저었으므로 우재섭의 가슴이 내려앉았다.

"방법이 없습니다. 다시 짓는 수밖에."

"다, 다시 짓다니요?"

"변호사하고도 상의를 했는데 전 소유주한테 소송을 걸 수는 있겠다는군요."

안 사장이 가라앉은 시선으로 우재섭을 보았다.

"건물비 일부는 받아낼 수 있을 겁니다. 우 사장의 임대료도."

"저는 임대료가 문제가 아닙니다."

이를 악문 우재섭이 쥐어짜내는 듯한 목소리로 말했다. 임대료는 몇 푼 되지 않는 것이다. 10억 가까운 돈이 시설물과 내부 개조에 들어갔다.

"사모님이 웬일이십니까?"

가라오케의 김 상무는 여러 번 집에 온 적이 있었지만 긴장하고 있었다. 그는 우재섭의 학교 후배라고만 들었지 고등학교인지 대학교인지는 묻지도 않았다. 가라오케에서 사거리 하나 거리로 떨어진 커피숍 안이었다. 오유진이 굳어진 얼굴로 김 상무를 보았다.

"요즘 무슨 일이 있는지 말해줘요."

당황한 듯 김 상무가 눈만 깜박이자 오유진이 다그치듯 말했다.

"전 알 권리가 있어요. 말해주시겠죠?"

"골치 아픈 일입니다."

이맛살을 찌푸린 김 상무가 말하자 오유진은 긴장했다.

"디스코텍 개업을 못하게 되었습니다."

"디스코텍을? 왜요?"

오유진에게는 전혀 예상 밖의 일이었다. 디스코텍에 필요한 자금은 다 댄 것으로 알고 있었으니까.

6월 하순의 제법 굵은 빗줄기가 뿌리는 오후에 나는 서울에 도착했다. 떠난 지 두 달 만에 다시 찾아온 것이다. 지난번에 투숙 했던 세실호텔에 여장을 푼 내가 샤워를 마치고 옷을 갈아입었을 때, 때를 맞춘 듯이 문에서 노크 소리가 났다. 문을 열자 나를 향해 허리를 굽혀 보인 사내는 고병수였다.

"사장님, 그 동안 안녕하셨습니까?"

"들어오게."

"그럼 실례하겠습니다."

손에 가방을 든 고병수가 조심스럽게 들어서더니 바깥쪽 의자에 웅크리듯 앉았다. 나는 냉장고에서 음료수를 꺼내어 탁자 위에 놓은 다음 앞쪽에 앉았다.

"자, 시간은 많으니까 마시면서 차분하게 이야기를 들읍시다."

의자에 등을 기댄 내가 부드럽게 말했다.

"예, 사장님."

고병수가 가방에서 서류와 녹음테이프, 녹음기 등을 꺼내더니 정리하는데 한참이나 걸렸다. 이윽고 고병수가 입을 열었다.

"먼저 결과부터 말씀 드리지요. 현재 우재섭과 오유진은 별거 상태입니다. 오유진은 아파트에서 딸하고 지내지만 우재섭은 가라오케 마담 한미연의 아파트로 옮겨갔습니다."

나를 힐끗 바라본 고병수가 말을 이었다.

"결국 디스코텍은 오픈하지 못했습니다. 건물공사가 지난 달 말부터 시작되었는데 디스코텍 안의 바닥공사도 해야 하니까요."

"……"

"우재섭은 빚더미에 올라앉아 지난달 중순에 가라오케도 문을 닫았습니다. 현재 도망다니고 있지요."

"……."

"오유진이 살고 있는 아파트도 담보로 들어가 있어서 곧 경매 처분될 것입니다."

고병수가 두꺼운 안경을 쓴 눈을 서류에 바짝 붙이더니 읽었다.

"현재 우재섭의 부채는 8억 5천인데 담보건을 제외하면 당좌 발행이 5억 3천, 어음이 3억 2천입니다."

"현재 기소중지 상태인가?"

"예, 그렇습니다."

커다랗게 대답한 고병수가 어깨를 폈다.

"하지만 요즘은 자수하면 당장 구속은 시키지 않습니다. 법이 많이 완화되었지요."

깊은 밤이다. 나는 가운 차림으로 소파에 비스듬히 기대앉아 있었는데 손에는 술잔을 쥐었다. 벌써 혼자서 위스키 반병쯤을 마시는 중이었다. 호텔 바깥쪽 차도를 달리는 차량의 소음이 희미하게 들려올 뿐 주위는 조용했다. 이윽고 나는 손을 뻗쳐 맨 앞에 놓인 녹음 테이프를 쥐었다. 고병수가 순서대로 정리해놓은 테이프는 30개가 넘었다. 테이프를 넣고 스위치를 누르자 곧 고병수의 목소리가 흘러나왔다.

"4월 25일, 오전 7시경."

그리고는 오유진의 목소리가 들렸으므로 나는 긴장했다. 8년 만에 처음 듣는 것이다.

"왜 말 안 했어? 디스코텍 건물이 준공검사에 불합격해서 영업을 못 한다면서? 혼자 걱정만 하지 마. 잘될 거야."

"넌 신경 쓰지 마."

이것은 우재섭의 목소리일 것이다 그가 신경질적으로 말을 이었다.

"어떻게든 견디어낼 테니까."

"기운을 내, 지현 아빠."

그러나 우재섭의 대답은 없고 오유진의 목소리가 멀어졌다. 도청장치에서 멀어진 모양이었다.

"내가 콩나물국 끓일 때까지 자면 안 돼."

나는 눈을 감았다. 오유진은 매운탕을 잘 끓였었다.

새벽 2시경, 위스키 한 병을 거의 다 마시면서 나는 13개째의 테이프를 들었다.

"5월 16일 밤 11시경."

"가라오케 정리했어. 난 지금 나가야 돼."

우재섭이 다급하게 말하자 오유진의 목소리가 떨린다.

"어디로 가려구?"

"당분간 친구 집에 있어야겠다."

"친구 집이 어딘데?"

"인천이야. 내가 곧 연락할게."

그러고는 곧 우재섭의 목소리로 이어졌는데 고병수가 테이프를 재편집한 때문일 것이다.

"유진아, 기운 내야 돼. 채권자들한테 당분간 네가 시달릴 거야."

"난 걱정하지 마. 자기나 기운 내. 몸 관리 잘하고."

그러더니 마침내 오유진이 응응 울었다.

"자기야, 꼭 연락해야 돼. 응?"

"알았어."

뜬 목소리로 대답한 우재섭에게 오유진이 정신이 난 듯 목소리가 높아졌다.

"자기야, 잠깐만."

그러고는 잠깐 시간이 지난 다음에 오유진의 목소리가 들렸다.

"이거 돈이야. 아무래도 불안해서 돈 다 찾았어. 7백 5십만 원이야. 그리고, 이건 패물인데 팔면 1천만 원은 될 거야."

"인마, 넌 어쩌려고?"

이윽고 우재섭의 목소리도 가라앉았다.

"돈은 2백만 원만 줘. 나머지는 네가 쓰고."

"아냐, 난 필요 없어. 엄마한테 얻어 쓰면 돼."

"난 괜찮다니까?"

"그럼 내가 2백만 가질게. 그리고 패물은 필요 없으니까 넣어."

"인마, 이렇게까지."

우재섭의 목소리가 더 가라앉았을 때 결국 나는 눈물을 흘렸다. 위스키 병에 남은 술을 병째로 입 안에 털어넣고 나서 나는 어금니를 물고 앞쪽을 노려보았다. 8년 전의 내가 당했던 장면이지만 이놈은 얼마나 행복한가 말이다. 나는 분했다. 내가 오유진에게 그렇게 할 수 없었다는 것이. 오유진은 똑같이 대해주었을 텐데.

다음날 아침에 눈을 떴을 때는 오전 10시였다. 서둘러 샤워를 하고 옷을 갈아입은 나는 호텔을 나섰다. 비는 말짱하게 그쳤고 가로수 잎은 생기있게 펼쳐져 있었다. 내가 아이들과 약속한 피자집에 들어선 것은 12시 정각이었는데 아이들은 먼저 와 있었다.

"아빠!"

이번에는 동준이가 먼저 나를 불렀다.

"많이 기다렸니?"

"아니, 10분 전에 왔어요."

영준이 의젓하게 대답했다. 나하고 떨어져 살아서 사춘기를 걱정했지만 아이들은 건강하게 자랐다. 그것은 서경희의 헌신적인 노력의 결과일 것이다. 학비, 용돈까지 매달 넉넉하게 보내주고 있었지만 그것만 가지고는 애비 노릇을 했다고 볼 수가 없다. 나는 아이들에게 선물로 가져온 시계를 나눠주었고 동준이 대입에 대비해서 개인교습을 받겠다는 것을 승낙했다. 그래서 매달 교습비를 따로 보내주기로 했다. 피자를 먹고 나서 콜라를 마실 때 내가 문득 생각난 듯 물었다.

"너희들 미선이 기억나냐?"

동시에 머리를 든 아이들이 나를 바라보았다. 모두 긴장한 표정들이다. 내가 부드러운 표정을 짓고 다시 물었다.

"얼굴 생각나?"

"예."

영준이 대답했고 동준은 머리만 끄덕였다.

"아버지도 그렇다."

그렇게만 말하고 입을 다물었지만 미선이의 유골 박스는 지금 쿠웨이트의 아파트에 있다. 사우디 제다에 있다가 옮겨진 지 5년 째이다. 나는 두 자식들에게 그 이야기를 하고 싶었던 것이다. 사우디로 도망쳐 왔을 때 아파트에서 미선이의 유골 박스를 향해 넋두리를 하던 이야기도, 그래서 두 자식들에게 자식에 대한 내 감정을 보여주고 싶었던 것 같다.

호텔로 돌아왔을 때는 오후 5시였다. 아직 술 마시기에는 이른 시간이기도 해서 나는 주스 잔을 들고 소파에 앉아 녹음기의 스위치를 눌렀다. 끝쪽 부분의 몇 개는 생략하고 오늘은 마지막 테이프부터 들으려는 것이다. 고병수가 먼저 나왔다.

"마지막 테이프, 6월 21일 오후 4시."

그러면 닷새 전이다. 숨을 죽이고 있는 내 귀에 먼저 오유진의 목소리가 울렸다.

"여보세요, 거기 우재섭 씨 계시죠?"

그랬다가 곧, 오유진의 목소리가 높아졌다.

"거짓말하지 말아요, 지금 전화 받는 분은 가라오케에 있던 한 마담 맞죠?"

오유진의 목소리 끝이 떨렸다.

"다 알고 있어요, 지금 같이 있다는 것도, 우재섭 씨 바꿔주세요."

나는 어금니를 물고 눈을 치켜 떴다. 곧 오유진의 목소리가 이어졌다.

"당신, 나쁜 사람이야."

이때부터 오유진의 목소리는 또렷해졌다.

"다행히 나는 이제 홀가분해졌어. 이런 때 당신의 더러운

268

모습을 보게 된 것이 다행이란 말이야."

나는 머리를 끄덕였다. 가슴이 두근거렸고 오유진을 열렬하게 응원했다.

"지현이는 내가 키울 테니까 헤어져. 이 순간부터 우리 관계는 끝난 거야."

전화기를 내려놓는 소리가 난 다음에 곧 벨이 울렸다. 당황한 우재섭일 것이다. 벨소리가 끊임없이 이어지더니 녹음테이프가 멈춰 섰다. 마지막 테이프였다.

그제서야 나는 들고 있던 주스를 한 모금 삼켰다. 오유진에게 우재섭과 한 마담의 관계를 알려준 것은 고병수이다. 그는 먼저 자신이 가라오케의 종업원이었던 김 군이라면서 오유진에게 전화를 한 다음에 얼떨떨한 목소리로 한 마담을 찾았다. 그러자 오유진이 전화를 잘못 걸었다면서 왜 그러냐고 물을 수밖에. 김 군은 사장님께 전할 말이 있다고 대답했고 오유진은 사장이 거기 계시냐고 물었다. 김 군은 사장이 계속 거기 계셨다면서 한 마담의 전화번호를 알려주었던 것이다.

저녁 7시 정각이 되었을 때 안학진이 찾아왔다. 그는 쿠웨이트 수바 마켓에 한국산 시계를 공급하는 시계회사 사장이다.

"제가 저녁 식사를 대접하고 싶습니다만……."

내 손을 잡은 안학진이 육중한 체구를 숙이며 말했다.

"아니면 술이라도."

"다음에 하지요."

나는 그의 손을 끌어 자리에 앉혔다.

"안 사장님께서 어려운 일 하셨습니다."

"아니, 무슨 말씀을요."

안학진이 조금 호들갑스럽게 손까지 저었다.

"제가 일한 건 아무것도 없습니다. 신세 입은 것의 백분의 일도 갚지 못했습니다요."

그가 주머니에서 서류를 꺼내어 탁자 위에 놓았다.

"건물의 등기서류입니다. 공사는 시간을 질질 끌어서 내년 말쯤에나 끝내겠습니다."

머리를 끄덕인 나는 서류를 받아 옆쪽에 놓았다. 디스코텍 건물의 새 주인이 안학진인 것이다. 물론 안학진은 등기상의 주인일 뿐 실제 주인은 나다. 감리회사가 뒤늦게나마 대오각성해서 구청에 검사 불합격 통보를 보낸 것도 압력을 받았기 때문이다. 따라서 이번 디스코텍 사건에서 모두 일은 제대로 했다. 구청은 부실건물의 입주를 금지시켰으며 감리회사는 감리를 제대로 했다는 평을 들었고 건물의 전 주인은 그럼에도 불구하고 건물을 제 값을 쳐서 팔았다. 물론 우재섭만은 예외겠지만.

"지현 엄마가 이곳을 채권자들한테 불지 않을까?"

한미연이 묻자 우재섭은 이맛살을 찌푸렸다.

"그런 여자가 아냐."

"그걸 어떻게 믿어?"

"글쎄 그런 여자가 아니라니까."

버럭 목소리를 높였던 우재섭이 텔레비전에서 시선을 떼어 한미연을 보았다.

"왜? 불안한 거냐?"

"난 지현 엄마가 어떻게 자기가 이곳에 있는 걸 알아냈는지 궁금해. 불안하고."

그건 우재섭도 마찬가지였으므로 방안에는 한동안 말이 끊겨졌다. 25평형의 아파트는 신혼살림처럼 인형도 이곳저곳에 놓여졌지만 어수선했다. 요즘 한미연의 정신이 산만해서 정리를 자주 안 하기 때문이다. 한미연이 다시 입을 열었다.

"지현 엄마가 알 정도면 다른 사람들도 알 수 있지 않을까?"

"시끄러!"

마침내 버럭 소리친 우재섭이 한미연을 노려보았다.

"너, 내가 나가기를 바라는 거냐?"

"내가 언제 그렇다고 했어? 그냥 불안하다고 했지."

"잡혀가도 내가 잡혀가는 거야. 넌 상관이 없는 몸이다."

"그래도."

"오냐, 알았다."

자리를 차고 일어선 우재섭이 손을 내밀었다.

"돈하고 패물 이리내."

"우재섭이 한미연의 아파트를 나와 인천의 친구 집으로 옮 겼습니다."

다음날 오후에 호텔로 찾아온 고병수가 여전히 표정없는 얼굴로 말했다. 헐렁한 옷에 두꺼운 돋보기 안경을 쓴 고병수 는 수학자나 과학자같이 보였다. 고병수가 이제는 어려운 수 학 공식을 설명하는 표정으로 말을 이었다.

"오유진 씨는 아이를 데리고 친정어머니한테 사흘째 가 있 습니다."

나는 문득 머리를 들어 고병수를 바라보았다. 충동을 참기 힘들었던 것이다

"고 형, 내가 왜 이러는지 아시오?"

그러자 고병수가 당황한 듯 눈동자가 흔들렸다.

"모릅니다. 그리고 알 필요도 없습니다."

"8년 전에 오유진은 내 여자였어. 난 오유진과 결혼하려고 했지."

이제는 눈만 크게 뜬 고병수를 향해 나는 말을 이었다.

"하지만 난 부도를 맞았어. 난 오유진보다 20년 연상인데다

272

가 와이프하고 아직 이혼도 하지 않은 상태라 설상가상이지."

"……."

"난 오유진을 혼자 내버려두고 사우디로 도망쳤어. 날 잊으라고 했지. 아마 내가 재기할 가망이 없다고도 했을 거야."

눈을 가늘게 뜬 나는 고병수 위쪽의 벽을 노려보았다.

"나는 운이 좋아서 다시 일어났어. 그때가 2년쯤 시간이 흘렀을 때였지. 하지만 오유진한테 연락할 자신이 없었어. 시간이 흐를수록 더."

이제 고병수의 눈동자에 초점이 잡혀졌고 머리가 조금씩 끄덕여졌다. 나는 혼잣소리처럼 말했다.

"우재섭의 상황이 8년 전의 나하고 비슷해."

"조건이 같습니까?"

불쑥 고병수가 묻더니 내 표정을 보고는 다시 물었다.

"그 우재섭이와 사장님의 조건 말씀입니다. 오유진 씨는 우재섭만큼 사장님을 좋아하고 있었나요?"

"그 이상이었어."

자신 있게 말한 내가 고병수를 노려보았다.

"그건 장담할 수 있어."

"그래도 떠나신 건 잘하신 것 같은데요. 그래서 이렇게 성공도 하신 거고."

"글쎄, 그랬을까?"

"제 생각은 그렇습니다."

"내가 왜 이러는지 모르겠어. 하지만 가만있을 수는 없어."

나는 답답해진 가슴을 손바닥으로 두드려 보았다.

강제 파탄

나는 지난번처럼 열흘 동안 서울에서 머문 다음 다시 떠났다. 쿠웨이트에서 라시드의 아들 무하마드가 기다리고 있었기 때문이다. 아버지로부터 후계자로 인정을 받은 무하마드는 의욕에 차 있어서 나로부터 떨어지려고 하지 않았다. 새로 완공된 쟈타 마켓은 매장 평수가 5천 평이 넘어서 수바 마켓의 두 배 가까웠다.

무하마드는 수바에서 영업담당 매니저로 업무를 익혔지만 아직 전체를 관리하기에는 경험이 부족했다. 그래서 라시드와 상의한 다음 무하마드를 관리 부사장으로 임명하여 업무를 익히도록 했다. 그리고 나는 쿠웨이트에만 사업체가 있는 것이 아니다. 제다에도 쟈레크와 동업한 무역회사가 있었는데 연간 수입액이 3억 불이 넘는다. 쿠웨이트의 마켓 두 곳과 무역회사의 일을 처리하는 한편으로 제다에도 들러야 했다.

바쁘게 지내면 시간이 빠르게 흐른다. 그러나 흘러간 8년

보다 지금의 서너 달이 나에게는 더 긴 시간처럼 느껴졌다. 나는 매일, 매 시간마다 서울 일을 생각했지만 지난번과는 달리 이번에는 고병수로부터 연락을 받지 않았다. 내가 그렇게 지시했기 때문이다. 그래서 오유진과 우재섭이 어떤 상황이 되었는지 모른다. 그들에게 더 이상 손을 쓸 일이 없는 터라 나는 두 남녀의 파탄 과정을 예전처럼 상상만 하고 있었다. 다시 돌아갔을 때 한편의 다큐영화처럼 고병수가 그 과정을 잘 만들어 놓고 기다리고 있을 것이었다.

내 상상에서 최악의 경우는 아마 오유진과 우재섭의 재결합이겠지만 그건 불가능한 일이었다. 우재섭은 8년 전의 내 상황보다도 조건이 더 나빴다. 그렇다면 최상의 경우는 무엇인가? 그것을 상상할 때 나는 조금 혼란이 되었다. 간절하게 누군가를 기다리는 오유진의 모습이 떠올랐을 때도 있었으며 영안실에 세워진 오유진의 영정 사진도 떠올랐으니까. 그 앞에서 우재섭이 울고 있었다. 나는 먼 발치에서 그것을 훔쳐보며 서 있었고 그러면 마음이 차분하게 가라앉았다. 무(無)로 돌아간 심정이 이것일까? 8년의 세월도, 그 이전의 3년도 모두 없어진 것 같은 느낌이었다.

어느 날 나는 새로 개장한 쟈타의 떠들썩한 매장 한복판에 서서 또다시 오유진을 떠올리고 있었다. 무하마드가 옆에 서 있었으나 내가 마켓 관리를 궁리하는 줄로만 아는지 긴장한 표정이다. 나는 서울에서의 행동에 조금도 죄의식을 느끼지 않았으며 오유진에 대해서 동정심도 일어나지 않았다. 우재 섭은 말할 것도 없고. 한때 좋아했던 여자의 행복을 빈다는 투의 행동은 나에게는 구역질이 나는 위선일 뿐이었다. 하지 만 이것으로 과연 나는 얼마나, 어떤 소득이 있는가? 나는 궁 리하기 시작했고 지친 무하마드는 슬금슬금 옆을 떠났다.

"재섭 씨는 지현 엄마를 사랑했어요."

한미연이 말했을 때 오유진은 쓴웃음을 지었다. 역삼동의 커피 숍 안에는 아직 이른 시간이기 때문인지 손님이 그들 둘 뿐이다. 한미연은 오유진과 비슷한 연배로 보였지만 볼륨있 는 체격에 서구적인 용모였다. 남자의 시선이 모일 만한 여자 였다.

커피잔을 스푼으로 저은 한미연이 머리를 들었다. 눈가의 가는 주름은 섹스의 밀도와 관계가 있다는 말을 들은 적 있어 서 오유진은 시선을 돌렸다. 한미연의 눈가에는 잔주름이 많 았던 것이다. 한미연이 말을 이었다.

"제가 그 말을 꼭 드리고 싶어서 뵙자고 한 거예요. 저는 그저 섹스 파트너였을 뿐이에요."

"이젠 상관없어요."

가볍게 머리를 저은 오유진이 정색했다.

"그렇게 자신을 비하하지 않으셔도 돼요. 난 이미 끝났으니까."

"지현 엄마."

"그리고 그 사람을 위해서도 그것이 나아요. 짐이 덜어져서 홀가분할 테니까."

그 순간 오유진은 퍼뜩 눈을 치켜뜨고는 잘게 깜빡였다. 갑자기 이정국이 떠올랐던 것이다. 그렇지, 과정은 달랐지만 이정국의 처 서경희의 심정이 지금 나하고 비슷했을지도 모른다. 그냥 떼어버리고 싶은 이 심정이. 그렇다면 이 여자는 곧 내 모습이 되는가? 그리고는 한미연을 바라보던 오유진의 얼굴에 웃음이 번졌다.

"그 사람한테 잘해주세요. 저는 이미 이혼서류를 보냈거든요."

우재섭이 한미연의 집에서 나왔다고는 하지만 이정국처럼 멀리 외국으로 가지는 않았을 것이다. 그때 한미연이 세차게 머리를 저었다.

"나도 이미 끝났어요. 그런 말씀 마세요."

"그래도 위로는 해주셔야지."

"내가 미쳤어요?"

이제 이맛살을 찌푸린 한미연이 당당해졌다. 조금 전까지만 해도 한미연은 기가 죽어 시선을 마주치지도 못했었다.

"부도 난 사람을 끌어안고 지내게."

"그럼 그 사람이 안됐네."

혼잣소리처럼 말한 오유진이 가방을 집고는 자리에서 일어섰다.

"이젠 우리가 다시 만날 필요는 없겠지요?"

"네 팔자가 왜 이러니?"

혀를 찬 어머니가 지현이의 머리에 리본을 꽂아주고는 내놓았다. 지현이가 텔레비전 앞으로 쪼르르 달려가자 어머니는 다시 혀를 찼다. 오유진이 자신과 비슷한 행로를 걷고 있는 것이다. 지현이가 아직 어린것만 빼고는.

"다행이다, 지현이가 아직 철부지여서. 그렇지?"

어머니가 동의를 구하듯 바라보았지만 오유진은 대답하지 않았다. 아파트는 곧 경매 처분될 것이므로 가전제품이나 옷가지들은 이미 어머니 집으로 옮겼지만 부피가 큰 장롱 등은 놔두었다.

"죽일 놈, 그 와중에 여자까지 차고 있었다니. 세상에 믿을 놈은 아무도 없다."

어머니의 과녁이 다시 우재섭에게로 옮겨졌다. 그러나 우재섭은 어제 등기속달로 이혼서류에 도장을 찍어 보내왔다.

이제는 완전히 남남으로 갈라선 것이다.

"그놈은 홀가분하겠지. 딸자식도 너한테 떠넘겼으니까."

"엄마, 이젠 그만해."

마침내 오유진이 이맛살을 찌푸렸다. 어머니의 투정이 자신에게 하는 것처럼 들린 것이다.

"나도 곧 집 얻어서 나갈 테니까 그만 좀 해줘."

"누가 너더러 나가라고 했어?"

어머니가 눈을 크게 떴다.

"안 돼, 이젠 나하고 살자. 같이 지현이 키우자."

오유진은 그 순간 어머니가 많이 늙었다고 생각했다. 내후년이면 60세인 것이다. 그 동안 숱한 남자를 거쳤어도 어머니는 결국 안착할 상대를 찾지 못했다. 어머니가 다시 지현에게 다가가 더러워진 양말을 벗겼다. 아파트를 나와 어머니와 살게 된 지 오늘로 보름째가 되어가고 있었는데 지현이는 금방 적응했다. 아버지가 외국에 나가서 당분간 안 온다고 하자 요즘은 찾지도 않는다.

내가 다시 서울에 온 것은 9월 초였으니 또 두 달 만이었다. 이번에도 호텔방에 들어선 지 얼마 안 되었을 때 고병수가 찾아왔다. 그는 이제 맞춤 양복을 입은 모양으로 양복의 어깨폭도 맞았고 셔츠도 목에 딱 끼었다. 의자에 앉은 그가 정색한 얼굴로 나에게 서류를 내밀었다. 꽤 두툼했다.

"오유진은 열흘 전에 이혼했습니다. 보고서에 등본을 떼어 왔으니 참조하십시오."

머리만 끄덕인 나에게 그는 말을 이었다.

"우재섭은 인천 친구 집에서 나와 부산으로 내려갔습니다. 노래방을 하는 친구 일을 거들어주고 있지만 겨우 먹고 사는 정도인 것 같습니다."

내가 서류를 차근차근 훑어보기 시작했으므로 고병수는 입을 다물었다. 오유진은 이제 어머니와 지내고 있었는데 시장 보러 나왔을 때의 사진도 끼워져 있었다. 손을 잡고 있는 딸은 제 어머니를 빼다박았다. 서류를 읽고 난 내가 머리를 들었다.

"수고했어, 고 사장."

내가 준비해둔 봉투를 꺼내 건네자 고병수는 얼굴을 활짝 펴고 웃었다.

"항상 대기하고 있겠습니다, 사장님."

오유진이 유옥선의 전화를 받은 것은 오후 3시경이었다.

"너, 저녁 6시에 스칼라 커피숍으로 나와. 네가 부탁한 건 때문이야."

유옥선이 서두르듯 말했다.

"정호 아빠한테서 조금 전에 연락이 왔어."

"그래, 나갈게."

전화기를 내려놓은 오유진에게 김 여사가 물었다.

"무슨 일이냐?"

"옥선이 남편이 내 일자리를 알아봤나 봐."

"어떤 일자린데?"

"아무 거나 한다고 했어."

유옥선의 남편은 백화점의 영업과장이다. 아마 매장의 직원 자리를 알아봤을 것이다. 김 여사가 힐끗 오유진의 눈치를 살피더니 돌아앉았다. 뭐라고 한 마디 던지고 싶어도 상처가 될까 봐 참는 것 같았다.

5시 55분에 신촌 사거리의 스칼라에 들어선 오유진은 문 쪽을 향해 자리를 잡고 앉았다. 9월 초였지만 아직 더위가 가시지 않아서 오유진은 얇은 베이지색 정장 투피스 차림이었다. 냉커피를 시켜놓고 반쯤 마셨을 때 유옥선이 들어섰다. 웃으며 다가서던 유옥선의 얼굴이 조금 흐려졌다.

"말랐구나, 애."

오유진의 사정을 알고 있는 유옥선이다. 유옥선에게는 모두 말해주었는데, 저만 알고 있겠다고 했지만 이미 친구들에게 다 퍼뜨렸을 것이다. 앞자리에 앉은 유옥선이 다이아 반지가 끼워진 손으로 부채를 부치는 시늉을 했다.

"에이, 더워."

냉커피를 시키고 난 유옥선이 오유진을 바라보았다. 전화 연락만 했을 뿐으로 만나기는 넉 달 만이다.

"지현 아빠는 지금 어디 있니?"

"몰라."

"어쨌든 안됐다, 얘."

오유진은 대답하지 않았다. 우재섭에게 정부가 있었다는 이야기는 하지 않았던 것이다. 유옥선에게 헤어진 이유는 채권자들을 피하기 위해서 형식적으로 갈라선 것이라고 했으니 동정하는 것은 당연했다. 스트로로 냉커피를 한 모금 빨고 난 유옥선이 정색했다.

"백화점 3층에 직영 코너가 있어. 임시직인데 해볼래?"

"근무시간은 어떻게 되는데?"

"아침 9시부터 저녁 7시까지야. 어떤 때는 더 늦을 수도 있다는데."

"보수는 얼마나 돼?"

"임시직이니까 시간당 5천 원 정도."

잠시 망설이던 오유진이 머리를 끄덕였다.

"해볼게."

"넌 더 좋은 자리도 찾을 수 있을 텐데. 여행사나 그런 곳."

"그런 곳도 알아보았지만 며칠씩 집을 비워야 돼. 지현이 때문에 안 돼."

"그렇게 급하니?"

오유진이 머리만 끄덕이자 유옥선이 핸드백을 열더니 봉투 하나를 꺼내 내밀었다.

"이것, 우리가 모은 거야. 자존심 내세우지 말고 받아줘."

오유진의 시선을 받은 유옥선이 어색하게 웃었다.

"내가 대충 이야기했어. 어차피 다 알게 될 텐데 어떻게 하니? 애들도 많이 걱정하더라."

그때 바로 옆쪽 테이블로 두 사내가 다가와 앉았기 때문에 유옥선은 말을 그쳤다. 40대 중반쯤의 두 사내는 단정한 양복 차림이었는데 앉자마자 이야기를 시작했다.

"그럼 자네가 직접 이 사장을 만나 부탁을 해봐. 지금 세실 호텔에 있으니까."

"언제까지 있는 건데?"

"글쎄, 그 양반 스케줄을 내가 어떻게 아나?"

"몇 호실이야?"

"호텔 프런트에다 물어보면 돼. 쿠웨이트에서 온 이정국 씨라고 하면 알려줄 거야."

오유진이 머리를 돌려 사내들을 보았다. 눈이 크게 떠졌고 얼굴색이 하얗게 변해 있었다. 유옥선이 사내들의 목소리가 컸으므로 이맛살을 찌푸렸다.

"얘, 우리 저녁이나 먹으러 가자."

오유진이 겨우 시선을 돌렸을 때 사내들의 말이 이어졌다.

"가격만 맞으면 가져갈 거야. 그 양반은 한국에 있을 적에 크게 부도를 맞아봐서 어려운 사람 입장도 잘 알아. 그러니까 탁 까놓고 부탁을 해."

"그래? 언제 부도가 났는데?"

"8년 전이야. 부도를 내고 사우디로 도망을 쳤지."

"얘, 유진아, 가자."

다시 유옥선이 재촉하자 오유진은 자리에서 일어섰다. 그러다가 탁자에 다리가 걸려서 엽차 잔이 넘어졌다.

전광판의 시계가 밤 12시를 가리키고 있었다. 술잔을 들고 소파에 비스듬히 기대앉은 나는 창 밖으로 시선을 돌렸다. 저녁 7시 이후부터 나는 방안에만 박혀 있었던 것이다. 예상했던 대로 오유진은 전화를 해오지 않았다. 내 소식을 듣고 금방 연락을 해올 오유진이 아니다. 하지만 나에 대한 기억이 가동되기 시작했을 것이다. 고병수는 매끈하게 처리했다고 자신 있게 보고를 했으니 이것이 트릭이라고 생각하지는 않을 터였다. 한 모금 위스키를 삼킨 나는 다시 시계를 보았다. 지금부터 시간은 내 편이다. 나는 두 다리를 길게 뻗고 소파에 누웠다.

침대 끝에 걸터앉은 오유진은 잠든 지현의 얼굴에서 시선을 떼었다. 유옥선과 저녁을 먹고는 곧장 집으로 돌아와 방에만 박혀 있었던 것이다. 어머니가 무슨 일이 있느냐고 물었으나 머리만 젓고는 대답하지 않았다. 이정국이 가끔 생각날 때가 있었지만 길게 이어지지 않았었다. 그러나 중동의 어딘가에서 있는 줄로만 알았던 이정국이 서울에 와 있는 것이다. 하필 이때에.

무릎 위에 턱을 고인 오유진은 다시 이정국의 얼굴을 떠올리려 했지만 이목구비가 모두 틀어졌다. 그러나 목소리만은 기억났다. 그리고 섹스 때의 느낌도. 쓴웃음을 지은 오유진은 머리를 저었다. 도대체 왜 이런 때에 그 사람에 대해서 알게 되었단 말인가? 그것도 참으로 우연한 자리에서. 커피숍의 옆자리에 앉은 남자들의 이야기로 그 사람의 소식을 알게 되었다니. 오유진은 다시 머리를 저었다. 연락하지 않을 것이다.

대전에서 부모와 함께 사흘을 지내고 서울로 돌아온 나는 프런트에 체크했지만 오유진의 전화 메모는 없었다. 오유진이 내 존재를 알게 된 지 닷새째였다.

"오유진은 이틀 전부터 은성백화점 3층의 숙녀복 매장에서 일하고 있습니다."

방으로 찾아온 고병수가 말했다.

"시간당 5천 원씩 보통 하루 10시간 근무지요. 아주 고된 일입니다."

"아이는 할머니가 봐주나?"

"유아원에 다니더군요. 할머니가 데려옵니다."

"고집인가?"

나는 어금니를 물었다. 내 의도는 이것이 아니었다. 차라리 오유진이 시치미를 뗀 채 나한테 연락을 해오는 방법이 제일 무난했으며 울고 짜면서 신세 한탄을 늘어놓는 경우도 입맛이 썼겠지만 받아들일 생각이었다. 어쨌든 나는 자연스런 해후 방법으로 그 수를 썼으니까. 나는 이쯤 시간이면 오유진에게 충분한 여유가 있었으리라고 판단했다. 그리고 조건도 오죽 좋은가?

김 여사는 내가 이정국이라고 말했을 때, 숨 한번 마시고 내쉴 동안만큼 가만히 있더니 목소리가 높아졌다.

"그럼 그 이정국 씨, 이 사장 맞아요?"

"예, 그렇습니다."

"아이구, 오랜만이네요. 지금 어디 있어요?"

"서울에 와 있습니다."

"언제부터."

"온 지 일주일쯤 되었지요. 곧 돌아갈 겁니다. 그래서 인사나 드리려고."

"그럼 일은 잘 되었나요?"

"아, 부도 난 것 말씀입니까?"

"아, 그것도 그렇고……."

"다 해결했지요. 지금 외국에서 조그만 사업을 하고 있습니다."

"잘되셨네."

"유진이는 잘 있습니까?"

그러자 김 여사가 다시 가만있었으므로 나는 숨을 죽였다. 이것으로 김 여사의 의중을 읽을 수 있을 것이다.

"걘 잘 있어요."

나는 소리 죽여 숨을 뱉었다. 역시 오유진의 어머니답다. 이혼한 딸이 지금 백화점의 임시직원으로 다닌다는 말은 하지 못하는 것이다.

"잘 있다니 다행입니다. 결혼은 했겠지요?"

"그럼요. 딸도 있어요."

"유진이 행복을 빈다고 전해주십시오. 아니, 그러실 필요도 없을 것 같군요. 괜히 옛 상처를 건드리는 것이 될 테니까요."

"지금 어디 있어요?"

김 여사가 그렇게 물었을 때 나는 나도 모르게 주먹을 쥐었다. 걸려들었다.

세실호텔의 라운지에서 마주 앉았을 때 김 여사가 내 얼굴을 찬찬히 바라보았다.

"얼굴이 좋아지셨네."

"볕에 탔지요. 땡볕 속에서 사느라."

나는 손바닥으로 얼굴을 쓸며 웃었다. 오후 5시였다. 김 여사는 하늘색 투피스 정장 차림으로 나이보다 10년도 더 젊어 보였다. 낙천적인 성격의 사람은 더디게 늙는다. 김 여사가 물었다.

"일이 잘 풀렸다니 다행이고 그럼 서울에는 자주 왔어요?"

"아니, 이번에 처음 온 겁니다. 부채는 변호사를 시켜서 외국에서 해결했지요."

"그렇군요, 8년 만에 왔군요."

머리를 끄덕인 김 여사가 나를 바라보았다.

"외국에서 한다는 사업은 잘 돼요?"

"예, 그럭저럭."

"전화를 받고 놀랐어요. 잊고 있었거든요."

"당연하지요, 소리 없이 도망친 사람이 나타났으니까요."

시선이 마주치자 나는 웃어 보였다. 어쩌면 이 여자는 그때 내가 사라진 것을 잘된 일이라고 생각했을지도 모른다. 머리를 끄덕이는 김 여사를 향해 내가 말을 이었다.

"유진이한테는 비밀로 해주십시오. 괜히 평지풍파를 일으키기 싫으니까요."

시선을 내린 김 여사가 머리를 끄덕였다.

"알았어요. 그런데, 결혼은?"

"아직 혼자 삽니다."

"그렇군요."

"그런데 이것······."

나는 탁자 밑에 내려놓았던 선물봉투를 들어 김 여사에게 내밀었다.

"약소하지만 선물을 가져왔습니다. 그 동안 걱정을 시켜드린 것에 항상 마음이 무거웠습니다."

"이게 뭔데요?"

당황한 김 여사가 마지못한 표정으로 봉투를 받았다.

"내가 이 사장한테 이런 걸 받을 이유가 없는데."

"그냥 도망치지 않았습니까? 어쩔 수 없었지만 지금도 죄책감을 느끼고 있습니다."

"그게 잘한 거예요."

봉투를 내려놓은 김 여사가 긴 숨을 뱉었다.

"그래서 이렇게 다시 보게 되지 않았어요?"

"이것 봐라."

지친 오유진이 집으로 돌아왔을 때 김 여사가 팔을 잡아 소파에 앉혔다. 밤 10시여서 지현이는 이미 잠이 들었다. 김 여사가 선물봉투를 탁자 위에 놓더니 안에서 내용물을 꺼내었다. 보석함 대여섯 개가 어지럽게 쌓여있고, 김 여사가 서둘러 뚜껑들을 열었다. 응접실이 금방 환해졌다. 안에는 한눈에도 고급임을 알 수 있는 보석시계와 다이아가 박힌 목걸이와 팔지, 귀걸이 등이 들어 있었던 것이다.

눈을 둥그렇게 뜬 오유진이 김 여사를 바라보았다. 이것이 모두 진짜라면 수천만 원 가치가 나갈 것이다.

"이게 뭐야, 엄마?"

그러자 정색한 김 여사가 바짝 다가앉았다.

"오늘 이 사장 만났다. 이정국이."

김 여사가 순식간에 얼굴을 굳힌 오유진의 팔을 쥐었다.

"8년 만에 서울에 왔다는구나. 나한테 연락을 해와서 만났다."

"……."

"외국에서 사업을 하고 있다는구나. 한국 일도 다 깨끗하게 정리했고."

"……."

"너 잘 있느냐고 물어서 넌 결혼해서 잘 살고 있다고 했더니 행복하기를 바란다고 하더라. 자기 만났다는 말도 하지 말라더라."

오유진의 시선이 김 여사로부터 보석상자로 옮겨졌다. 이것은 뭐냐고 묻는 눈짓이다. 김 여사가 침을 삼켰다.

"나한테 걱정 끼친 보답으로 선물을 가져왔다면서 자꾸만 권하길래 받았더니 글쎄……."

김 여사가 턱으로 시계를 가리켰다.

"저 시계만 천만 원이 넘는다. 내가 보석상에 가서 알아보았어."

9일째가 되던 날 아침 9시 정각에 나는 오유진의 전화를 받았다. 전화기를 들고 응답을 했는데도 상대쪽이 잠자코 있어서 나는 곧 오유진인 것을 알았다. 그래서 나도 입을 다물고 기다렸는데 숨 두 번을 마시고 뱉었을 때 오유진이 말했다.

"저, 오유진이에요."

8년 만에 듣는 목소리였지만 하나도 변하지 않았다. 나는 가슴이 미어졌지만 목소리를 높였다.

"아, 유진이? 이게 웬일이야?"

"잠깐 뵐 수 있어요?"

"응, 그러지."

"제가 그쪽으로 갈게요, 오후 7시에."

전화기를 내려놓은 나는 길게 숨을 뱉었다. 선물 때문이다. 오유진은 선물을 돌려주려고 온 것인데, 김 여사가 자기는 못 가겠다고 했을 것이다. 어머니의 마음은 다 그렇다. 자식을 위해서는 얼마든지 뻔뻔해지고 거짓말도 예사로 하니까.

커피숍으로 들어서는 오유진은 크림색 긴소매 블라우스에 같은 색깔의 바지를 입었다. 그리고 캐주얼 단화를 신었는데 머리는 뒤로 묶어 넘겼다. 나를 본 오유진이 다가왔다. 자리에서 일어선 나는 웃음띤 얼굴로 오유진을 맞았다. 내 앞에 섰을 때 오유진은 머리를 조금 숙여 보였지만 얼굴은 긴장으로 굳어져 있다.

"잘 있었어?"

내가 물었을 때 오유진은 다시 한 번 머리를 숙여 보이는 것으로 대답을 대신했다. 앞쪽에 앉은 오유진이 들고 온 선물 봉투를 아예 탁자 위에 놓았다. 커피를 시키고 난 내가 오유진을 바라보았다.

"어머니한테 인사차 연락을 한 거야. 유진이한테는 아무래도 가정이 있을 것 같아서."

"……"

"잘 산다니 기쁘다. 이쁜 딸까지 있다면서?"

"……"

"그 선물 돌려주려고 온 것 같은데. 네가 뭘 오해하고 있는 것 같구나."

"……."

"나는 비록 너하고는 실패한 관계가 되었지만 주변 사람들과의 인연까지 끊을 수는 없었어. 그래서 귀국한 길에 어머니께 인사드린 거야. 그뿐이다."

"그렇게 안 하서도 돼요."

시선을 든 오유진이 나를 똑바로 보았다. 조금 늘어진 눈밑과 눈가의 잔주름 몇 개를 본 순간 내 가슴이 다시 내려앉았다. 내 인생에서 이 여자만큼 비중을 차지했던 사람은 없다. 나는 이 순간을 꿈꾸면서 8년을 버텨왔던 것이다. 그러나 이때를 상상하면서 수백 가지의 대사와 표정을 머릿속에 넣었지만 다 잊었다. 나는 머리를 끄덕였다. 어쨌든 지금까지의 내 작전은 성공이다. 오유진이 제 발로 나를 만나러 왔으니까.

"너는 그때 내가 떠난 건 이해할 수 있을 거야."

"……."

"그리고 나도 네가 가정을 이루고 산다는 이 현실을 이해한다."

의자에 등을 기댄 내가 가늘게 뜬 눈으로 오유진을 보았다.

"하나를 얻으면 다른 하나는 잃는가 보다. 신이 그렇게 공

294

평하게 배분을 해주는 모양이야."

오유진의 시선을 받은 내가 웃어 보였다.

"화장도 안 하고 일부러 바지 차림으로 왔구나. 일부러 그런 거냐?"

"저, 가겠어요."

오유진이 일어나려고 허리를 세웠을 때 나는 정색했다.

"애도 유아원에 다닐 정도면 너도 무슨 일을 하는 게 어때? 물론 네 남편과 상의해 봐야겠지만."

그 말에 잠시 움직임을 주춤한 오유진이 나를 보았다. 눈동자가 흔들렸고 얼굴빛이 붉어졌다가 곧 하얘졌다.

"쿠웨이트의 내 마켓으로 수출해가는 물품을 관리할 한국의 대리인 역할이야. 네가 충분히 해낼 수 있는 일이지."

"……."

"너하고 이젠 사업적으로 거래하자는 거다. 네가 어떻게 생각하든 간에 난 너와의 인연을 이런 식으로라도 잇고 싶은데."

오유진이 입을 반쯤 열었다가 닫았으므로 내가 서둘러 말했다.

"난 나흘 후에 떠난다. 그동안 생각해보고 연락해줘. 물론 네 남편하고도 상의한 다음에."

"오유진은 임시직원직에서 짤렸습니다. 오유진을 추천한 영업과장도 문책을 당했습니다."

고병수가 생기 있게 말했으나 나는 머리만 끄덕였다. 오유진을 만난 이후로 나는 기력이 떨어져 있었던 것이다. 그것은 내가 우려했던 이상으로 오유진의 나에 대한 감정이 흐트러져 있다는 것을 느꼈기 때문이다. 물론 나는 그런 경우도 예상하고는 있었지만 대개 내 위주로만 생각했으며 그것이 이제까지 내 생활의 활력이 되어주었으니까. 그래서 분했다. 고병수는 계획대로 백화점의 관리부에 투서와 전화로 오유진의 근무태도를 고발했는데 효과가 금방 나타났다. 오유진은 다음날에 잘린 것이다. 내 눈치를 살핀 고병수의 목소리가 조심스러워졌다.

"사장님, 사무실 보시지 않겠습니까? 집기도 모두 갖춰 놓았습니다만."

"나중에."

"그럼 물러가 있겠습니다."

고병수가 방을 나가자 나는 자리에서 일어나 옷을 갈아입었다. 영준과 동준을 만나려는 것이다. 아이들과는 사흘에 한 번씩 만나고 있었는데 이제 간격이 조금 좁혀졌다. 얼마 전까지만 해도 주로 내가 말하는 편이었지만 지금은 반반이다.

"이 사장한테 그 이야기했니?"

그 이야기란 우재섭과 이혼했다는 것을 말하는 것이다. 오유진이 머리를 젓자 김 여사는 긴 숨을 뱉었다.

"언젠가는 알게 될 것 아니냐?"

그것은 이정국과 다시 만난다는 가정을 짓고 말하는 것처럼 들렸다. 오유진은 밥을 반도 안 먹고 수저를 내려놓았다. 아직 어머니한테는 백화점에서 쫓겨났다는 말도 하지 않았던 것이다.

"엄마, 나, 힘들어서 백화점 그만뒀어."

"그래? 잘했다. 거기 나가지 않아도 우리 세 식구 밥은 먹는다."

어머니가 대번에 반색했다. 백화점에 나간 날은 열흘이 조금 넘었지만 어머니는 지현이 치다꺼리에 벌써 역증이 나 있었다. 본래가 분방한 성품이어서 열흘 동안 제대로 외출 한 번 할 수 없었으니 그럴만도 했다. 설거지를 마치고 방으로 들어갔을 때 어머니가 따라 들어왔다.

"애, 이 사장은 갔니?"

"아직 있을 거야."

"그날 본 다음에 연락 없었어?"

머리를 젓던 오유진이 무릎 위에 턱을 고이고는 어머니를 보았다. 어머니의 속을 읽을 수가 있었던 것이다.

"엄마, 나 지쳤어."

"그럼 자거라."

어머니가 정색을 했다. 말뜻을 알아차린 것이다.

"이것아, 난 너보다 더했다. 난 의지할 어머니도 없었어."

"……."

"너도 알겠지만 널 데리고 몇 번이나 집을 옮겨다녔니? 그 추운 날에도."

바짝 다가앉은 어머니가 오유진의 어깨를 가볍게 흔들었다.

"그리고 이정국이 같은 남자도 없었다."

오유진의 전화가 온 것은 만난 지 사흘 후였으니 떠나기 전날이다. 그때도 9시 정각에 전화를 해왔는데 우리는 12시에 호텔 커피숍에서 다시 마주 앉았다. 오유진은 이번에는 크림색 정장 투피스 차림으로 얼굴에는 옅게 화장을 했다.

"저, 일 하겠어요."

표정 없는 얼굴로 오유진이 곧 말했지만 입술 끝이 희미하게 떨렸다. 나는 정색하고 머리를 끄덕였다.

"잘했어, 사무실을 보러 가지."

호텔 리무진을 타고 테헤란로의 사무실로 가면서 내가 옆에 앉은 오유진을 바라보았다.

"우선 여직원 둘을 채용해서 경리와 잡일을 맡겨. 그러면

298

쿠웨이트의 마켓 영업부에서 팩스로 일할 내용이 보내질 테니까."

오유진이 머리만 끄덕였다. 서울사무소는 내년 초에 개설할 예정이었지만 오유진 때문에 석 달쯤 앞당겨진 셈이었다. 테헤란로의 빌딩 5층에 위치한 사무실은 30평쯤 되었는데 책상과 집기가 모두 갖춰졌고 컴퓨터도 신형이다. 잘 정돈된 사무실을 보자 오유진의 얼굴에 긴장감과 함께 생기가 떠오르고 있었다. 내가 뒤쪽 창가에 놓여진 책상을 턱으로 가리켰다.

"저기다, 네 자리가. 라시드·리 상사의 서울 지사장 자리야."

사무실에는 둘뿐이었으므로 목소리가 울렸다. 소파에 앉은 내 앞쪽 자리에 오유진이 다가와 앉았다.

"고마워요."

"고마울 것 없어. 네 외국어 실력이나 성품은 내가 다 아니까."

"열심히 할게요."

나는 머리를 끄덕이며 담배를 빼어 물었다. 왠지 허탈했기 때문이다. 이렇게까지 되었으면 당연히 일어나야 할 감동도 희열도 느껴지지가 않았다.

"곧 쿠웨이트에서 직원 두 명을 파견시킬 테니까 관리

잘해."

"쿠웨이트 사람인가요?"

"인도인이 될 거야."

12년 전의 이맘때쯤 나는 전시장의 보조사원으로 추천된 오유진을 처음 만났었다. 그때의 오유진도 지금처럼 긴장하고 있었던 것 같다.

점심시간이 되었을 때 우리는 근처의 호텔 일식당으로 갔다. 이제 오유진은 조금 긴장이 풀린 모습이어서 행동도 자연스러웠다. 방에 들어가 회를 시키고 나서 내가 오유진에게 물었다.

"남편 허락은 얻었겠지?"

"네."

시선을 내렸지만 오유진의 대답은 분명했다. 머리를 끄덕인 나에게 이번에는 오유진이 물었다.

"지금도 혼자 사신다면서요?"

"아니."

나도 모르게 나는 그렇게 대답해버렸다. 아직도 거짓말을 하는 오유진의 입장을 이해 못 하는 건 아니지만 거부감이 생긴데다 이제는 잡아놓았다는 안도감도 작용했을 것이다. 다음 말을 기다리는 듯 오유진이 나를 바라보고 있었다.

"여자가 있어. 쿠웨이트에서 식당을 하는 한국 여자지."

"아아, 네."

"내가 어려웠을 때 많이 도와줬어."

"……."

"난 사우디로 도망칠 때 거의 무일푼이었거든. 쿠웨이트에 가면 그 여자가 공짜로 밥을 먹여 주었어."

오유진이 머리를 끄덕이더니 이제는 표정이 더 풀렸다. 입장이 비슷하다고 생각했기 때문일 것이다.

"지금 생각하면 잘하신 일이네요, 그렇죠?"

"맞아, 여기 남아 있었다면 교도소에 갔을 것이고 너한테 이렇게 밥 사줄 수도 없었을 거야."

"그땐 서운했었어요."

"하지만 좋은 남자 만나서 잘살고 있지 않니? 나한테 고맙다고 해야 한다."

회가 나왔으므로 나는 젓가락을 들었다.

"어때? 남편은 무슨 일을 하니?"

"사업요."

오유진이 내키지 않은 듯 말했지만 나는 더 캐고 들었다.

"어떤 사업인데?"

"백화점에 숙녀복을 납품해요."

"그 정도면 공장 수준이 높겠는데."

회를 씹으며 나는 정색하고 말했다. 열흘 동안 백화점 숙녀복 매장에 있었던 것이 이 거짓말을 생산해낸 동기가 되었을 것이다. 우재섭하고 지금도 살고 있다면 가라오케 사장을 악기 제조업체 사장으로 변신시켰을까? 시선을 내린 채 간장에 겨자를 넣어 젓기 시작하는 오유진을 보자 나는 더 짓밟고 싶은 충동을 억제하지 못했다.

"언제 남편하고 같이 술이나 하지. 나를 아빠 후배쯤으로 소개하면 될 거야."

"그래요."

오유진이 선선히 머리를 끄덕였다. 많이 변했다. 예전의 오유진이라면 예민해서 이런 때는 음식에 입도 안 대었을 텐데 지금은 회를 맛있게 씹고 있었다.

이정국이 쿠웨이트의 한국식당 여주인하고 가까운 사이라는 말을 들었을 때 오유진은 자신의 마음이 조금 가벼워지는 것을 느꼈다. 그러나 한편으로는 어쩐지 허전했다. 이정국과 헤어져 집으로 돌아가는 택시 안에서 그 허전한 느낌은 더 강해졌으며 집에 도착했을 때는 기력까지 떨어져 있었다.

"어떻게 되었어?"

오유진이 들어서자 기다리고 있던 어머니가 반색하고 물었다. 어머니는 이정국의 제의를 열렬히 반겼던 것이다.

302

"하기로 했어."

그렇게 대답했지만 어머니는 오유진의 표정을 금방 읽었다.

"그런데 무슨 일 있니?"

"없어."

오유진이 화장실에 들어갔으나 어머니는 그곳까지 따라
왔다.

"언제부터 근무하는데?"

"내일부터."

"어머나, 사무실은 있어?"

"있어."

어머니가 손을 씻고 나오는 오유진의 팔을 끌어 소파에 앉
혔다.

방에서 나온 지현이가 칭얼대자 어머니는 얼른 선반 위에
놓인 과자봉지를 쥐어주어 입을 막았다.

"그런데 네 표정이 왜 그래?"

"내가 왜?"

"왜 그렇게 풀이 죽어 있냔 말이야."

"피곤해서 그래."

"그럼 쉬어라."

조금 미심쩍은 표정이었지만 어머니는 마침내 오유진을 놓
아주었다. 방으로 들어선 오유진은 옷을 갈아입었다. 그리고

는 이정국을 만난 다음 처음으로 자신을 냉정하게 돌아볼 수 있었다. 그에게 기대를 걸고 있었던 것이다. 그것은 무의식중에 강하게 부정되어 미처 형상화되지도 않았지만 이렇게 증거로 나타났다. 그에 대한 소식을 들었을 때부터 그 기대는 꿈틀거리기 시작했던 것 같다. 그리고 거부감도, 벽에 등을 붙이고 앉은 오유진은 무릎 위에 턱을 놓았다. 그 거부감은 떳떳하지 못한 자신의 입장을 공격적으로 방어하려는 본능이 아니었을까? 만일 우재섭과의 관계가 원만했다면? 그렇게 가정해본 오유진은 풀썩 웃었다. 이정국을 만나지도 않았을 테니까.

우재섭이 찾아온 것은 이정국이 쿠웨이트로 떠난 닷새 후였다. 마침 일요일이어서 지현이와 함께 집에 있었던 오유진은 어쩔 수 없이 문을 열어 주었다. 지현이가 아빠 목소리를 듣고 먼저 깡충깡충 뛰었으니까.

"어머니는 어디 가셨어?"

집안을 둘러보며 우재섭이 어정쩡한 자세로 물었다.

"근처에 잠깐, 곧 오실 거야."

그렇게 말했지만 어머니는 친구들과 새벽에 강원도 온천으로 갔다. 밤에야 돌아올 것이었다. 우재섭은 지현이 장난감을 가져왔으므로 지현이는 그것에 정신이 팔려 그들 대화를 방해하지 않았다. 우재섭이 그늘진 얼굴로 오유진을 보았다.

"미안해, 모두 내 잘못이야."

"……."

"나, 당신 만나고 자수하려고 해. 이렇게 도망다닐 수만은 없어."

오유진의 시선을 받은 우재섭이 희미하게 웃었다. 그 동안 볼이 핼쑥해졌고 몸도 말랐는지 양복 소매가 길어진 것 같았다.

"내가 알아보니까 구속 안 될 수도 있다는군. 재판은 받겠지만."

"……."

"어쨌든 빚은 갚아야지. 내가 너무 욕심을 부린 통에 당신하고 지현이한테 죄를 지었어."

잠자코 있던 오유진이 일어나 냉장고에서 주스를 가져와 앞에 놓았다. 우재섭과 이야기하고 싶은 기분이 아니었던 것이다. 우재섭이 힐끗 오유진의 눈치를 보았다.

"한 마담 건, 입이 열 개 있어도 할 말이 없어. 당신한테 그것을 사죄하러 왔어."

"이젠 끝난 일이야. 그럴 필요는 없어."

차갑게 말한 오유진이 우재섭을 똑바로 바라보았다.

"그리고 오늘은 받아들였지만 이렇게 찾아오지 말았으면

좋겠어. 지현이도 적응해가고 있으니까."

"지금은 형편이 그렇지만 내가 생활비는 꼭 보낼 테니까."

우재섭이 주머니에서 구겨진 봉투를 꺼내 탁자 위에 내려 놓았다.

"보태 쓰라고 1백만 원 가져왔어. 지현이한테라도 써줘."

"난 필요 없어."

머리를 저은 오유진이 눈으로 봉투를 가리켰다.

"가져가. 나 회사에 나가. 생활비는 충분히 번단 말이야."

"옥선 씨한테 들었어. 백화점 일도 그만두었다고."

그러자 오유진의 얼굴이 금방 달아올랐다.

"글쎄, 내가 거기처럼 거짓말이나 하는 사람같이 보여?"

자리에서 일어선 오유진이 눈으로 문을 가리켰다.

"날 돕는 건 나가주는 거야, 제발 나가줘."

우재섭이 일어섰지만 봉투는 집지 않았다. 그래서 오유진이 집어 그의 주머니에 쑤셔넣었는데 곧 방바닥으로 내던져졌다. 우재섭이 굳어진 얼굴로 오유진을 보았다.

"그래, 네가 여유가 있더라도 좋아. 지현이에 대한 내 부담이라고 생각해줘."

허리를 굽혀 봉투를 집기도 싫었으므로 오유진은 어금니만 물었고 우재섭은 신발을 신었다. 우재섭이 두리번거렸지만 지현이는 말하는 인형을 가지고 제 방에 들어가 있었다.

"나, 갈게."

가라앉은 목소리로 말한 우재섭이 문을 열고 밖으로 나가자 오유진은 자물쇠를 채웠다. 그러고는 두 손으로 얼굴을 감싸고 소리없이 울었다. 우재섭이 불쌍해서가 아니다. 그에게는 조금도 미련이 남아 있지 않았다. 그래서 그 자세로 선 채 오유진은 맹렬하게 그 이유를 찾았다. 그러나 얼른 답이 떠오르지 않았다. 이정국의 얼굴이 어른거리는 것 외에는.

쿠웨이트에서 파견된 모신과 챠드는 인도인으로 20대 중반이었는데 일 처리에 능숙했다. 그들은 마켓 관리부에서 한국 대리점 발령을 받은 것을 큰 영전으로 생각하는 눈치였고 오유진에게 깍듯했다. 구인광고를 통해 여직원 둘은 먼저 채용해 놓은 상태여서 라시드 · 리 한국대리점의 진용은 갖춰졌으며 일도 질서가 잡혀가고 있었다. 10월 중순이다. 점심을 마치고 돌아온 오유진이 책상 위에 놓여진 팩스를 점검할 때 모신이 다가와 섰다. 같이 일한 지 보름이 넘었으므로 이제는 대화가 제법 통한다.

"숙소를 구했습니다."

"그래요? 어디에다?"

오유진이 반갑게 물었다. 모신과 챠드는 그 동안 호텔 생활을 했던 것이다. 모신이 검은 얼굴을 펴고 웃었다.

"사무실에서 5분 거리에 있는 오피스텔입니다. 저희들이 살기에 아주 편리한 곳이더군요."

"잘 되었네요."

"더구나 살고 난 다음에 임대료를 되돌려 받고 말입니다. 한국은 멋진 곳입니다."

오유진은 그냥 웃기만 했다. 오피스텔이라면 진력이 나도록 살아본 오유진이다. 그곳에서 여자로 성숙했다고 볼 수도 있다. 이 사람들의 보스인 이정국에게 길들여져서. 마침 사무실에는 둘밖에 없었으므로 오유진은 모신과 함께 소파에 마주앉았다.

"라시드 · 리 회사의 규모는 얼마나 돼요? 난 아직 잘 모르고 있어요."

"그렇습니까?"

모신이 흰 이를 내보이며 웃었다.

"쿠웨이트에 두 곳의 마켓이 있고 무역상사가 한 곳 있지요. 연간 매출액을 모두 합하면 미화로 8억 불은 됩니다."

"……."

"라시드 씨와 한국인 이정국 씨의 공동소유인 회사지요. 이정국 씨는 사우디 제다에도 쟈레크 · 리란 합작회사가 있고 유럽에 투자한 곳도 많습니다."

그가 엄지손가락을 세워 보였다.

"그가 실질적인 오너인 셈이지요. 지금은 라시드 씨가 반 은퇴 상태라 아들을 교육시키고 있습니다."

오유진이 잠자코 머리를 끄덕였다. 회사 규모가 큰 줄은 알았지만 이렇게까지 되어 있을 줄은 몰랐던 것이다. 이정국이 사우디로 도망쳐 들어간 것이 만 8년 전이다. 오유진의 표정을 본 모신의 목소리에 더 활기가 띠어졌다.

"라는 우리 같은 비즈니스맨의 우상과 같은 사람이지요. 이국에서 꿈을 이룬 사람이니까요. 그가 빈손으로 사우디로 도망쳐 왔다는 것도 모르는 사람이 없습니다."

머리를 끄덕인 오유진이 탁자로 시선을 내렸다. 그러고는 문득 그가 꿈을 이루었는지 궁금해졌다. 외면적인 성공은 말고. 과연 그는 어떤 꿈이 있었을까? 다른 건 다 포기했을까?

"넌 운이 좋다."

사무실을 둘러본 유옥선이 단정하듯 말했다. 오후에 전화를 해온 유옥선은 이쪽 사정은 개의치도 않고 바락바락 사무실 위치를 묻더니 찾아온 것이다. 사무실 전화번호는 어머니한테서 들었다고 했다. 아마 어머니는 자랑삼아 얼른 대주었을 것이고. 상담실의 유리창 밖으로 모신과 차드의 일하는 모습이 보였다. 유옥선이 오유진에게로 머리를 돌렸다.

"라시드·리란 회사는 무역회사야?"

"응."

"어머니 말씀 들으니까 쿠웨이트 회사라며?"

힐끗 유옥선의 눈치를 본 오유진이 머리를 끄덕였다. 어머니는 이정국의 이야기는 안 했을 것이다.

"월급은 얼마나 받아?"

"수당까지 합하면 5천 불쯤 돼."

"월급이?"

눈을 둥그렇게 뜬 유옥선이 되물었다가 오유진의 표정을 보더니 어깨를 늘어뜨렸다.

"어머, 어머, 세상에. 그럼 월급이 5백만 원이 넘네."

오유진은 가만 있었다. 거기에다 회사에서 대형 승용차가 주어졌고 승용차 유지비로 월 1천 불이 더 주어진다. 그것을 보탠다면 유옥선의 거부감은 더 심해질 것이다. 그것만으로도 유옥선의 얼굴은 이미 일그러져 있었으니까.

"어쨌든 넌 운이 좋은 년이야."

"그 동안 너한테 신세 많이 졌다. 그리고 네 남편한테도."

"그런데, 참."

겨우 정신을 수습한 듯 유옥선이 바로 앉았다.

"지현 아빠 소식 들었니? 사흘 후에 재판을 받는데 아무래도 형을 살게 될 것 같다고 애 아빠가 그러더라."

"……."

310

"당좌 3억이 걸려 있는 것이 문제래. 채권자 측에서 변호사를 사서 아주 강하게 나온다는구나."

우재섭과 유옥선의 남편 차영균은 아내들 모임에서 만나 서로 친하게 지낸 사이였다. 아마 궁지에 몰린 우재섭이 차영균을 만나 하소연했을 것이다. 오유진이 잠자코 있자 유옥선이 다시 유리창 바깥 사무실을 둘러보는 시늉을 했다.

"너는 이렇게 잘됐는데 그 사람은 안됐다."

비꼬는 것처럼 들렸으므로 오유진은 어금니를 물었다. 유옥선은 아직도 채무관계로 둘이 갈라선 것으로 알고 있는 모양이었다. 그래서 입을 반쯤 열었던 오유진은 어깨를 늘어뜨리고는 시선을 돌렸다. 그 일을 말하기는 싫었다.

가슴에 모두 묻고

날씨가 싸늘하긴 했지만 우재섭은 추위를 더 느낀 듯 목을 움츠리고 두 손을 바지 주머니에 넣은 채 김인수 변호사 사무실로 들어섰다. 오후 3시 10분 전이었다.

"어, 우 사장. 이리 와."

안쪽의 방에서 마침 이쪽을 내다보던 김인수가 오늘따라 반색을 하고 불렀으므로 우재섭은 어깨를 폈다. 방에 들어서자 김인호의 앞쪽 의자에 앉아 있던 사내가 힐끗 우재섭을 바라보았다. 김인호가 문을 닫더니 우재섭에게 사내를 눈으로 가리키며 말했다.

"인사해. 내 선배 변호사인 강 변호사셔."

"안녕하십니까?"

우재섭이 허리를 굽혀 인사를 하자 40대 중반쯤의 사내가 일어나 손을 내밀었다.

"반갑습니다. 강용만입니다."

인사를 마친 그들은 김인수를 향하고 나란히 앉았다. 김인수는 우재섭의 고등학교 선배로 이번에 그의 사건을 맡았지만 일 처리가 불성실했다. 아예 채권자들과 합의는 하지도 않았는데, 그쪽이 워낙 강경한 때문이기도 했지만 우재섭은 자신이 수임료를 아직 내지 않은 것이 그 이유라고 보았다. 그래서 오늘 김인수가 부른 것은 수임료 독촉 때문이라고 믿고 있었다. 김인수가 부드러운 시선으로 보았으므로 우재섭은 얼른 시선을 내렸다.

"이봐, 자네 이정국 씨라고 알아?"

시선을 든 우재섭이 머리를 갸웃거리자 김인수가 얼굴에 웃음을 띠었다.

"자네 와이프, 아니 엑스 와이프가 지금 다니고 있는 회사의 사주가 이정국 씨야. 라시드 · 리 상사라고."

"모르겠는데요?"

눈을 크게 뜬 우재섭이 건성으로 대답했다. 자신은 오유진이 회사에 다닌다는 것도 모르고 있었던 것이다. 그때 옆에 앉아 있던 강용만이 헛기침을 했다

"내가 라시드 · 리 상사의 고문 변호사요. 오늘 만나자고 한 건 내가 우 형한테 드릴 말씀이 있어서요."

"아아, 예."

"김 변호사하고 상의했는데 이대로 가면 내일 재판에서 법

313

정구속이 불가피해요. 정상 참작이 안 됩니다."

우재섭이 머리만 끄덕였다. 이미 각오 하고 있던 참이었다. 김인수는 최소 6개월에서 1년 6개월까지 교도소에서 살 작정을 하라고 했었다. 강용만이 정색한 얼굴로 우재섭을 보았다.

"그런데 이정국 씨가 우형의 채무를 대신 갚아주겠다고 하셨습니다. 그래서 내가 이곳에 온 거요."

"아니 왜요?"

난데없는 일이어서 우재섭이 갈라진 목소리로 물었다. 눈을 크게 뜬 우재섭이 곧 머리를 저었다.

"난 와이프하고 이혼한 몸입니다. 와이프 회사에서 내 채무를 변상해줄 이유가 없어요."

"이미 갚았어."

이맛살을 찌푸린 김인수가 우재섭을 노려보면서 혀까지 챘다.

"이 친구야, 거기다 내 수임료도 받았단 말이네."

이제 우재섭의 얼굴은 붉게 상기되었다. 그가 강용만에게 상체를 바짝 붙였다.

"도대체 어떻게 된 일입니까?"

"이정국 씨가 직원들의 신상 조사를 하다가 알게 된 겁니다. 이 일은 우 형 엑스 와이프도 모르고 있는 일이오."

"그 사람이 그렇게 돈이 많습니까?"

"어허, 이 사람이?"

강용만이 눈썹을 치켜 올리더니 목소리가 굵어졌다.

"우 형은 못 쓰겠군. 사람의 호의를 그런 식으로 매도하는 것이 아니오."

그러자 김인수도 목청을 높여 거들었다.

"이 친구가 도대체 왜 이래? 나도 지금 들었지만 이정국 씨는 쿠웨이트에서 성공하기 전에 자네하고 똑같은 처지가 되었어. 부도를 맞고 도망친 거야. 그래서 직원들 신상 조사를 하다가 순수한 동정심으로 도와준 것인데 뭐가 어째?"

그러자 강용만이 목소리를 조금 낮춰 말을 이었다.

"그렇소, 내가 이정국 씨 고문 변호사로 부채를 하나씩 해결했어요. 이번에도 우형 일에 대해서 내가 직접 지시를 받고 처리한 거요."

"……."

"그 양반은 우형이 엑스 와이프하고 다시 결합했으면 좋겠다는 말까지 합디다. 언제 서울에 오셨을 때 인사나 하시오."

마침내 우재섭의 머리가 숙여졌다. 그러나 아직 입은 열지 못하고 숨만 뱉었다. 김인수도 목소리를 부드럽게 했다.

"이봐, 내일 재판에 나갈 필요도 없어. 오늘 중으로 다 끝낼 테니까."

바람이 세게 부는 11월 초순의 오후에 오유진은 우재섭의 전화를 받았다. 회사 근처에 와 있다는 것이다. 금방 유옥선의 얼굴을 떠올린 오유진은 이랫입술을 물었다가 장소를 정하고는 전화기를 내려놓았다.

회사 근처의 커피숍으로 들어섰을 때 이쪽을 바라보고 앉아 있던 우재섭이 손을 들었다. 긴장한 표정이어서 오유진은 와락 짜증이 났다. 우재섭이 웃는 얼굴이었다고 해도 그랬을 것이지만. 냉랭한 표정으로 오유진이 앞에 앉자 우재섭이 다가온 종업원에게 커피를 시켰다. 오유진이 치켜 뜬 눈으로 우재섭을 보았다. 바바리 코트 차림에 머리는 짧게 깎아서 더 야위어 보였다.

"여긴 어떻게 알고?"

"나도 오고 싶어서 온 것이 아냐."

정색한 우재섭이 오유진의 말을 막았다.

"그냥 도망치고 싶었지만 너한테 또 죄를 지어서 말이나 해주려고."

오유진이 우재섭의 충혈된 눈을 보고는 가만있었다. 커피잔이 놓였지만 그들은 손도 내밀지 않았다.

"나, 사건 다 해결되었다. 채권자들한테 빚 다 갚았어."

우재섭이 헛기침을 했지만 목소리는 더 갈라졌다.

"그런데 그 부채를 네 회사 사장인 이정국 씨가 갚아준 거야."

놀란 오유진의 얼굴이 금방 하얗게 굳어졌고 우재섭의 목소리가 이어졌다.

"직원 신상 조사를 하다가 내 처지를 알게 되었다는군. 내 처지가 그 사람의 처지와 비슷했다는 거야. 그래서 변호사를 통해 사건을 해결해주었다더군."

"……."

"나도 놀랐어. 거절하려고 했지만 이미 다 끝난 후였어."

어깨를 늘어뜨린 우재섭이 호흡을 가다듬더니 오유진을 보았다.

"미안해. 너도 모르고 있었구나?"

"……."

"나도 황당해서 뭐가 뭔지 모르겠다. 그래서 그분이 서울에 오시면 인사나 드리려고, 돈은 꼭 갚겠다고."

머리를 든 오유진이 입을 반쯤 열었다가 닫았다. 우재섭이 긴 숨을 뱉더니 자리를 고쳐 앉았다.

"난 내일 일본에 가. 매형이 와 보라고 해서. 당분간 서울에 못 올지도 몰라."

"……."

"정말 미안하다."

꾸물대며 우재섭이 일어났어도 오유진은 커피잔만 내려다

본 채 움직이지 않았다.

사무실로 돌아온 오유진은 회의실로 들어가 앉았다. 이제 충격은 많이 가셔졌지만 머릿속이 텅 빈 것 같았고 가슴은 미어졌다. 그러나 마음 한 구석에는 개운한 느낌도 있었다. 이정국이 언제부터 이혼한 사실을 알게 되었을까, 하고 생각했다가 금방 지웠다. 이미 부질없는 짓이었다. 그냥 왜 우재섭을 도와줬는가를 생각했다. 그때의 이정국과 우재섭은 비슷한 경우이긴 했다. 그리고 오유진은 이를 악물었다. 이정국은 서경희와 내가 똑같이 행동했다고 믿는 것일까? 혹시 나를 보면서 서경희의 행동을 연상하게 되는 것일까? 혼란에 빠진 오유진은 마침내 두 손으로 이마를 고이고는 테이블에 엎드렸다. 그리고 보면 이정국이 자신과 불륜을 맺고 있던 과정과 우재섭과 한미연의 사연도 비슷하다. 서경희도 이정국과 나와의 관계를 알고 있었으니까.

"아마 우재섭은 내막을 이야기했겠지요."
고병수가 목소리를 높여 말을 이었다.
"그러고는 다음날인 어제 일본으로 떠났습니다."
"수고했어."
전화기를 내려놓은 나는 창 밖으로 펼쳐진 쿠웨이트 시가

지의 야경을 보았다. 밤 12시였다. 서울 시간은 새벽 6시일 테니 고병수는 보고할 때마다 새벽잠을 설칠 것이다. 양명이 소리 없이 다가오더니 새 아이스박스를 놓고 테이블 위를 치웠다. 화장기가 없는 옆얼굴이 매끈한데다 콧날의 선이 보기 좋게 뻗쳐져 있었다. 나는 술기운으로 흐려진 눈을 가늘게 떴다.

"양명, 나하고 같이 생활한 지 몇 년째지?"

"4년하고 5개월째 됩니다."

허리를 편 양명이 눈웃음을 쳤다. 날씬한 몸매를 과시하는 데는 중국옷이 적당하다. 가슴과 허리의 선으로 내 시선이 옮겨갔지만 양명의 표정은 변하지 않았다.

"갑자기 그건 왜 물으세요?"

"넌 중국에 있는 애인이 딴 여자하고 결혼했다면 어떻게 할 테냐?"

그러자 양명이 활짝 웃었다.

"제가 보내준 돈으로 아버지는 마을에서 제일 가는 부자가 되었어요. 저하고 결혼하면 당장에 부자가 될 텐데 그럴 리가 없습니다."

나는 따라 웃었다.

"그렇군. 네가 주도권을 쥐고 있구나."

"제 한 달 월급이 그 사람의 일년분 월급과 같으니까요."

양명이 허리를 비틀자 허리까지 터진 치마 사이로 허벅지가 드러났다. 지난번 라시드가 집에 들렀을 때의 눈빛이 떠올랐으므로 나는 시선을 돌렸다. 그는 나와 양명이 이미 깊은 관계인 줄로 믿는 모양이었고 대부분의 고용주는 고용인의 몸까지를 소유했다. 물론 상당한 몸값을 받는 터라 처음부터 그것을 기대하는 고용인도 있다. 내 표정을 살핀 양명이 소리 없이 물러갔다. 처음에 양명은 은근히 나를 유혹했지만 내 반응을 보고는 태도를 고쳤다. 만일 양명이 그짓을 계속했다면 내보냈을 것이다. 성욕이 일어날 때 나는 가끔씩 외국에 나가 해결했지만 집에서는 안 한다고 마음먹었으니까. 사우디에 있는 필리핀계 혼혈인 마리도 마찬가지다. 나는 제다와 이곳의 집에서 오유진과 함께 있었다. 물론 공상 속에서이지만.

오유진의 전화가 온 것은 다음날 오전이었으니 서울 시간으로는 오후였다.

"언제 오세요?"

쟈타 마켓의 사장실에 있던 나는 긴장했다. 오유진은 이제까지 한번도 나에게 직접 통화하지 않았다. 업무상 마켓의 관리부장 통제하에 있었기 때문이다.

"글쎄, 서울 사무소가 생긴 터라 특별히 갈 일이 없는데 내 개인 일이라면 모를까."

나의 조심스러운 대답에 오유진이 가만있더니 불쑥 말했다.

"만나서 드릴 말씀이 있어요."

"그렇다면 이쪽으로 와. 어차피 본사도 봐야 할 테니까."

"그럼 가겠어요."

"내가 관리부장한테 말해놓지."

전화기를 내려놓은 나는 한동안 가만있었다. 오유진이 할 말은 이미 다 알고 있었다. 무슨 생각을 하는지도 대충 짐작할 수도 있다. 머리를 든 나는 창밖으로 펼쳐진 사막을 보았다. 꿈은 이루려고 노력할 때가 벅차고 눈물겨우며 절실한 법이다. 나는 망설이고 있었다.

쿠웨이트 공항에 비행기가 착륙했을 때는 현지 시간으로 오후 1시 반이었다. 짐을 찾은 오유진이 입국 검사대로 다가가 늘어선 사람들 뒤에 섰을 때였다. 제복을 입은 세관원과 아랍 정통복장의 사내가 다가와 섰다.

"한국에서 오신 미스 오입니까?"

아랍 정통복장이 영어로 물었다. 오유진이 머리를 끄덕이자 사내가 가방을 쥐었다.

"여권은 이 친구 주십시오. 자, 나가시지요."

세관원이 앞장을 섰고 뒤를 따른 그들은 순식간에 대합실로 빠져 나왔다. 대합실 밖의 청사 앞에는 검정색 벤츠가 주차되어 있었는데, 그들이 다가가자 운전사가 뛰어나와 뒷문을 열었다.

"타시지요."

아랍 정통복장이 정중히 말하더니 오유진을 뒷좌석에 태우고 자신은 트렁크에 짐을 싣고 나서 앞좌석에 탔다. 벤츠는 소리 없이 청사를 빠져 나와 햇볕이 눈부시게 덮인 도로로 들어섰다. 앞좌석의 사내가 몸을 돌려 오유진을 보았다.

"저는 상사의 영업담당 아즈람입니다. 미스터 리는 부인을 자택으로 모시라고 지시하셨습니다."

오유진이 머리만 끄덕였다. 관리부장이 보낸 쿠웨이트행 일등석 티켓을 사용하여 도착했지만 본사를 탐방하는 시늉을 낸다는 것도 어색한 일이다.

사적인 일로 왔으니 저택에서 만나는 것이 오히려 자연스러울 것이었다.

저택까지는 30분쯤 걸렸다. 길 양쪽의 건물 사이로 사막이 드러나기 시작할 때에 10여 층쯤 되는 웅장한 건물 앞에서 벤츠가 멈춰선 것이다. 아즈람과 운전사가 가방을 들고 앞장을 섰고 오유진은 뒤를 따랐다. 현관에 들어서자 티 한 점 없는 로비에 서 있던 경비원이 그들에게 경례를 올려붙였다. 엘리베이터로 다가간 아즈람이 버튼을 누르고 나서

322

오유진을 바라보았다.

"5층입니다. 미스터 리께서는 오후 5시에 돌아오실 것입니다."

"네, 알겠어요."

오유진은 잘 훈련된 사람들이라고 생각했다. 이쪽에 부담을 주지 않으면서 편하고 정중하게 안내를 하는 것이다. 엘리베이터를 타고 5층에서 내리자 앞쪽 문 앞에 진홍빛 중국옷 차림의 미인이 서 있었다. 오유진과 시선이 마주치자 여자는 허리를 숙여 절을 했다.

"어서 오십시오."

당황한 오유진이 따라 머리를 숙였을 때 여자의 얼굴이 빨개졌다.

"저는 이곳 메이드입니다. 어서 이리로."

오유진은 여자를 따라 열려진 문 안으로 들어섰다. 문 안쪽에 가방을 내려놓은 아즈람과 운전사가 역시 한국식 절을 하더니 물러갔다. 문 안쪽은 넓은 라운지였다. 여자가 오유진을 계단 쪽으로 안내하더니 부드럽게 말했다.

"우선 마실 것을 드릴까요, 부인?"

아파트는 2층 구조로 아래층이 라운지와 응접실, 주방 등이 있었고 2층의 나선형 계단을 올라가자 대형 유리벽 밖으로 사막이 펼쳐져 있는 것이 보였다.

오유진은 2층의 홀로 안내되어 소파에 앉았다. 집안은 조용했고 시원했다. 사막 한쪽에 솟아오른 정유소의 굴뚝에서 검은 연기가 뿌연 하늘로 흩어지고 있었다. 얼음을 띄운 주스를 받쳐 든 여자가 다가왔다.

"오렌지주스를 잘 드신다고 들었습니다."

주스잔을 내려놓은 여자가 소근대는 듯한 목소리로 말했다.

"저는 양명이라고 합니다. 중국인이죠."

"반가워요, 양명 씨."

주스 잔을 든 오유진이 웃음 띤 얼굴로 양명을 보았다.

"내가 오렌지주스를 좋아한다는 걸 누구한테 들으셨죠?"

"서울 지사에 알아보았습니다."

오유진은 소리 없이 웃었다. 지사의 냉장고에 오렌지주스를 몇 박스 사다 놓은 것을 보고 모신 아니면 차드가 그렇게 알려준 모양이었다. 양명이 손으로 옆쪽 방들을 가리켰다.

"저쪽은 욕실이고 그 옆방이 부인의 침실입니다. 갈아입으실 옷들도 모두 준비가 되어 있습니다."

욕실에는 물이 가득 차 있었는데 대리석 욕조는 동네 목욕탕만큼이나 컸다. 욕조에 몸을 담갔던 오유진은 곧 일어났다. 왠지 불안했기 때문이다. 그래서 타월로 몸을 감은 채 옆쪽 방으로 들어섰다. 옷방이다. 벽에 붙여진 장롱의 문을 연 오유진은 눈을 크게 떴다. 수백 벌의 옷이 걸려 있었던 것이다. 모두 여자 옷이다. 정장에서부터 나이트 가운에 이르기까지 수백 가지 색상과 스타일의 옷은 모두 상표도 떼지 않았다.

뒤쪽 문에서 가벼운 노크소리가 울리더니 양명이 들어섰다.

"아마 사이즈가 맞으실 겁니다."

다가선 양명이 웃음 띤 얼굴로 말했다.

"주인님께서 가끔 몇 벌씩 가져오신 것을 제가 이곳에 정리해놓았지요. 지금까지 저는 그 이유를 몰랐는데 이제야 알게 되었군요."

시선이 마주치자 양명이 흰 이를 드러내며 웃었다.

"모두 부인 옷을 가져오신 것이지요. 수년도 더 전부터였으니까 유행이 지난 옷도 있을 겁니다."

내가 아파트로 들어선 것은 오후 5시 정각이었다. 벨이 울리고 아래층 로비에서 양명의 맞는 소리를 들었는지 오유진이 계단쪽을 바라보며 서 있었다. 나선형 계단을 밟아 올라오던 내 몸이 오유진 쪽으로 틀어졌다. 시선이 마주쳤을 때 나는 얼굴에 웃음을 띠었다.

"기다렸어?"

다가선 내가 오유진의 위아래를 훑어보았다.

"맞는구나."

오유진은 옷장에 걸려 있던 실내복을 입었다. 내가 소파에 털썩 앉자 긴장한 오유진은 앞쪽에 앉았다. 아직 오유진은 인사도 하지 않았다. 양명이 소리 없이 올라와 내 앞에 주스 잔을 내려놓고 돌아갔다. 내 시선을 받은 오유진이 마침내 입을 열었다.

"제 전 남편, 그러니까 우재섭 씨하고 이혼한 이유는 부채 때문이 아녜요."

목소리가 떨렸기 때문인지 오유진은 이맛살을 찌푸렸다.

"그 사람의 여자관계 때문이었어요."

"이제 그만."

손을 들어 보인 내가 주스를 한 모금 마시고는 턱으로 사막을 가리켰다.

"저 사막을 봐. 얼마나 건조한지."

소파에 상반신을 기댄 나는 목소리를 낮추었다.

"하지만 저쪽이 동쪽이야. 네가 있는 곳."

"……."

"난 이렇게 앉아서 우두커니 저쪽을 바라보는 버릇이 들었어."

머리를 든 나는 오유진을 향해 웃어 보였다.

"그러면서 네 생각을 하는 거야. 일 하다가 피곤하면 서둘러 이곳으로 와서 널 만나는 거지."

326

"······."

"너하고 만나는 수백 가지 방법을 이 자리에서 공상을 했지. 수천 가지 단어가 만들어졌고. 그리고 물론 네가 처해진 상황도 다 가정해보았어."

내 얼굴로 시선을 돌린 오유진의 얼굴은 굳어져 있다. 나는 눈을 부릅뜨고 있었는데 얼굴도 붉게 상기되었던 것 같다. 이윽고 나는 길게 숨을 내뿜고는 어깨를 늘어뜨렸다.

"이렇게 널 이곳까지 끌고 온 것도 아마 그 방법 중의 하나가 될 거야. 하지만 웬일인지 나는 더 허전하다."

나는 긴장으로 굳어진 채 눈만 깜박이는 오유진을 그때서야 의식하고 눈빛을 낮추었다.

"네 손을 잡아도 되겠니?"

내가 물었을 때 오유진은 잠자코 손을 내밀었다. 나는 오유진의 손을 두 손으로 감싸안고는 상체를 숙여 볼에 붙였다.

"나는 네가 행복한 경우를 상상하면 분했다. 난 그런 인간이다."

"그만해요."

오유진이 손을 뻗더니 내 머리칼을 부드럽게 쓸었다.

"자꾸만 입 밖으로 말을 내놓지 말아요."

이제는 오유진의 목소리가 차분해졌다. 내 어깨를 어루만지며 오유진은 말을 이었다.

"당신은 원하는 걸 가질 자격이 있어요."

다음날 아침 오유진이 잠에서 깨어났을 때는 8시 반이었다. 시차 때문에 늦게 잤기 때문이다. 옷을 걸쳐 입은 오유진이 2층의 홀로 나갔을 때 양명이 웃음 띤 얼굴로 다가왔다.

"곧 식사 준비하겠습니다."

오유진이 주위를 둘러보는 시늉을 했다.

"미스터 리는?"

"일찍 회사에 나가셨습니다."

머리를 끄덕인 오유진은 홀의 소파에 앉았다. 사막 위로 아침 해가 한 뼘쯤 솟아올라 있었다. 어제 저녁은 시내에서 출장 요리사들을 데려와 아랍식 성찬이 차려졌다. 두 사람을 위한 저녁식사에 10여 명이 동원된 것이다. 저녁을 마친 그들은 홀에서 가볍게 술을 마신 다음 각자 방으로 돌아갔다.

이정국은 깍듯한 손님 대접을 한 것이다. 오유진이 아침을 먹고 나서 욕탕에 들어가 이번에는 여유 있게 목욕을 하고 나왔을 때였다. 양명이 옷을 고르는 오유진의 뒤에서 말했다.

"주인한테서 연락이 왔습니다. 오후 1시에 모시러 올 테니 외출 준비를 하고 계시라고 했습니다."

"알았어요, 양명."

오유진의 목소리는 밝았다.

"어떤 옷이 나한테 맞는지 봐줄래요?"

오후 1시가 조금 지났을 때 집으로 들어선 나는 홀에서 기다리고 있는 오유진을 보자 빙긋 웃었다.

"눈이 부시구나."

"어딜 가요?"

오유진이 물었으나 나는 손을 내밀었다.

"가보면 알아."

오유진은 내가 내민 손을 잡았다. 우리가 현관으로 나섰을 때 양명이 공손히 절을 했다.

"안녕히 다녀오십시오."

차가 공항으로 들어서자 오유진이 나를 바라보았다. 점심 먹으러 시내로 나가는 줄 알았던 것이다 오유진의 시선을 받은 내가 턱으로 앞쪽 하늘을 가리켰다.

"프랑스에 가는 거야, 마르세유."

"거긴 왜요?"

"너한테 보여줄 것이 있어."

공항의 자가용 비행기 탑승구로 들어선 우리는 곧 라시드의 24인승 더글러스 맥도널드제 쌍발제트기에 올랐다. 손님은 우리 둘뿐이다. 아즈람이 스탬프가 찍혀진 여권을 가져온 다음에 이륙 신호를 기다릴 때 오유진이 나에게 물었다.

"어젯밤 왜 혼자 잤어요?"

나는 오유진의 보드라운 손을 쥐었다.

"다 보여주고 나서……."

이륙 신호가 떨어진 비행기는 곧 활주로를 달리더니 하늘로 솟아올랐다. 스튜어디스 소피아가 술과 음료수가 가득 담긴 수레를 밀고와 우리 앞에 세워놓고는 물러갔다. 마르세유까지는 6시간의 비행이다. 비행기 동체를 3등분하여 조종석 뒤쪽을 2인 전용실로 만들어 놓았으므로 좌석은 넓고 편안했다. 오른쪽 창가에 앉은 오유진이 손을 뻗어 내 손을 쥐었다.

"신데렐라가 된 기분이에요."

"그것이 내 꿈이었지."

나는 오유진의 반짝이는 눈빛을 보자 욕정이 치솟았지만 억제할 수 있었다. 그러나 오유진이 내 손을 끌어당겼다. 안아달라는 것이다. 나는 오유진의 손에 입술을 대었다.

"지금은 안 돼."

얼굴을 붉힌 오유진이 손을 떼더니 창밖으로 머리를 돌렸다. 비행기는 구름 한 점 없는 푸른 하늘 위에 떠 있었다.

마르세유에 도착한 것은 밤 10시경이었다. 공항에는 호텔에서 나온 리무진이 기다리고 있었으므로 우리는 곧 시내를 향해 달렸다. 오유진은 다시 기분이 풀려 생기 있는 표정으로 창 밖을 내다보았다. 바닷가로 들어선 차가 한 시간쯤 달려 호텔 앞으로 다가갔을 때 나는 오유진의 어깨를 가볍게 쳤다.

"다 왔다. 저 호텔이야."

오유진이 머리를 돌려 내가 가리키는 5층 호텔을 바라보았다. 5층 옥상에 호텔 이름이 박힌 반짝이고 있었다. 진(JIN)호텔이다. 나는 눈만 크게 뜬 오유진의 손을 잡았다.

"네 이름을 따서 붙였어."

호텔 앞에서 차가 멈추자 기다리고 섰던 지배인이 우리를 안내했다. 우리는 곧 5층의 특실로 들어섰는데 창가의 테이블에는 이미 술과 안주가 가득 차려져 있었다. 오유진은 아직도 감정의 정리가 되지 않은 것 같았다. 실내복으로 갈아입고 나서 창가의 테이블에 마주 앉았을 때에야 흥분이 가라앉은 모양으로 눈빛이 차분해졌다. 나는 잔에 술을 채웠다. 저녁은 비행기 안에서 먹었으므로 우리는 술잔을 들었다.

"이곳에서는 네 모습이 선명해진다."

한 모금 위스키를 삼킨 내가 오유진을 바라보았다.

"난 여기서 너를 만나거든."

잠자코 눈만 깜박이는 오유진을 향해 웃어 보인 내가 턱으

로 옆쪽의 벽을 가리켰다. 벽에는 벽지 색깔인 진주색 커튼이
쳐져 있었다.

"커튼을 걷어봐."

자리에서 일어선 오유진이 벽으로 다가가더니 커튼의 줄을
당겼다. 그러자 커튼이 좌우로 갈라지면서 안에 걸린 대형 초
상화가 나타났다. 놀란 오유진이 몸을 굳히고는 눈을 크게 떴
다. 자신의 초상화가 붙여져 있었기 때문이다. 아니 정확하게
말하면 누드화가 될 것이다. 실물 크기로 그려진 오유진은 정
면으로 서 있었는데 웃는 얼굴이었다. 나는 오유진의 표정이
더 굳어져 가는 것을 보았다.

"사우디에 올 적에 네 사진 한 장이 남아 있었어. 그걸 화가
에게 주고 그리게 한 거야."

"……."

"물론 몸은 내가 화가에게 말해주었지만 여러 번 고쳐 그렸
어. 유명한 화가인데 고생을 좀 했지."

오유진이 나에게로 몸을 돌렸다. 굳어진 표정이었다.

"보고 싶지 않아요."

머리를 끄덕인 내가 일어나 커튼으로 다시 누드화를 가렸
다. 우리는 다시 테이블로 돌아왔지만 꽤 오래 침묵이 계속되
었다. 창가에서 밤바다 위에 떠 있는 배들의 불빛이 휘황했지
만 오유진은 술잔만 보았다.

이윽고 내가 두 손을 벌리고 커튼과 방안을 가리키는 시늉을 했다.

"이곳이 내 새 오피스텔이었던 것 같다. 이렇게 만들지 못했다면 그렇게 오래 견디지 못했을 거야."

오유진이 손을 뻗쳐 술잔을 쥐더니 한 모금에 입 안으로 털어넣었다.

"그러고 나서 날 찾았어요? 그럼 엄마한테 안부 전한 것이……."

"아니, 그 전부터 시작이야."

나는 똑바로 오유진을 보았다.

"네 전 남편 우재섭이 부도를 낸 것도 내가 조작했기 때문이야. 난 사람을 시켜서 감리회사에 압력을 넣었어. 준공검사 불합격을 때리지 않으면 교도소에 보낸다고 했지."

"……."

"그리고 그 건물을 사람을 시켜 매입해버렸다. 디스코텍 개업을 아예 못하도록 한 것이지."

오유진의 얼굴은 이미 하얗게 질려 있었지만 나는 말을 이어갔다.

"게다가 우재섭과 한미연의 관계를 너한테 알려준 것도 내가 시킨 일이다."

"……."

"네가 백화점에서 쫓겨난 것도 마찬가지. 내가 사람을 시켰어."

마침내 오유진이 두 손으로 얼굴을 가리고는 어깨를 움츠렸다가 퍼뜩 손을 떼었다. 눈을 치켜뜨고 있었는데 눈물은 보이지 않았다.

"그럼 우리는, 나는?"

"나 때문에 불행해졌다고 말하고 싶은 거냐?"

나는 빈 잔에 위스키를 채우면서 웃었다.

"언제는 신데렐라가 된 것 같다고 하더니."

"도대체 왜?"

"네가 내 목표에서 벗어나면 안 되니까."

나는 길게 숨을 뱉었다.

"그리고 지금은 네 처분을 기다리는 입장이고."

"날 보내줘요."

오유진이 높았지만 갈라진 목소리로 말했다.

"가겠어요."

"비행기가 없어. 내일 먼저 쿠웨이트로 보내주마."

"그럼 이 방에서 나가겠어요."

나는 오유진의 충혈된 눈을 보고는 소리죽여 숨을 뱉었다. 예상은 했지만 허무감으로 가슴이 미어져왔다.

자리에서 일어선 내가 오유진을 보았다.

"내일 아침에 사람을 보낼 테니까 오늘 하루만 네 방에서 쉬어."

방이 넓어서 문까지 가는데도 꽤 걸렸다. 걸음이 제대로 걸어지지 않아서 나는 짜증이 났고 문을 열고 나왔을 때는 저절로 어깨가 늘어졌다. 나는 혼자 링에서 뛰다가 내려온 느낌이 들었다.

다음날 아침 8시가 되었을 때 지배인 앙리가 내 방으로 들어섰다.

"부인은 조금 전에 떠나셨습니다."

나는 머리만 끄덕였다. 앙리는 벽에 붙은 누드화를 백 번도 더 보았다. 그러니 오유진이 누군지 모를 리가 없다. 물론 내막은 모르겠지만. 앙리가 조심스런 시선으로 나를 보았다.

"식사를 준비할까요?"

내가 이번에는 머리만 젓자 앙리는 잠자코 방을 나갔다. 나는 조금 기대를 갖고는 있었지만 오유진의 떠남을 담담하게 받아들였다. 서울로 돌아간 오유진은 회사부터 그만둘 것이었다. 그러나 우재섭과 다시 결합하지는 않을 것이다. 내가 터뜨리긴 했어도 우재섭과 한미연을 붙여준 것은 아니니까.

5층의 특실로 올라간 나는 아직 정리되지 않은 침대를 보왔다. 휴지통에는 오유진의 스타킹이 버려져 있었다. 스타킹을 주워든 나는 오유진의 체취가 남아 있을 침대에 누웠다. 상반신에 베개 두 개를 받치고 누워 탁자 옆의 버튼을 누르자 앞쪽 벽의 커튼이 스르르 좌우로 젖혀지면서 오유진의 나체가 드러났다. 나는 스타킹을 코에 대고 냄새를 맡았다. 문득 성욕이 솟아올랐지만 스타킹을 내던진 나는 눈을 감고 심호흡을 했다. 어젯밤의 행동에 대해서는 후회하지 않는다. 오유진을 이곳으로 데려오겠다고 마음먹은 것은 우재섭이 일본으로 떠났다는 보고를 받고 나서였다. 나는 이곳에서 모든 것을 털어놓기로 했던 것이다. 문에서 자물쇠 풀리는 소리가 들리더니 메이드가 들어섰다가 나를 보고는 당황해서 몸을 돌렸다.

"잠깐 들어와요."

내가 소리쳐 부르자 나이든 메이드는 주춤대며 멀찌감치 섰다.

"저 그림을 떼도록. 커튼과 함께 치우도록 해요."

"예, 알겠습니다."

"지배인한테 말해서 방에 있는 여자 옷도 모두 치우도록."

앙리에게 말하려면 조금 거북했을 것이었다. 침대에서 일어난 나는 문 쪽으로 다가가다가 다시 멈춰 섰다.

"방에서 여자 물건은 모조리 치우라고 해요, 모두."

사우디 제다로 향하는 비행기 안에서 나는 꿈도 꾸지 않고 잤다. 에어 프랑스의 삼색 리본을 붙인 스튜어디스가 다가와 섰을 때 나는 마악 깨어난 참이었다.

"미스터 리, 마실 걸 드릴까요?"

평소 일등석 손님의 이름을 정답게 불러주면 나쁜 기분은 아니었지만 이날따라 나는 언짢았다. 그래서 머리를 젓고는 창 쪽으로 시선을 돌렸다. 비행기는 아직도 지중해 상공에 떠 있었다. 오유진은 쿠웨이트를 떠나 지금쯤 싱가포르 근처까지 가 있을 것이었다. 관리부장이 오유진을 싱가포르 에어로 태워 보내고는 나에게 보고를 해온 것이다. 창밖으로 드문드문 떠있는 흰 구름을 바라보던 나는 문득 쓴웃음이 나왔다. 그림 앞에 서 있던 오유진의 모습이 떠올랐기 때문이다. 그림이 더 나았다. 얼굴의 선도 더 부드러웠으며 입술도 앞에 놓고 대조하기 전까지는 비슷하기만 해서 잘 몰랐었다. 이것이 바로 현실이 아닐까? 그러나 이제 허상도 실물도 다 사라졌다. 오유진을 그림 앞에 세워놓은 순간에 나는 두 개체가 결코 합쳐질 수 없다는 것을 깨달았다. 억지로 맞출 수는 없는 것이다.

어머니가 쓰러지셨다는 연락이 왔을 때 나는 쿠웨이트의 마켓 사무실에 있었다. 전화를 건 인국은 울먹였다.

"형, 급해요. 빨리 와요."

나는 그길로 비행기를 탔다. 평소에 심장이 약했던 어머니는 식당에서 나오다가 마비를 일으켰다는 것이다. 12월 말이었다. 오유진이 떠난 지 두 달이 넘었다. 오유진은 귀국하는 길로 회사에 사표를 내고는 나오지 않았는데, 나도 더 이상 고병수에게 일을 주지 않았다. 그래서 오유진이 어떻게 사는지 모른다. 한국에 도착하고 나서 다시 비행기로 날아온 시간의 반을 소모하여 대전의 병원에 뛰어들었을 때 어머니는 아직 살아 계셨다. 정신도 있어서 내 손을 잡고 웃었다.

"왔구나."

동생들 가족이 다 모여 있었고 언제나 기세 등등했던 아버지는 초라한 모습이었다. 어머니는 급성이었고 위독했다. 수술로 해결될 병이 아니었다. 그저 병실에서 죽음을 기다리는 상황이었던 것이다. 의사는 며칠 못 간다고 했지만 어머니는 일주일을 버텼다. 낮에는 동생들과 두 명의 제수씨가 번갈아 지켰지만 나는 거들어줄 여편네도 없는 터라 밤 시간을 맡았다.

어머니는 시간이 지날수록 급격하게 허물어져갔는데 닷새째 되던 날 밤에 창가의 의자에 앉아 있던 나는 문득 머리를 들었다. 어머니의 시선을 느꼈기 때문이다.

"안 잤어?"

"이리 가까이 오너라."

나는 의자를 병상에 바짝 붙이고는 어머니를 바라보았다. 나에게는 이제 어머니만 남았다. 딸도 마누라도 정부도 다 잃었다. 어머니가 속삭이듯 물었다.

"너, 앞으로 어떻게 할 셈이냐?"

뭘 물어보는지 알았으므로 나는 정직하게 대답했다.

"아직 계획 없어. 하지만 곧 생기겠지."

나는 어머니에게 오유진에 대한 음모는 말하지 않았다. 말했다면 사람 취급도 하지 않았을 테니까. 어머니가 가늘어진 팔을 들어 내 손을 쥐었다.

"옛날에 네가 데려온다던 애는 어떻게 되었어? 물론 시집갔겠지?"

"갔지, 그럼."

그때 왜 눈물이 났는지 모르겠다. 나는 딸꾹질을 하며 울었고 어머니가 손끝으로 내 눈물을 닦아주었다. 내 나이 쉰셋이었고 어머니는 일흔아홉이다.

"에이그, 불쌍한 놈!"

숨을 고르는 내 머리를 쓸며 어머니가 말했다.

"네가 언제 정을 붙이고 살게 될거나."

"제기."

눈물로 범벅이 된 얼굴을 든 내가 눈을 부릅떴다.

"그럼 어서 낫기나 하라구. 그래야 그것도 볼 수 있을 것 아닌가?"

이틀 후에 어머니는 돌아가셨고 선산에 묻혔다. 그날은 영하 10도가 넘는데다 바람까지 세었다. 마치 어머니의 한을 알려주는 것 같았다. 나는 어머니를 닮았다. 어머니의 장점과 단점을 모두 이어받은 자식은 나뿐이었다. 그것을 아는 어머니도 나를 유달리 아꼈고. 장례식에 서울에서 영준과 동준을 불러 왔는데 놈들은 꿰다놓은 보릿자루 형국이었다. 삼촌은 물론 사촌도 낯설어했고 내 뒤에만 붙어 다녔다. 그 8년 동안 아이들은 내 집안과 단절 상태로 지내왔던 것이다. 어머니의 봉분이 만들어진 다음에 내가 묏자리 봐준 어른하고 맨 땅바닥에 앉아 소주를 마시는데 영준이 소리 없이 다가와 섰다.

"아버지, 술 그만 드세요."

동준은 그 뒤에 서 있었다.

"어, 그래."

나는 자리에서 일어섰다.

"참, 너희들 올라가야지."

"앗다, 하룻밤 재워 보냅시다."

옆쪽에 서 있던 인국이가 큰소리로 말했지만 나는 명국이를 불러 아이들을 고속버스 정류장까지 태워다 주라고 시켰다. 아이들이 떠난 후에 술에 취한 아버지가 내 장손 어디 있느냐고 찾았으나 나하고 인국이는 대답하지 않았다. 나는 귀찮았고 인국은 서경희에게 얼른 올려보낸 내가 못마땅했기 때문일 것이다.

삼우제 날에는 날씨가 화창했다. 마치 봄날처럼 햇볕은 따스했고 바람 한 점 불지 않았다. 상복을 입은 채 앞장서 가던 아버지가 혼잣말처럼 말했다.

"이 사람, 며칠만 더 있다 가지. 뭐가 급하다고 그렇게 추운 날 갔단 말인가?"

앞을 걷던 명국이가 내가 손에 쥔 화장품 케이스를 바라보며 물었다.

"형, 그게 뭡니까?"

"미선이다."

"뭐요?"

"어머니가 외로우실 것 같아서 옆에다 함께 묻으려고."

"아니, 그럼 그 박스에 미선이가 들었단 말요?"

내 뒤를 따르던 인국이가 바짝 붙어서며 묻자, 제수들은 제 각기 놀란 외침을 뱉었다. 아버지가 돌아서서 우리를 보았다.

"무슨 일이냐?"

"형이 미선이를 데리고……."

그렇게 말했다가 명국이가 다시 정정했다.

"이 박스에 미선이가 있답니다."

"뭣이여?"

어머니 봉분 앞에서 박스를 쥔 나를 중심으로 가족이 둘러섰다.

"그럼 네가 이것을 이제까지 갖고 있었단 말이냐?"

아버지가 박스를 손으로 가리켰다.

"이것을 어디다 두었었냐?"

"제가 데리고 다녔어요."

미선이의 박스는 어제 쿠웨이트에서 공수되어 온 것이다. 제수들이 울었고 인국이와 명국이도 손등으로 눈을 씻었다. 아버지가 내 손에서 박스를 받아 쥐었다. 아버지의 눈에도 눈물이 맺혀 있었다.

"아이고, 이놈이 이제는 할미 옆에서 놀겠구나."

연장을 준비해오지 않아서 우리는 지팡이 끝으로 봉분 옆에 구덩이를 팠다. 화장품 케이스를 뜯어내고 안에 든 보석함을 꺼낸 나는 구덩이에 보석함을 묻었다. 보석함 속에 미선이의 유골이 담겨있는 것이다. 날씨가 따스해서 우리는 상복과 저고리까지 다 벗었다.

"앗다, 우리 미선이가 어머니 귀찮게 하지는 말아야 할 텐데."

구덩이를 밟아 다지면서 명국이가 말했으나 아무도 입을 열지 않았다.

삼우제를 마친 나는 사흘을 더 대전에서 묵고 서울로 돌아 왔다.

돌아온 날 오후에 예고도 없이 회사로 찾아온 손님은 고병 수였다. 그는 중언부언 어머니에 대한 위로의 말을 늘어놓더 니 곧 정색했다.

"오유진 씨는 여행사의 통역 일을 하고 있습니다. 제법 안 정이 된 직장이지요."

나는 시키지 않은 일이어서 가만있었고 그가 말을 이었다.

"그런데 요즘 만나는 남자가 생겼습니다. 여행사 사장인데 42세가 된 이혼남으로 열 살짜리 아들이 하나 있더군요."

"……"

"여행사 재정 상태가 썩 좋지 않습니다. 적자경영인데 오더 가 줄어들면 몇 달 못 가 주저앉게 되어 있습니다."

그 순간 내가 낮게 웃었으므로 고병수가 어리둥절한 표정 으로 눈만 껌벅였다. 이윽고 웃음을 그친 내가 입을 열었다.

"나는 다 묻었어, 모두 다."

"무엇을 말씀입니까?"

"내 어머니하고 딸을 묻으면서 생각했어. 다 묻고 살아가는 것이라고."

나는 손바닥으로 가슴을 가볍게 두드렸다.

"그냥 묻고 살 거야. 언젠가는 나도 묻힐 테니까."

"아아."

하고 고병수가 머리를 끄덕였지만 알아들은 것 같지는 않았다.

한일호텔의 라운지 안이다. 저녁 7시여서 라운지에는 손님이 많았지만 분위기는 무겁고 조용했다. 커피를 한 모금 삼킨 한정택이 다부진 얼굴을 들어 오유진을 보았다. 그는 오유진이 다니는 여행사 사장이다.

"유진 씨, 내가 조금 성급한 것 같지만……."

그가 입술을 펴고 웃어 보였다.

"나하고 결혼해주십시오. 저는 유진 씨를 행복하게 만들어드릴 자신이 있습니다."

오유진이 웃음 띤 얼굴로 한정택을 바라보았다. 그러나 입을 열지는 않았으므로 한정택이 바짝 상체를 붙여 앉았다.

"내가 말주변이 없어서……. 하지만 유진 씨는 내 성품을 알고 있으리라고 생각합니다만. 거의 모든 것을."

"저는 남자가 있어요."

오유진의 말에 한정택이 정색했다.

"금시초문인데. 혹시 내가 싫어서 꾸민 말이 아닙니까?"

"아녜요."

"그럼 전에는 왜 없다고?"

"말씀드리기 거북해서요."

얼굴을 굳힌 한정택이 오유진을 바라보았다. 만만한 성격이 아니다.

"그 사람이 누군지 말해줄 수 있습니까?"

"이정국 씨라고 쿠웨이트에 계세요."

"……."

"쿠웨이트에서 라시드 · 리 상사의 이정국 씨라면 거의 다알아요."

아파트의 입구로 들어서면서 오유진은 다시 뒤를 돌아보았다. 눈발이 희끗희끗 내리고 있었지만 날씨는 포근했다. 조금 전에 왼쪽의 24시간 코너로 들어간 사람이 아무래도 수상쩍었다. 앞쪽에서 다가오던 사내가 힐끗거렸으므로 오유진의 가슴이 다시 뛰었다. 이정국은 얼마든지 사람을 고용할 수 있을 테니까. 그러나 사내가 그냥 멀어져가자 어깨를 늘어뜨린 오유진은 길게 숨을 뱉었다. 이 기다림은 이정국이 가르쳐준 것이다.

다음날 나는 서울을 떠났다. 비행기가 짙은 구름을 뚫고 파란 하늘 위로 솟아오르자 나는 좌석에 등을 붙였다. 그러고는 앞으로 또 8년이 흘렀을 때 내가 어떤 모습이 될지를 생각했다.

〈끝〉

저자후기

1인칭 소설을 쓴 적이 드물어서 '나'로 표현되는 이야기를 써 내려갈 때면 가끔 내가 주인공이 된 착각에 빠져 있는 것을 깨닫는다. 그럴 때면 사실성 여부를 떠나 먼저 주인공과 나를 다시 비교하게 된다. 내가 자전소설을 쓰는 것은 아니었으니까.

나는 이 소설에서 인생이 어떻고 사랑이 무엇이라는 등의 교훈적인 이야기는 주인공의 입을 빌어서라도 쓰지 않으려고 노력했다. 다만 허세와 성취욕이 강한 한 남자의 욕망을 될 수 있는 한 가식 없이 펼쳐 보이고 싶었다. 이 현실이 타산 없이는 어떤 것이든 성립되지 않는다는 내 경험의 일단도 넣었다. 그래서 주머니가 두둑했을 때 노래가 나온다는 식의 전개가 되었음을 양해해주시기 바란다.

20여 년간 70여 종, 170여 권의 소설을 썼지만 『오피스텔』은 새 시도였다고 할 수 있을 것이다. 어느 신문에서 말해준 대로 이원호식 사랑 이야기였으니까. 이원호식이란, 이른바 그냥 잘 읽히는, 그래서 공항 같은 곳에서 잘 팔리는 대중소설이란 의미일 테지만 상관하지 않는다.

　내 책을 기다리는 독자들은 그들이 은근히 겨냥하는 3류가 아니니까.

　나는 삶에 대한 열정을 가진 사람을 존경한다. 그것이 어떤 목적이건 간에 그 열정은 사람을 사람답게 만든다고 생각해왔다. 설령 그것이 비현실적인 목표일지라도 그것을 향해 매진하는 사람은 아름답게 보인다. 그는 이미 반은 이룬 것이다. 그 삶의 목표를 가슴에 박아놓은 것만으로도 사람 가치는 배로 높아진다.

그래서 책의 결말을 독자의 상상에 맡기기로 했다. 다 일어날 수 있는 일이고 모두의 성격에는 양면성이 있으니까. 여러분 나름대로 그 결말을 맺어주시기 바란다.

이 소설은 1999년 11월 5일에 출간했으며 2000년 4월 20일에 6쇄까지 발행했다가 13년 후인 2013년 11월에 다시 출간한다.

감사합니다.

2013년 11월 이원호

오피스텔 2

1판 1쇄 인쇄 ㅣ 2013. 11. 20
1판 1쇄 발행 ㅣ 2013. 11. 25

지은이 ㅣ 이원호
펴낸이 ㅣ 박연
펴낸곳 ㅣ 스토리뱅크

등록일자 ㅣ 2009년 11월 17일
등록번호 ㅣ 제313-2009-250호
주 소 ㅣ 서울 마포구 서울 마포구 성산동 133-3 한올빌딩 6층
전 화 ㅣ 02)704-3331 팩 스 ㅣ 02)704-3360

ISBN 978-89-6840-050-6 04810
ISBN 978-89-6840-048-3 (세트)